アンデッドガール・マーダーファルス
3

青崎有吾

講談社
タイガ

目次
CONTENTS

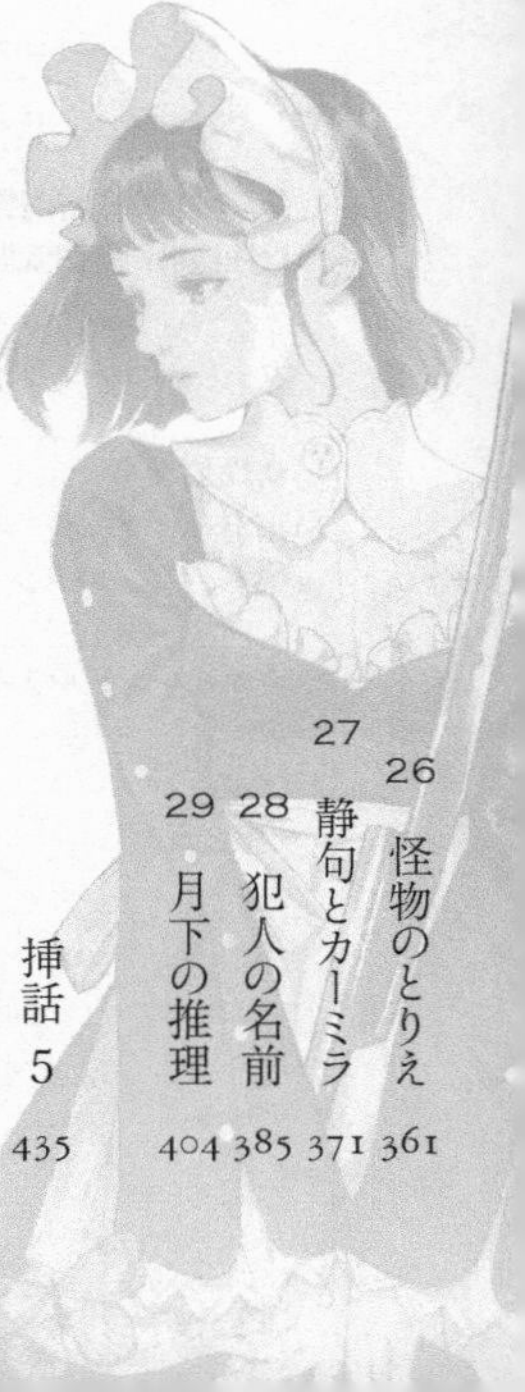

イラスト 大暮維人
デザイン 坂野公一 (welle design)
地図 友山ハルカ

登場人物
CHARACTER

◉《鳥籠使い》

輪堂《りんどう》鴉《あ》夜《や》…………不死の少女。九百六十三歳。
怪物専門の探偵。

真打《しんうち》津軽《つがる》…………半人半鬼の青年。鴉夜の運び手。

馳《はせ》井《い》静句《しずく》…………鴉夜に仕えるメイド。

◉《夜宴《バンケット》》

モリアーティの犯罪組織。怪物・怪人を構成員とする。

カーミラ…………女吸血鬼。静句と因縁を持つ。

アレイスター・クロウリー……自称魔術師の青年。

ヴィクター…………死体から生まれた人造人間。

◉《ロイズ》諮問警備部

保険機構の武闘派集団。怪物根絶を目指す。

アリス・ラピッドショット……第三エージェント。

カイル・チェーンテイル……第四エージェント。

◉探偵たち

シャーロック・ホームズ……ロンドンの私立探偵。

ジョン・H・ワトスン…………元軍医。ホームズの相棒。

◉ホイレンドルフの住民

ホルガー…………ホイレンドルフの村長。

ブルーノ…………ホルガーの息子。村の助役。

グスタフ…………猟師。

デボラ…………グスタフの妻。

ルイーゼ…………グスタフの娘。

ハイネマン…………村で唯一の医者。

クヌート…………技師。

アルマ…………村はずれに住む絵描き。

◉ヴォルフィンヘーレの住民

レギ婆《ばあ》……………………ヴォルフィンヘーレの長《おさ》。
ギュンター……………………村の青年。自警団〈ブルートクラレ〉の隊長。
ベルント……………………ブルートクラレの副長。
デニス
ファルク……………………ブルートクラレの隊員たち。

ノラ
ヴェラ……………………村の娘たち。
カーヤ

前巻までのあらすじ
SYNOPSIS

首から下を奪われた不死の少女・鴉夜と、鬼の血を混ぜられ半人半鬼となった男・津軽。失った体を取り戻すため、一行は探偵としてヨーロッパを旅する。ロンドンで起きたダイヤ盗難事件のさなか、鴉夜は探し求めていた犯人と遭遇。鴉夜の体を奪い津軽を人外にした男の名はジェームズ・モリアーティ、彼の狙いは世界中から怪物の標本《サンプル》を集め、切り裂きジャックをベースとした合成獣《キメラ》を作り出すことだった。次なる目標〝人狼《じんろう》〟を見つけるために動きだすモリアーティ一派。鴉夜たちもそれを追い、人狼伝説が色濃く残る地・南ドイツへ向かう——

ホイレンドルフ
N
S

【窪地周辺　概略図】

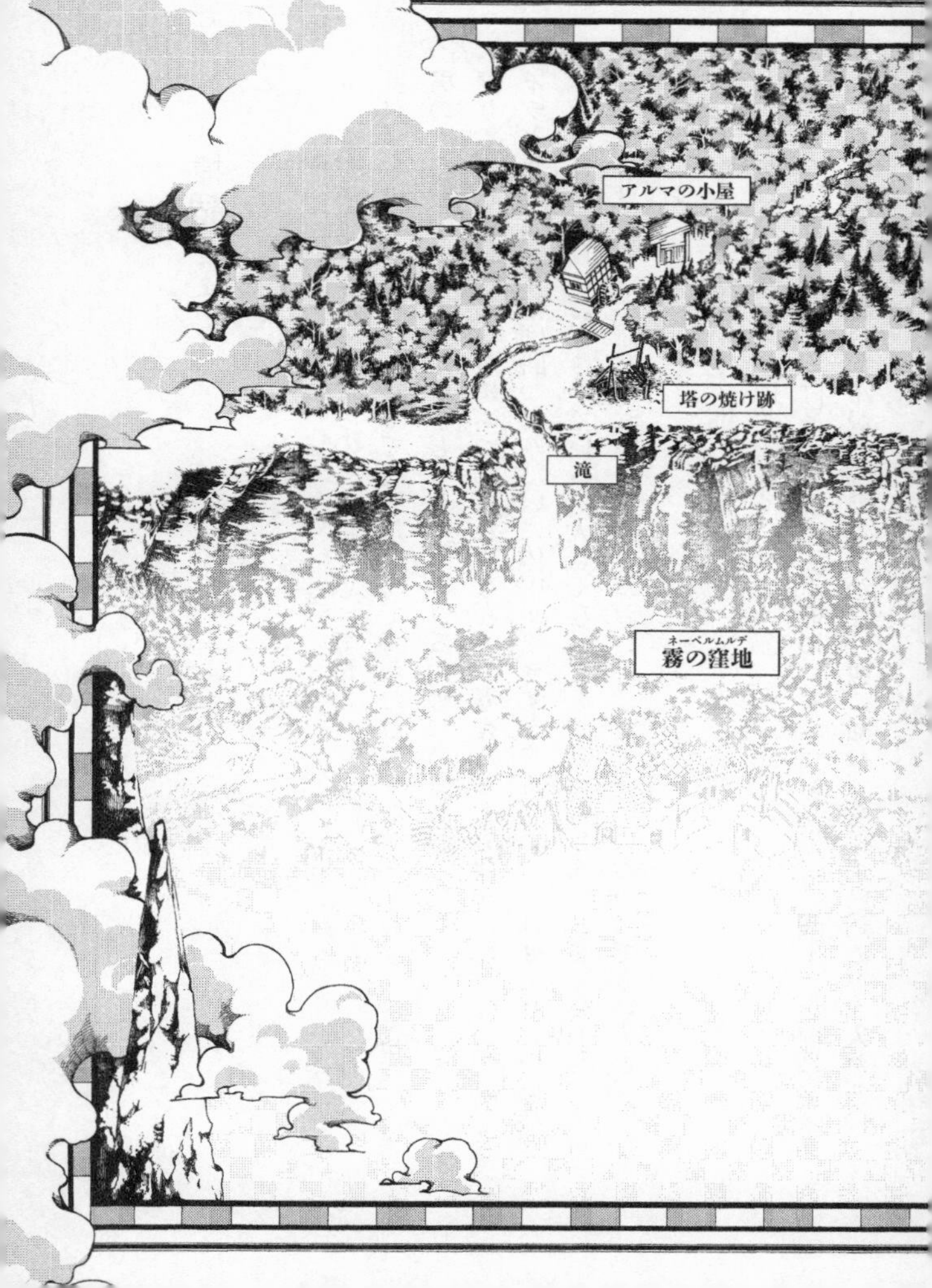
アルマの小屋
塔の焼け跡
滝
霧の窪地《ネーベルムルデ》

挿話 1

火って、体をあたためるためのものだと思ってた。

近づけられるとこんなに熱くて痛いだなんて、わたしはぜんぜん知らなかった。

男の人たちの手は、丸太や子どもを持ちあげるためにあると思ってた。

握りこぶしがわたしたちにぶつけられるなんて、考えたこともなかった。

イラクサの茂みで転げ回ったみたいに体中がずきずきする。わたしはぜえぜえいいながら、お母さんの背におぶさっている。大きくなったときのお母さん。ふさふさした、大好きな背中。息を吸う。血と、お肉の焦《こ》げるにおいがした。いいにおい。でもいまは、すごくいやなにおい。

こっちだ――逃がすな――囲い込め。

森の中から村の人たちの声がする。

七十九歩後ろにホルガー村長が。五十三歩横にハイネマン先生が。四十一歩前にグスタフさんや、クヌートおじさんがいるのがわかる。西に回れ。崖《がけ》に追い込め。大人たちの、はじめて聞く怒鳴《どな》り声。

「お母さん」

「大丈夫よ、ユッテ。大丈夫」

お母さんの声だけが、いつもどおりやさしかった。

森をぬける。

お星さま。お空にも、まわりにも。まわりの星は松明《たいまつ》の火だった。それがだんだん大きくなって、わたしたちに迫ってくる。お母さんはよろよろ進む。

「お母さん、お母さん、そっちは」

「大丈夫よ、ユッテ。大丈夫」

でも、そっちは崖なの。

もう戻れなかった。お星さまの数はどんどんふえて、逃げ道をふさいでしまった。

お母さんは大けがをしている。わたしよりずっとひどいけが。目はふさがって、鼻と耳だけを頼りに歩いてる。毛皮と尻尾《しっぽ》があるときなら棒もナイフもへっちゃらなのに、〈人〉の姿のときにやられてしまった。お母さんはすぐには変身しなかった。話し合おうとしたから。でも村のみんなは、話を聞かなかった。

こわくて、かなしくて、銀色の毛をぎゅっとにぎる。痛いかもしれないと思って、すぐにはなす。

ぜんぶ、わたしのせいだ。

「お母さん、お母さん、ごめんなさい」

「いいのよ、ユッテ。あなたは悪くないの」

わたしたちは塔に逃げこむ。

崖のふちにある古い塔。〈見張り塔〉って呼ばれてる。ヤナギの板でできていて、ホコリとカビのにおいがする。近づいちゃだめって言われてたから、入るのははじめて。中は土の床と木の階段くらいしかなかったけど、壁のおかげで火が見えなくなった。隅《すみ》に子狐《こぎつね》が一匹丸まっていて、わたしたちに気がつくとびくっと体をちぢこまらせた。わたしはお母さんの背中からおりる。ちょっとだけ、ほっとする。

でもすぐに、パチパチという音が聞こえてくる。

油と、煙と、ヤナギが焼けるにおい。すごくすごく、いやなにおい。

――殺せ。焼き殺せ。

村の人たちの声が聞こえた。熱くて息が苦しくなる。板の隙間《すきま》から伸びたオレンジ色の舌が、わたしたちをからかいだす。

お母さんがわたしに覆《おお》いかぶさった。かぎ爪《づめ》のはえた手が、わたしをそっと抱きしめた。ほっぺたに血が垂れる。いつものお返しみたいに頭を撫《な》でてあげたいのに、できなかった。こわくて体が動かない。わたしは泣くことしかできない。

——殺せ。殺せ。

声はどんどん大きくなる。

「なんで」

なんでみんな、ひどいことをするの。

「お母さん、なんで？」

「みんな怖がっているの」

「わたしたちを？」

「私たちが怖がっているものと同じものを」お母さんはまぶたを閉じた。「だからあなたは悪くないのよ」

垂れる血に涙のにおいがまじった。お化けの舌は壁を上って、天井をなめずりだす。

「ユッテ、いい？　よく聞いて」

お母さんはわたしの耳に口を寄せ、ぼそぼそと言った。

やだ！　とわたしは叫ぶ。

「そんなのやだ！　だって」

「大丈夫よ、ユッテ。大丈夫だから——」

天井が崩れた。お母さんの背中に見張り塔がのしかかって、お肉のこげるにおいが強まる。わたしは泣きながら、土の上にうずくまる。

殺せ、殺せ、と声が聞こえた。
愛してるわ、と声が聞こえた。
そして、わたしは――

第五章 人狼

彼が既に埋葬せられたる死体を発掘略取し、しかしてそれが彼について証拠立てられたる場合には、彼は、彼がその死者の親族と和解し、しかして彼等《かれら》が彼のために、人中に出づることの彼に許さるべき旨、請《こ》はんが日まで、狼《おおかみ》たるべし。

（『サリカ法典』第五十五章　第二項）

1　旅行先でのよくある出来事

一八九九年、ドイツ――


「列車強盗ならやめたほうがいい」

どこからか少女の声が聞こえた。

ツイード服を着たビジネスマン風の旅行者は、新聞から顔を上げた。

バイエルン公領、ミュンヘンから山岳地帯シュネータールへと向かう列車の車内。窓の外にはイーザル川の静かな流れが見え、向こう岸にはホップ畑の列が整然と連なっている。狭いコンパートメントに乗り合わせた客は、彼のほかに二人だけだった。

腕組みしてぐーすかいびきをかいている、つぎはぎだらけの古コートを着た青髪の男。その横で膝《ひざ》の上に手を載せ、人形のように身動きひとつしない、清楚《せいそ》なメイド服の女。どちらも東洋人のようだが、どういう素性なのかまったくわからない。二人の間にはトランクと、レースのかかった鳥籠《とりかご》が置かれていた。いま声を発したのはメイドだろうか？

それにしては少し幼《おさな》く聞こえたが。

旅行者は新聞を閉じる。一面には〈列車強盗、南部で多発〉の見出しが躍っていた。

「ええ。この手の輩《やから》にはまったく困ったものですね」

「新聞の話じゃない、君に言ったんだよ。君は列車強盗だ」

彼は目をしばたたいた。名指しされたからだけではない、また少女の声が聞こえたからだ。メイドは口を動かしていないのに。

「私が、強盗?」

「そうだよ。何人かであらかじめ車内にひそんでおき午後二時半から行動を開始。乗客から金品を奪って列車を止め、外部の仲間と合流し、馬で逃げようと考えている。なかなか面白い計画だがやめたほうがいい」

「なぜそんなふうに思ったんです」

「君の靴」

少女の声が答えた。

「乗馬ブーツだね。ファッションで履いている者も多いが君のは実用だ。泥汚れが目立つし踵《かかと》には拍車までついている。ズボンの股《また》には擦れ防止のあて布、それも乗馬服でよく見る工夫だ。都会的な上着や鞄《かばん》とはちぐはぐだね。ひとりならおかしな趣味の男で済んだが、駅のホームを見回すと、ほかにも何人か君と似た靴の男がいるのに気づいた」

私は人より視点が低いのでね、と、含み笑いするように声が弾む。

「ビジネスマンに扮《ふん》した乗馬装備の男たちが、他人同士のふりをして同時に汽車に？　ちょっと普通じゃなさそうだね。乗ってからも妙だった。君は新聞を開いたきりこの二時間で一度もめくっていない。次の駅はまだ先なのにしょっちゅう時計を気にしているし、外を人が通るたびさりげなく胸元に手を入れる。ふくらみ方からして銃が一丁入っているね。で、たぶん悪だくみをしてるんだろうと踏んだ。列車内で、多人数で、銃と馬を使う犯罪。列車強盗。当然の帰結だ」

旅行者は聞こえないふりをして、懐中時計を開いた。午後二時二十七分。

「ほら、また時計を見た。だんだん間隔が短くなるから二時半を待ってるのだろうと思ったんだよ。ちょうど近くに町がないし丘陵地に差しかかるころだ。馬で逃げるにはぴったりの――おっと」

奇妙な声はそこで途切れた。

旅行者が胸元から銃を抜き、メイドに突きつけたからだ。

だが彼女は微動だにしない。んが、と青髪の男がいびきをかき、寝る姿勢を変えた。

「なあ、あんた」旅行者は乗客としての仮面を脱ぎ、不敵に顔を歪《ゆが》めた。「お互い揉《も》めごとはよそうや。な？　おれらが狙《ねら》うのは一等車の客だけだ。連中はたんまり金を持ってるからな、少しばかり奪ったって困りゃしねえさ。そうだろ？　くだらねえ正義感は捨てろ」

「君は何か勘違いをしているね」

「……？」

「私は時間どおり駅に着きたいんだ」

メイドのスカートがひるがえり、美脚が銃を蹴《け》り上げた。

ぎょっとした瞬間、眠っていたはずの男に腕を搦《から》め取《と》られる。気づいたときには肩を極《き》められ、床に押しつけられていた。間近に迫った男の瞳《ひとみ》は、満月のような青色だった。

「お仲間、車内にいかほど？」

「じゅ、十四人……」

「どうも」

それきり強盗の意識は途絶えた。

青髪の男はあくびを漏らすと、おんぼろコートの襟を正した。それから座席の上の鳥籠に話しかける。

「ちょいと一等車まで行ってきます。五分で戻ります」

「ついでに食堂車でお菓子をもらってきてくれ。私でもおいしく食べられそうなやつを」

男は片眉《かたまゆ》を持ち上げ、

「そいつぁ難題だ、一時間ください」

軽快に言ってからコンパートメントを出た。

強盗たちが行動開始したらしく、通路は騒がしくなっていた。血相を変えた乗客たちが後方車両へと逃げてゆく。青髪の男は流れに逆《さか》らい、混雑を縫って進む。

やがて人混《ひとご》みは消え、前方に三人を残すのみとなった。

バンダナで顔を隠し、銃を持った三人組である。近づいてくる者がいるとは思わなかったのだろう、一人目は面食らった様子で銃を突き出した。

「おいおまえ、動くな……おい」

青髪の男は飄々《ひょうひょう》と間合いを詰め、引《ひ》き鉄《がね》が引かれるよりも早くその手をつかんだ。引き寄せると同時にもう片方の手で肩を押さえ、相手の体を崩す。位置の下がった顎《あご》に膝を叩《たた》き込《こ》むと、一人目は動かなくなった。

「……っ」

通路の空気が一変した。

二人目が躊躇《ちゅうちょ》なく発砲する。男は予想していたように横に跳んだ。壁を蹴った勢いのまま相手の側頭部を蹴り抜く。二人目は窓に頭から突っ込んだ。

着地点は三人目が構えた銃の目の前だった。男はするりと重心をずらし銃の真横に移動した。銃身とグリップをつかんでアイスでもすくうようにひねると、銃が男の右手に移った。あ、と口を開けた呆《ほう》け面《づら》を左拳《こぶし》で打つ。逆さに持った銃のグリップをよろめいた相手の首にひっかけ、頭部をコンパートメントのドアに叩きつける。拳銃を床に放ってから、男は次の車両に移った。

連結部の引き戸を開けたとたん、両手に山刀を持った四人目と目が合った。その後ろにもさらに三人の強盗。

四人目はかん高いおたけびとともに斬《き》りかかってきた。男は足元に転がっていたトランクを持ち上げ、左からの斬撃《ざんげき》を受けた。右からもう一撃がきたので、パカリとトランクを開いて防ぐ。相手の視界がふさがったので、隙《すき》だらけの股ぐらに蹴りを入れた。おたけびが悲鳴に変わり、四人目は真後ろにぶっ倒れる。ちょうど五人目と六人目が飛びかかろうとしていたところで、彼らの動きを止める形となった。これ幸いと男は先手を取る。五人目の襟をつかんで引きつけると、体をひねり、腰車の要領で後方に投げた。狭い通路内であるから相手はドアに激突し、コンパートメント内に転がり込む。くるりと前に向き直り、六人目の腹を蹴って牽制《けんせい》する。奥からは新たに七人目が襲いかかっていた。得物はナイフだが、大振りなので避けやすかった。ひょいと腋《わき》の下《した》を抜けると、バンダナの結び目に指をかけ、思いきり下に引く。ずり落ちたバンダナが喉《のど》に喰《く》い込み、七人目は仰向けに倒れ込む。

男はうめく六人目の腹をもう一度蹴り、振り下ろす足をそのまま使って、咳《せ》き込む七人目の鼻を踏み砕《くだ》いた。通路が静かになる。次の車両に移る。

そこは食堂車で、豪奢《ごうしゃ》な内装の中に強盗たちが居座っていた。男が引き戸を開けると、凶悪そうな五つの顔が一斉にこちらを見た。

一瞬の間のあと、全員が同時に動いた。

男は一番近くの卓からテーブルクロスを引き抜くと（そんなつもりはなかったのだが、食器ひとつずらさない見事な引き抜きに成功した）、八人目の頭にかぶせた。ひるんだ隙に、胸と鳩尾《みぞおち》を突いて無力化する。切りかかってくる九人目をかいくぐり、ひとつ向こうのテーブルに飛び乗ると、高そうなワインボトルの口を持って十人目の頭頂部に振り下ろした。再び襲ってきた九人目のナイフを砕けたボトルの内側《うちがわ》で受け止め、髪をつかんで湯気の立つスープ皿に叩き込む。

十一人目が銃の引き鉄に触れた。が、男の投げたクリームパイのほうが速かった。顔面にパイをぶつけられた十一人目はよろめきながら道を空ける。手斧《ておの》を構えた十二人目が新たに立ちふさがったが、彼の目に飛び込んできたのは、配膳《はいぜん》ワゴンに乗って突っ込んでくる男の姿だった。呆然《ぼうぜん》とした十二人目の体にワゴンがぶつかり、直後、慣性で加速した男の膝が鼻っ柱をえぐる。十二人目は車両の端《はし》まで吹っ飛び、手斧は活躍の機会もなく床に突き刺さった。

顔面クリームまみれの十一人目がまだふらふらしていたので、後頭部を蹴って介錯《かいしゃく》する。ぽたぽた垂れるワインの滴以外、食堂車内に動くものはなくなった。

男はふと言いつけを思い出し、近くのテーブルから無傷のタルトを選び取ると、ナプキンでくるみポケットにしまった。おいしく食べられるかどうかは……まあ、食べさせ方によるだろう。

指についた砂糖を舐《な》めてから、次へ進む。

次の車両――一等車には最後の二人がいた。

手前にいた十三人目は東南アジア系の顔立ちで、武術の心得があるようだった。それまでの強盗たちと違い、構えと呼吸が堂に入っている。武器まで手が込んでおり、両足の靴先から刃物が飛び出ていた。男はなんだか愉快になり、受けて立つように腰を落とす。

摺《す》り足《あし》でじりじりと距離を詰めてから、十三人目は攻撃に移った。左右から振るわれる鞭《むち》のような足技。繰り出すたび「ヒョウ!」「ヒョウ!」と独特の声を発するのがこれまた愉快だったが、刃物つきなので受けづらい。蹴りの威力はなかなかのもので、男がよけるたび通路の窓が一枚割れ、壁には穴が増えていく。

男は後退しながら、最小限の労力で倒せる方法を練った。すぐに決まった。

ヒョウ! 左から上段への鞭。男は頭を下げてかわすと同時に、真横のコンパートメントの引き戸を開けた。

十三人目の脛《すね》から先が、勢い余ってコンパートメント内に入り込む。

男は全力で引き戸を閉めた。

ヒョーウ！　悲痛な声が響き、十三人目は脛を押さえてうずくまる。すぐ体勢を整えようとしたがあとの祭りだった。あばらに膝を、首筋に肘《ひじ》を食らい、武闘家は倒れた。

さて残るはひとり、と前を向いたところで、

「あら」

問題が生じた。

最後の十四人目は強盗団のボスだろうか、年長の大柄《おおがら》な男だった。彼は左手でこちらに銃を向け――右手で客室係を抱き込み、その首にナイフを当てていた。

人質はずるくないですか、と言いたかったが、強盗なのだからずるいのは当たり前である。先ほど後退したので、間合いを詰めるにも距離がありすぎた。男はしかたなく両手を上げた。

ボスはしたり顔で笑い、無抵抗の敵に狙いを定める。引き鉄に力が込められる――

パン。

遠くから銃声が鳴り、ボスが崩れ落ちた。

振り向くと、まっすぐ続く通路のはるか向こう――自分たちがいたコンパートメントの前に、自前の銃を構えたメイドの姿が確認できた。三両後ろから援護射撃とはさすがである。男は手を振って感謝の意を示そうとしたが、
パン。

二発目の銃弾がコートに穴をあけた。……手を上げてなかったら当たっていたかもしれない。男は二、三度うなずくと、何事もなかったかのように前に向き直った。

客室係は涙目で両手を組んでいた。

「なんとお礼を言ってよいか」

「別にお礼はいいんですが。あ、そうだ列車そのまま走らせてもらえます？　うちの師匠が時間にうるさいもんで。どうしてああせっかちなんでしょうねぇ無限に時間があるくせに、まあ背が短いと気も短くなるってぇ申しますからそのせいでしょうか、なんせいまの師匠は一頭身だから」

「は、はあ」何を言っているのかよくわからず、客室係は曖昧《あいまい》にうなずく。「あー……お客様、お名前は」

「名乗るほどのもんじゃありませんが、《鳥籠使い》真打津軽《しんうちつがる》と申します」

やっぱりわからないことを言いながら、男が手を差しのべる。客室係はそれをつかみ、立ち上がった。車窓から遠くかすむ空には、炙《あぶ》り出《だ》された絵のように、雪をまとったアルプスの山並みが見え始めていた。

「シュネータールへようこそ、《鳥籠使い》様」客室係はなけなしのユーモアをかき集め、いつものように言った。「観光ですか？」

「お仕事です」真打津軽はにんまりと笑った。「探偵の」

2　連れ去られた少女

遠吠《とおぼ》えが、木々の隙間《すきま》から忍び寄った。

グスタフは息を止め、猟銃を握る手に力を込めた。ベルトから提げた角灯《ランタン》が周囲を頼りなく照らす。目を凝《こ》らしても動くものは見えなかった。フクロウの鳴き声。ヤドリギの葉がこすれる音。近くを流れる滝の水音。

暗闇《くらやみ》と根比べを続けたあと、彼は腕を下ろした。風の音と聞き間違えたのかもしれない。悪態《あくたい》を置き土産にし、夜の森に背を向ける。

村のほうへ戻るにつれ、家々の窓から漏れる蛍のような明かりが徐々に大きくなっていく。温かいはずのその光が、グスタフには魔物の眼光に思えた。寝静まった通りを歩くのは森の中と同じくらい緊張した。呑《の》まれまいと努力しても、恐怖はそれをあざ笑う。

道を曲がろうとしたとき、角から現れた人影とぶつかりそうになった。

グスタフは反射的に銃を構え、すぐ相手の正体に気づいた。

「ハイネマン先生」

「グスタフ君か」

眼鏡《めがね》をかけた初老の男が、角灯の眩《まぶ》しさに顔をしかめていた。村で唯一の医者、ハイネマンである。

「こんな時間に何をしてんです」

「村長の咳《せき》がひどくなって、診察に行っていた。君は？　また夜警かね」

ハイネマンは警戒するように猟銃を見る。「ええ」と答えながらグスタフは自分を落ち着かせた。この医者は村の生まれじゃねえ。だが、信用できる人だ。大丈夫、先生は人間だ。そのはずだ――

「あまり無理をせんほうが。体を壊してしまうぞ」

「体なんざどうだっていい」グスタフは毅然《きぜん》として言った。「娘らの命に比べりゃあ。これ以上奴《やつ》の好きにはさせねえ。リタが喰われてからもうすぐ四ヵ月経《た》つ。早く仕留めねえと、また次の犠牲者が出る」

「また出るとは限らないじゃないか。別の土地に移ったかもしれないし、どこかで死んでいるかも……」

「どこかで？　死ぬ？　気休めはよしてくだせえ。相手はただの狼じゃねえんだ。先生だってよくわかってるでしょう」

図星を突かれた村医者は目を伏せた。胸に提げた聴診器が振り子のようにゆらゆらと揺れた。気持ちはグスタフにもわかった。誰だって認めたくはない。だが、認めなければ戦えない。

産業革命に伴う技術革新から百数十年。生活圏を拡大した人類によって、ヨーロッパの異形《いぎょう》種は駆逐《くちく》されつつある。しかし、それはあくまで都市部での話だ。地方ではいまだに獲《と》りこぼされた怪物たちが息をひそめ、蠢《うごめ》き合い、人里の暮らしを脅かしている。吸血鬼、人魚、屍食鬼《グール》、鷲獅子《グリフォン》――

この山間の奥地にも、古来より生息している異形がいた。

人狼《ワーウルフ》。

人に化ける狼。二足で立つ獣。すべてを追い抜く速度、すべてを見透かす五感、すべてを弾《はじ》く鋼《はがね》の毛皮。邪悪で狡猾《こうかつ》、獰猛《どうもう》で貪欲《どんよく》。吸血鬼と並び称される〝怪物の王〟。鋭い牙《きば》に唾液《だえき》を垂らし、奴らは人を狩りに来る。滝の下、〈霧の窪地《ネーベルムルデ》〉に隠れた人狼の里から。何食わぬ顔で村に溶け込み、ぎらついた眼《め》で獲物を探す。それはただの伝承ではない。グスタフは八年前に実物を見た。見上げんばかりの巨軀《きょく》と銀色に光る毛並みが、まぶたの裏に焼きついている。

いまの状況は、あのときよりひどい。

八年前の事件は実害が出る前に食い止められたが、今回の事件はもう三人やられていて、まだ止まる気配がない。四ヵ月周期、決まって雨の夜、まるで焦《じ》らして楽しむように。村長の孫ナディアが、木こりの長女フィーネが、粉挽《ひ》きの家の娘リタが。村の少女たちがさらわれ、数日後、無残《むざん》な姿で発見された。

認めなければ戦えない。

犯人は近くに潜んでいる。

森の中か、あるいは、この村の中に――

「専門家を雇うべきだ」ハイネマンがぼそりと言った。「怪物駆除のプロを。もう我々だけでは対処できない」

「こんな山奥に来てくれる駆除業者《ハンター》は、誰もいやしませんよ」

「ふもとで噂《うわさ》を聞いたんだが、数日前、南部鉄道で強盗を捕らえた男たちがいてな。〈怪物専門の探偵〉を名乗っているそうだ。鳥籠を持った日本人だそうだが……」

「にほんじん？」

街に出たことすら数える程度のグスタフにとって、まるでなじみのない人種だった。

「そんな奴ら信用できねえ、おれに任せてくだせえ。きっと人狼を撃ち殺してみせます」

「危険すぎるよ。もし君までやられたら」

「だからおれは自分の身なんて」

「デボラはどうなる。それにルイーゼは？」

「………」

諭《さと》すような医師の口調に、グスタフは勢いを失った。

道の先に建つ、明かりの灯《とも》った家に視線を流す。煙突の突き出たその平屋がグスタフの自宅だ。彼には二人の家族がいる。妻のデボラと、十二歳のひとり娘——ルイーゼ。

娘のことを考えるたび、グスタフの胸は締めつけられる。ルイーゼは生まれつき足が悪く、歩くことができなかった。体も弱く、生活は部屋にこもりきりだ。だがあの子は、ほかの村人にはない特別な功績を持っている。彼女は村の救世主で、護《まも》り神《がみ》で、精神的支柱でもあった。

確かにハイネマンの言うとおりだ。ルイーゼを残して死ぬわけにはいかない。

「けど……だからこそ、おれが人狼を仕留めねえと。そうすりゃ、ルイーゼも少しは元気になります。それに早くしなけりゃ、今度はあの子が襲われるかもしれねえ」

「外に出なければ大丈夫さ。戸締まりだってしてるんだろう?」

「ええ。でも、もしそんなことになったら、おれは——」

グスタフがもう一度自宅を見やったとき。

家の中から悲鳴が聞こえた。

十二歳の、か弱い少女の声だった。

「……なんだ?」

ハイネマンがつぶやく。グスタフは即座に駆けだしていた。

家の中に飛び込む。娘の部屋の前には怯《おび》えた様子の妻がいて、必死にノックを繰り返していた。

「何があった」

「わからないわ。急に……」

「鍵《かぎ》は！」

「かかってるの。開かないのよ！」

乱暴にノブをひねったが、確かに開かなかった。ドアには内鍵がついていて、ルイーゼは夜間、常にそれをかける。鍵はベッドから手を伸ばせる位置にあり、横になったままでも操作できる。眠っているのでない限りすぐに外せるはずなのだが。

「ルイーゼ？　ルイーゼ！」

娘の名を呼ぶ。

返事の代わりに聞こえたのは、おぞましい破壊音だった。

木でできた何かが潰《つぶ》れる音。鉢植えが砕ける鈍《にぶ》い音。パリンという窓が割れる音に、壁をひっかくようなガリガリという不快な音。

その合間合間に、うなり声が轟《とどろ》いていた。

猛《たけ》り狂《くる》う獣を思わせる、背筋の凍《こお》るような声だった。

「さがってろ！」

グスタフは妻を退《ひ》かせると、ドアの至近距離で猟銃を構えた。「たすけて！　パパ！　たすけて！」ドアのすぐ向こうから少女の声が聞こえた。焦りとともに引き鉄を引く。真鍮《しんちゅう》のノブが粉々に砕けた。

すぐさまドアを蹴破《けやぶ》り、中に踏み入って――夫婦の不安は現実に変わった。

部屋は異状で満たされていた。

暖炉《だんろ》から伸びた狼の足跡。壁に残った歯形と爪跡《つめあと》。破壊され、散乱した家具の残骸《ざんがい》。ベッドの上は大量の血で汚れ、正面の窓が割れている。

娘の姿はどこにもなかった。

「ルイーゼ！」

妻が叫び、その場にへたり込む。グスタフは踵《きびす》を返し、玄関から駆け出た。立ち尽くしていたハイネマンに「何があったんだ」と尋《たず》ねられたが、答えずに裏へ回り込む。家の裏庭、割れた窓の十メートルほど先には、黒い森の入口がある。

ルイーゼ！　ルイーゼ！　娘の名を呼びながら、グスタフは森に突っ込んだ。猟銃の次弾を装塡《そうてん》し、いつでも撃てるように両手で構える。息を荒らげながら駆けずり回り、前後左右へ血走った目を走らせる。

「どこだ、くそ！　卑怯《ひきょう》者！　あの子を狙うな！　おれを狙えばいいだろ！　殺してやる！　絶対にぶち殺してやるからな！」

ルイーゼ！　ルイーゼ！　ルイーゼ！　後悔と焦燥と心臓をえぐる罪悪感から逃げるように、猟師は叫び続ける。

闇《やみ》はいつまでも答えなかった。

3　業務提携

二日前、英国。

ジョン・H・ワトスンがロンドン一有名な住所を訪ねると、ロンドン一有名な変人が、炎上する肘掛け椅子《いす》にバケツの水をぶっかけているところだった。

カーテンに燃え移る寸前でどうにか鎮火に成功すると、癖毛《くせげ》を後ろに撫でつけた長身の男はこちらを向いた。背広は煤《すす》まみれだったが、顔はまったく平然としていた。

「やあワトスン君」

「やあ、ホームズ……忙しいようなら出直すけど」

「ちょうど暇を持て余していたところさ、上がってくれたまえ。お茶にしよう。窓を開けてもらえるかな。少々焦げくさいからね」

椅子はまだ煙を立てており、絨毯《じゅうたん》には水たまりができている。暖炉では大きな灰の塊《かたまり》がくすぶっていた。どうも書類か何かを大量に燃やそうとし、近くの椅子に飛び火したらしい。暇を持て余してたって？

「君はブリッジかポーカーを趣味にすべきだな」

「どうしてだい？　君の読者にウケるから？」

「下宿先を燃やすより安全だから」

「論理的な帰結とは言いがたいね。大抵のトランプは紙製だから、よく燃える」

「次の話には君がガイ・フォークスの生まれ変わりだって書くよ」

ワトスンはコートと帽子を脱いでから、部屋の窓を押し開いた。ベイカー街221Bから見上げるロンドンの空はいつもと同じ灰色だった。

階下のハドスン夫人からコーヒーを受け取り、革張りのソファーに腰を下ろす。癖毛の男——シャーロック・ホームズはテーブルの上に足を投げ出し、陶製パイプに火をつけた。渦巻くような水色の瞳が友人をさっと一瞥《いちべつ》した。

「ここに来る前床屋に寄ったね」

「名推理ってほどじゃないな」ワトスンは剃刀《かみそり》をあてたばかりの頬《ほお》を撫で、「このひげを見れば、その程度は誰でも……」

「ハーレイ街の東側にある半地下の店。君が入ったのは今日が初めて。医者仲間の間で話題になっており行ってみる気になったようだ。あまり綺麗《きれい》な店じゃなく店主もぶすっとした人物だが、腕に関しては申し分ない。隠れた名店といったところだね」

頬にあてた手がぴたりと止まった。

「どうしてわかった」

「君のコートさ。丈の短いコートだが、裾《すそ》にまだ乾ききってない泥汚れが。裾の前だけについていることから、道端で大きく前かがみになったことがわかる。おそらく君は床屋に入る前、窓から店内を覗《のぞ》いたのだろう。店の窓が足元にあるから屈まざるをえなかったわけだ。とすれば店は半地下だ。最近雨は降ってないから、この近所で道がぬかるんでいるとすれば水はけが悪いハーレイ街の東側。よく行く店なら空いている時間も知っているはずだが、わざわざ中を覗いたのだから入るのは今日が初めてということ。コートの右の袖《そで》口《ぐち》には埃《ほこり》がついているね。中が見づらくて窓を二、三度拭ったようだ。つまり店は掃除が行き届いてない。預かったコートを返すとき泥を払わなかったのだから、店主も無愛想《ぶあいそう》な人物に違いない。何事にも慎重な君がそんな店に入る気になったのは、君と立場が近い複数の人物から口コミを聞いたためだろう。そして店主の腕がいいことは、ひげの剃《そ》り跡から明白だ」

ワトスンは慌ててコートの裾を払った。言われてみればなんてことない話だった。ホームズの推理はいつもそうだ。奇抜な行動に気取った言動――もういい歳《とし》なのに出会ったころと変わらないのだから、まったく彼にはあきれてしまう。

そして、彼の冒険につきあう自分自身にも。

「で？　《夜宴《バンケット》》について何か情報は」

コーヒーを一口すすり、ワトスンは本題に入った。

「今朝がた兄のマイクロフトから連絡があった。二日前、《夜宴《バンケット》》のメンバーと思われる三名がブレーメンの港で目撃されている。人造人間ヴィクター、吸血鬼カーミラ、魔術師アレイスター・クロウリー」

「残りの二人は」

「モリアーティと〈切り裂きジャック〉は英国に残っているのかもしれないが、潜伏先はまだわからない。先週、ウォルワース通りの廃虚にあたりをつけてレストレードに踏み込ませたが、すでに引き払ったあとだった」探偵は脚を組み換える。「ともかく連中の一部がドイツに入ったということは……」

「人狼を探し始めた、ってことか」

ホームズはうなずき、天井に向かって長く煙を吐《は》き出《だ》した。ワトスンはそれを眺《なが》めながら、数ヵ月前の事件を回想した。

英国の誇る傑人、フィリアス・フォッグ。彼の所有する、人狼の隠れ里を指し示すといわれる人造ダイヤ〈最後から二番目の夜《ペナルティメット・ナイト》〉を巡り、怪盗アルセーヌ・ルパン、保険機構のエージェント、探偵《鳥籠使い》一行にホームズと、いくつもの思惑が入り乱れた。

その狂乱の一夜のさなか、ホームズは宿敵に再会した。ロンドンを混沌《こんとん》に陥れた犯罪王、ジェームズ・モリアーティ。片脚と引き換えにライヘンバッハの滝から生還した老教授は、ヨーロッパ各地で異形の仲間をスカウトし、新たな犯罪組織を作っていた。

——そうそう、組織名を言い忘れていた。

——《夜宴《バンケット》》。以後よろしく。

教授の語った計画は、お茶の時間に思い出したいたぐいのものではなかった。彼は人間と怪物を合成するキメラ化の研究を進めており、切り裂きジャックという名のプロトタイプまですでに存在していた。不死、鬼、吸血鬼と細胞の採集に成功してきた教授は次のターゲットを人狼に絞っており、ダイヤを狙ったのはそのためだった。

激しい争奪戦の末、最終的に《鳥籠使い》がダイヤを奪還。モリアーティたちは宝石に刻まれた情報のみをかすめ取り逃亡。対決はドイツのどこかにあるという人狼の隠れ里へ持ち越す形になった——のだが、問題はその情報である。

「〈牙の森《ファングツェーネヴァルト》〉といったっけ。人狼を探し出すにはあの単語が示す場所を見つけないといけないんだろ？　モリアーティは見当をつけたのかな」

「モリアーティも、というべきだ」

ホームズがさりげなく訂正した。

「君も特定を？」

「一ヵ所だけ、〈牙の森〉という伝承が残っている土地を見つけた。バイエルンの山奥にある小さな村だ。少し時間がかかったけどね。何しろ人狼は目撃例が少ないから、やみくもに調べたのではらちがあかない。だが情報の伝わり方には必ず法則性がある。僕は各地の伝承を地図上に配置し、それを辿《たど》って調査範囲を……」

「わかったわかった」長くなりそうなのでさえぎった。「要するに、連中の目的地は把握済みってことだな。で、どうする。追うのかい」

「いま思案中。こんな情報も入っている」

ホームズは机の上の新聞を投げてよこした。〈タイムズ〉紙の国際欄で、ドイツからのニュースとして小さな記事が載っていた。

〈日本人探偵、列車強盗を一網打尽〉

現場に居合わせた探偵が、車内で武装した強盗団を次々倒したのだという。ワトスンの知る限り、そんな芸当ができる日本人探偵は一組だけだ。

「《鳥籠使い》か。彼らもドイツに？」

「そのようだ。彼らがアレイスター組を追うなら、僕らはこっちでモリアーティを追うほうが合理的かもしれない。もしくはサセックスに旅行に行くか」

「サセックス？　どうして」

「知人が養蜂《ようほう》場を営んでいるから」

「……？」

ホームズは真剣な顔でパイプをふかし続けている。冗談を言ったわけじゃないらしい。

理解不能な思考、これも昔から変わらない。まあいいさ、どんなに奇天烈《きてれつ》な発言でも、彼の中には脈絡があるのだろう。コカインをやってない限りは。

ワトスンは新聞をたたみながら、ドイツのほうに意識を戻した。人狼を追う《夜宴《バンケット》》と、それを追う《鳥籠使い》。フォッグ邸で刃を交えた各勢力が再び動きだしたということだ。……そう、勢力といえば、もうひとつ気になることがある。

「連中はどうしているんだろう。ほら、保険機構の──」

ワトスンがその名を出そうとしたとき、

ドアの向こうが騒がしくなった。

階段を上ってくる足音が二つ。軽い足音と重い足音。加えて、じゃらじゃらと何かを引きずるような音。そして言い争うような声。

「だからぁ、くれぐれも穏便にね。ホームズさんは有名人なんだから」

「うっせえなクソ。オレが上司なんだからてめーは黙ってりゃいいんだよ」

「あ、ひっどぉい。何よその言い方」

「ギャーギャーわめくんじゃねえよクソがぶっ殺すぞ」

若い女の声と、野太い男の声。ワトスンは眉《まゆ》をひそめた。

最初のなよっとしたほうが男の声で、「クソ」を連発する粗暴なほうが女の声だったからだ。

足音は少しずつ近づき、やがて、蹴破るような勢いでドアが開いた。

現れたのは白い服の二人組だった。

ひとりは、肩幅の広い黒人の男。剃り上げた禿頭《とくとう》が褐色の光沢を放ち、アーモンド形の目から濃いまつ毛が伸び、厚い唇《くちびる》には紅が引かれている。屈強な体格をカソック風の立て襟コートに包み、その裾から伸びた四本の太い鎖を、尻尾のように引きずっていた。

もうひとりは見事なブロンドヘアに、つば反り帽《キャトルマンハット》をかぶった少女。歳は十六、七だろうか。フランス人形のように可憐《かれん》な顔立ちだが、目の鋭さはまるでマフィアだ。両手をポケットに突っ込み、不機嫌そうに口を尖《とが》らせ、顎を斜に構えている。その態度も、ベストにネッカチーフを合わせた服装も、腰のベルトに提げた二丁の拳銃《けんじゅう》も、すべてが新天地的《アメリカ》だった。

黒人の肩にはローマ数字の〈Ⅳ〉が、少女の胸には〈Ⅲ〉が、目立たぬように刻まれていた。

「部屋を間違えたか？」少女が言った。「あんたんとこの壁には弾痕《だんこん》で女王のイニシャルが書いてあるって聞いたんだが」

「あれは創作だ。僕の友人は脚色が得意でね」

「今日の出来事は脚色せずに済みそうだよ」ワトスンはコーヒーを飲みほしてから、「ええと、君たちはひょっとして《ロイズ》の……」

「諮問警備部よ」黒人の男がしとやかに笑った。「あたし、カイル・チェーンテイル。第四エージェント。よろしくね。こっちは第三エージェントの」

「アリス。アリス・ラピッドショット。あの椅子はなんで焦げてんだ？」ホームズは答えぬまま、ソファーを回ってワトスンの隣に移った。それを許可と受け取ったのか、訪問者たちは部屋に上がり込んだ。カイルと名乗った大男はホームズの向かいにどかっと座り、アリスと名乗った少女はその横にそっと腰を下ろす。

異様な二人と向き合いながら、そろえたばかりの口ひげが汗ばむのをワトスンは感じた。

保険機構《ロイズ》諮問警備部。

世界的大企業に属するこの部署の、主な仕事はリスク管理である。

顧客の周囲に危険が生じた場合、現地に派遣され財産を死守、保険金賠償のリスクを避ける。平たくいえば保険屋所属のガードマンだが、特筆すべきはその強さだ。世界各国から集められた戦闘のエキスパートである彼らは、顧客を襲うどんなトラブルにも少人数で対応できる。たとえ相手が犯罪組織でも、千人の暴徒でも、異形の怪物でも。

犯罪者を追うこちら側にとっては頼れる味方だ――と、ワトスンは思っていた。だが、その清すぎる価値観ゆえに。人間の利益の追求という大きすぎる使命感ゆえに、彼らに別の側面があると知ったのは、フォッグ邸事件の最中のことだった。

「さて、なんのご用かな」

「名探偵なんだろ。当ててみろよ」

ホームズが切り出すと、アリスが挑戦的に返した。

「業務提携の相談なら僕は応じない」

「業務提携？」と、ワトスン。「なんの提携だ」

「クソどもの駆除に決まってんだろ」

「人間同士、手を組みましょう」

ねちっこい口調とともに、カイルは目を細めた。

そう。

《ロイズ》諮問警備部は、狂信的な怪物廃絶主義の集団である。

フォッグ邸の事件に彼らが介入したのも、混乱に乗じてダイヤを回収し人狼を見つけるというのが目的だったようだ。現にルパンの犯行後、二人のエージェントがホームズたちを裏切り戦況をかき回した。そのさなか彼らは〈切り裂きジャック〉に敗北、任務は失敗したはずなのだが——怪物淘汰《とうた》への情熱はまだ燃え尽きていないらしい。

「《夜宴《バンケット》》がドイツ入りしたって情報は知ってる？」

「兄から聞いた」

「なら話が早いわ。あたしたちもあなたたちも、奴らの討伐って点で目的は一致してるでしょ。でもお互い足りないものがある。あたしたちに足りないのは、奴らの目的地に関する情報」

「レイノルドのクソとファティマのクソがしくじったからな」

「んもぉ、汚い言葉使わないの」と、少女をたしなめる大男。確かにフォッグ邸の事件後、ホームズがダイヤの暗号を解いた場に《ロイズ》陣営は居合わせなかった。彼らは〈牙の森〉というキーワードをまだ知らない。

「だけど、こっちに足りないものっていうのは？」

「おいおいワトスン先生、噂どおりの無能だな」アリスが目玉をぐるりと回し、「戦闘力に決まってんだろ。てめーら《夜宴》《バンケット》と人狼相手に立ち回れるってのかよ」

「僕には奥の手が……」

「知ってるよ〈場律〉《バリツ》だろ」

ホームズの言葉にアリスがかぶせた。

「日本の古武術。英訳すると戦場操作。それとも戦場掌握か？　うちの二番手が日本人でな、死にぞこないのクソじじいだがてめーの技のことも知ってたよ。敵の動きと自分の動きと周囲の全部を把握して予測して計算して先手を取る。クソ面倒な技術だがてめーのご大層な脳みそなら可能ってわけだ」

だがな、とアリスは帽子のつばを上げ、

「武術である以上そりゃ対人間を想定した技だろ。アレイスター・クロウリーは人間だから対応できた。てめー吸血鬼と人狼の速さわかってんのか？　人造人間の馬力はどうだ？　連中と戦いながらてめーの頭ん中にあるセオリーを連中のセオリーに合わせて修正する時間が取れんのかよ。ハッ、クソどもは待っちゃくれねーぜ。八つ裂きにされて終わりだ」

「でも、あたしたちなら立ち回れる」と、カイル。「だから手短に言うと——情報くれたらあたしたちが《夜宴《バンケット》》をやっつけてきたげるって話」

確かにそれは、保険屋風にいえば、業務提携の打診であった。

探り合うような沈黙が流れる。窓の外から行商人のかけ声と、馬車の走る音が聞こえた。

ホームズはパイプの煙をくゆらせてから、

「断る」

ごく短く答えた。

「君たちの狙いは《夜宴《バンケット》》だけじゃない。人狼と、《鳥籠使い》の三人組も殺すつもりだろう」

「なんか問題あるか？　クソが何匹死のうが一緒だ」

「人狼はともかく輪堂《りんどう》鴉夜《あや》には借りがあるのでね。それに、君たちが《夜宴《バンケット》》に確実に勝てるという保証もない」

「なめてもらっちゃ困るわねえ。あたしたち怪物駆除の専門家よ」

「そう息巻いていた同僚はフォッグ邸でやられたようだが――」

目の前で花火工場が爆発したかのように、
鋭い連続音が耳をつんざいた。

それが銃声だと気づいたのは何秒か経ってからだった。いつの間にかアリスが両腰の銃を抜き、銃口からは煙が立ち昇っている。ワトスンは背後を振り返った。暖炉と絵画との間の壁に、等間隔に並んだ十二の弾痕によって、大きな〈V〉と〈R〉が書かれていた。

「これで小説どおりだな」両手で銃をもてあそびながら、アリスが言った。「同僚だぁ？あんなクソ雑魚どもと一緒にすんなよ」

「交渉決裂なら、無理やり情報を渡してもらうしかないわね」と、ため息をつくカイル。

「あたし、人間同士の喧嘩《けんか》はいやなんだけど」

「資料はさっき全部燃やした。渡せる情報はない」

「そこにはあんだろ？」

銃口が探偵の眉間《みけん》を狙う。ホームズは動じなかったが、水色の瞳の奥で、波紋が一ヵ所に収束するのが見えた気がした。〈場律〉の発動時に放たれる、凍りつくような空気。アリスは引き鉄に指をかけ、カイルも腰元の鎖に手を這《は》わす。一触即発の危うさが、ベイカー街221Bの居間に満ちる。

ワトスンもめまぐるしく思考していた。大男のカイルは見るからに手強《てごわ》そうだ。アリスは身体能力は低そうだが、たったいまとんでもない早撃ちを披露してくれた。《ロイズ》のエージェント二人と、中年男二人。どうやったら渡り合えるっていうんだ？　まったく、こんなことなら立ち寄るんじゃなかった。

悲運を嘆きつつも彼は勝算を探り始める。相棒のような推理力はないが、元軍医ならではの冷静さで、周囲の状況に目を配る。

女王陛下のイニシャル。

壁にあいた穴は十二個だった。

アリスの銃はアメリカ製のコルト・サンダラーだ。装弾数は六発。二丁で十二発。

ということはいま、彼女の銃はどちらも弾切れだ。

この距離なら、たとえば自分が飛びかかって両腕を押さえてしまえば、装塡の隙を与えずに無力化できる。残りはカイルのみ。ホームズとの一対一なら〈場律〉で倒せる可能性も――

いや、待て。

弾切れなんて、そんなことがあるだろうか？　軍人時代、残弾数の確認は教官に何度も指導された。《ロイズ》の三番手を担うほどの実力者が、目にも止まらぬような早撃ちを繰り出す銃士が、それを忘れることなどありえるだろうか？

悪い予感が背筋を貫《つらぬ》く。ワトスンがホームズの肩にそっと触れたとき、

「そう、それが彼女の狙いだ」思考を読んだように、ホームズが言った。「彼女は君が飛びかかるのを待っている。弾を使いきったのはわざとだ。ベストの内側に予備の銃が隠してある」

「あん？」

「最初から妙だと思っていたんだ。言葉遣いも態度もドアを開ける動作も乱暴だったのに、椅子に座るときだけは慎重だった。乱暴に座るとベストがめくれたり、内側のホルスターが音を立てる可能性があったからだ。違うかな」

感心したように微笑《ほほえ》み、アリスはベストをめくる。裏地に縫いつけたホルスターに、もう二丁のコルトが差してあった。

「さすが名探偵だな。で、どうする。やんのか？　やんねーのか？」

開き直ったようにアリスが言う。すぐに撃てる状態ならこちらに勝ち目はない。やがてホームズが、あきらめたように目を閉じた。

「情報を渡そう。ただし条件がある」

「《鳥籠使い》に手ぇ出すなってのは聞けねーぜ」アリスはくるりと銃を回す。「オレは見た瞬間に撃っちまうからな」

「そうじゃない。さっき僕の友人を無能と評したね。撤回してもらおう。ダートムーアの湿地でもフォッグ邸の展示室でも、僕が生き残れたのはワトスン君がいてくれたからだ」

「おいおい、そんなもんどうでも……」

「君の罠《わな》にも彼は気づいていた。僕が指摘するより前に僕を止めようとした」

今度はアリスが折れる番だった。

「わーったわーった、悪かったよ。西部生まれでな、口が悪《わり》ぃのさ。これでいいだろさっさと教えろ」

「ドイツ、バイエルン、ホイレンドルフ。〈牙の森〉」

「〈牙の森〉？　なあにそれ」

「ダイヤに刻まれていた言葉だ。詳細はわからない。場所なのか物なのか、童謡や昔話なのか、それとももっと別の何かか――そこから先は現地で君たちが調べてくれ。答えがわかれば人狼にも辿《たど》り着《つ》けるだろう」

「嘘《うそ》じゃないって保証ある？」

「嘘だとわかったら僕らを粛清リストに加えればいい」

「オーケー」カイルは浅くうなずいて、「もうひとつ。〈最後から二番目の夜〉はいま誰が持ってるの？」

「《鳥籠使い》がフォッグ氏から借り受けている。ダイヤを取り返したのは彼らだから、その権利がある」

「そいつは朗報だな。駆除して奪やあ一石二鳥だ」

アリスはホルスターに拳銃を戻した。そして挨拶《あいさつ》もなしに腰を上げる。カイルも立ち上がってから、ワトスンに顔を寄せ、

「ごめんなさいね、急におじゃましちゃって」と謝った。それから声をひそめて、「アリスはあんなこと言ってたけど、あたしはあなたのほうが好みよ」

「……そうですか。どうも」

ドアが閉まり、二人分の足音と重い鎖を引きずる音が遠ざかっていった。

ワトスンは息を吐き、汗をぬぐった。ホームズはパイプを逆さにして、床の上に灰を落としていた。灰皿を使わぬのはいつものことだが、少し不機嫌そうだ。

「もっと別の条件を出すべきだった。僕は無能呼ばわりには慣れてるし」

「僕は慣れていないんだ」

「燃やしたのは人狼探しの資料だったのか。ロイズの接触を予測してたのかい」

「まあね。でもこんなに早く来るとは思わなかった。もう少し時間があればソファーの下に爆弾を仕掛けておいたのだけど」

「ソファーが爆発したらハドスンさんが怒ると思うよ……」

やはり彼はブリッジを嗜《たしな》むべきだ。たとえ遊び相手が自分だけでも。

「〈場律〉が怪物に通じないというのも、君自身わかってたんだな。ドイツ入りに悩んでいたのはそのせいか」

「そういうこと。悔《くや》しいが彼らの言ったことは事実だ。いまの僕らじゃ怪物相手に立ち回れない。この先《夜宴《バンケット》》とやり合うには、手段を磨《みが》く必要がある」

再びパイプに火をつけてから、ホームズは突如立ち上がった。

「方針が固まった。すぐに出発だ」

「え、どこに」

「サセックス！　君も来るだろ」

「そりゃどこにだって行くけどさ……僕には一応奥さんがいるんだぜ」

「そうだっけ？　何人目？」

「あいにくまだ一人目でね」

あきれ声をよそに、ホームズはトランクを引っ張り出して荷造りに取りかかる。ワトスンはソファーに身を沈める。先ほどたたんだ〈タイムズ〉紙が目に入った。

「輪堂鴉夜たちは大丈夫かな。向こうでロイズに狙われることになりそうだけど。《夜宴《バンケット》》ともぶつかるだろうし、人狼が絡む可能性も……」

「絶体絶命だな。でも、彼らなら笑ってそれを楽しみそうだ」

ホームズはロンドンの空に向かって、口笛のように煙を吐いた。

「笑劇《ファルス》の舞台に立ったみたいにさ」

4　ホイレンドルフ

「『このよくばりーーっ。狼に喰われて死んじまえーーっ。先に帰《けえ》るぞーーーオっ』『あーっ、ちょ、ちょ、ちょっと大将、待ってくださいよ大将、待ってください、来るとき一緒だったんだからそんな薄情なこと言わないで、おい繁《しげ》どォん、ちょっと止めといてくれ。止めといてくれよいいかい。いまなんとかするから、そっちィ上がってくからな。ウーム、ウーム、ウーー……』なんてんで奴《やっこ》さんしばらくうなっておりましたが、何を思ったか着ているものをみんな脱いじゃって。芸人ですから安もんじゃございますけどもみんな絹物。羽織《はおり》、着物、長襦袢《ながじゅばん》、帯、こいつをピューーッピューーッと裂き始めた。『おいおいおい……おい、ごらんよ。え？　あの野郎悔しいってんで着物なんて裂きだしちゃったよ。……はあ、何を言っても怒りゃあしない、穏《おだ》やかな奴だと思ってたが、こういうことんなるとクルーッと人間が変わっちゃうんだ。へーえ、こわいもんだねえ、どうも……おや？　……おい、そうでないよ。野郎、縄を綯《な》い始めたよ。ははァ、いろんな芸のある奴だねェ。……おーーーい、一八《いっぱち》ィーーーィ。えらいとこで内職が始まったなーーーア！』

『ハァ、ハァ……こっちだって何もね、こんなとこで内職なんざァしたかないよ、したかないけども……ハァ、狼が出るなんてのは、こりゃいけませんよ。こりゃ出るよこの景色は。ハァ。狼は洒落《しゃれ》になりませんよ。狼にゃヨイショが効かないんだから。「おや、オオさーん」なんて言ったって喜びゃしねえんだからね。いきなり噛《か》みつくんだから困るよ、本当に……た、大将、ちょっと待ってくださいよ。いますぐそっちィ上がりますから。もうちょっと。もうちょっとですからね』ってんで一八は夢中でもって一本のながァーい縄をこしらえるってえと手ごろな石を見つけてきて」

「津軽」

「突《と》っ先《つあき》にきゅっとしっかり結んであっちこっちと見ているうちに一本際立ってツッツッと出ている嵯峨《さが》竹に見当がついた。びゅーっと回しといてすっと離すってえとスゥーーーーっと飛んでったやつがクルクルッと竹に巻きついて」

「津軽」

「なんです師匠」

「うるさい」

「ムードを出そうと『愛宕山《あたごやま》』を演《や》ってみたんですが」

「アルプスで『愛宕山』は逆にムードが壊れやしないか」

ドイツ南端、シュネータールの山岳地帯。蛇のようにのたうつ山道を、軽装のまま登ってゆく日本人の二人組——正確にいえば三人組——の姿があった。

おんぼろコートに青髪のやたらと上機嫌な男、真打津軽。その一歩あとに無言でつき従うメイド、馳井《はせい》静句《しずく》。そして、津軽が持つ鳥籠の中に収まった少女、輪堂鴉夜。

山はアルプスから連なる山群の一部で、地元では〈冬の門《ヴィンターガング》〉と呼ばれていた。眼下には薄緑の谷間が広がり、山の向こうには透き通るような空を背に、雪をまとったアルプスの岩肌がそびえている。標高は二千メートルを過ぎただろうか、空気はしんと冷えていた。

「しかしこんな山奥に村があるんですかね」

津軽はきょろきょろ首を動かす。前方は深い森に呑まれており、いつ魔物が出てもおかしくないような趣だ。

「もうすぐ着くはずです」と、静句。

「なんて村でしたっけ。高野豆腐？」

「ホイレンドルフです」

「遠吠え村《ホイレンドルフ》たあ人狼にうってつけだ。モリアーティとお仲間もそこに向かったんでしょうか。なんて組織でしたっけ金平糖？」

「《夜宴《バンケット》》です」

「津軽おまえ小腹がすいてるだろ」

「さすが師匠名推理です、どうしてわかりました」

「冗談はさておき」と鴉夜は軽く流して、「〈牙の森〉のことは連中も知っている。辿った先に行きつくのがその村なら、連中も近くにいるかもしれない。警戒してないといつ襲ってくるかわからないぞ」

「こっちは〝鍵〟を持ってますしね」

津軽はポケットから鶉《うずら》の卵大の宝石を取り出す。闇を凝縮したようなブラックダイヤ――〈最後から二番目の夜〉が、その指先でぞんざいに躍った。

津軽たちが、自身の体を奪った組織と一戦交えたのは数ヵ月前のこと。次は人狼を捕らえに行くと言っていた連中を追い、自分たちも人狼伝説が色濃く残るこの地方までやって来た。町から町へ移動しあちこち聞き回った結果、ホイレンドルフというその村の話を耳にしたのである。

古来より、人狼が出ると噂の村。

〈牙の森〉という謎《なぞ》めいた伝承が残る村。

その〝森〟とやらは具体的に何を指すのか。人狼たちはそこにいるのか。そもそも現代《いま》でも生き残っているのか。見つけるための鍵といわれるダイヤは本当に役立つのか。敵はいったいどう動くのか――旅の行方は、行く手をふさぐ森と同じように予測がつかない。

だが、津軽はそういう旅が好みである。

「楽しみですねえ。あたくしまだ人狼にゃ会ったことがないもんで。師匠はあります？」

「二度だけ。百五十年くらい前だったかな。ほら例の『百鬼百考』だ、平賀源内《ひらがげんない》の」

一昨年の暮れに三丁目の鈴木《すずき》さんが、と話すような口調だった。

「私に対してどんな生物が殺傷可能か調べるために、世界中から怪物が集められた。その檻《おり》の中に人狼も一匹いた。ほとんど言葉は交《か》わさなかったがなかなかいい面構えだったぞ」

「どういう怪物なんです？」

「人と狼が混ざった奴だ」

「そりゃわかりますがもうちょい詳しく」

「そうだな……獣だなんだといわれがちだが、頭のいい連中だ。人語を解すし潜伏がうまい。そして三つの姿に自在に変わる。人、狼、それから獣人。区分するならそれぞれ生活に向いた姿、移動に向いた姿、戦闘に向いた姿といったところだな。人の姿のときは普通の人間とほぼ変わらん。筋力も普通だし、ナイフで刺せばちゃんと傷つく」

「そういう言い方をするってぇと、ちゃんと傷つかない場合も」

「ある。毛皮をまとったとき、つまり狼か獣人の姿になったときだ。身体能力が跳ね上がって、皮膚は銃弾も通さんほど硬質になる。獣人のときは加えて体の大きさが増す。熊《くま》みたいな巨体に膨《ふく》らんで、牙と爪も大きくなる。そうそう、それと五感がおそろしく鋭い。後ろから襲っても気づかれるし、逃げたらどこまでも追ってくる」

「あんまりやり合いたくない連中ですね」

怪物の姿を想像し、津軽は顔をしかめた。特に皮が硬いというのがやっかいだ。手袋と袖《そで》の間から覗《のぞ》く、青い流線が刻まれた自身の手首に目を落とす。

「あたくしの拳なら通るでしょうか」

「鬼の力は再生力を打ち消す力だ。皮膚の硬度は再生力とは異なるから、通らんかもしれんな。銀は苦手なはずだから静句の『絶景《たちかげ》』のほうが有効かも」

布の巻かれた得物を背負った静句が、津軽に向かって無言でうなずく。表情に乏《とぼ》しいその顔がなぜかちょっと得意げに見えた。

「ほかに弱点はないんですか」

「タマネギとかじゃないか？　犬だし」

「適当言ってません？」

「私もあまり詳しくないから……」

「〈怪物専門の探偵〉が聞いてあきれますね」

「う、うるさいな。そもそも人狼はほとんど人里に現れないんだよ。ひきこもりが相手じゃや私だってお手上げだ」

「手もないのにお手上げとは」

「揚げ足ばっかり取るんじゃない」

「足もないのに揚げ足とは」

「静句、こいつにしつけをしてやれ」

「あっ待って師匠あっ静句さんちょっと待って冗談です冗談ですってあっ痛い痛い痛い」

「ルイーゼ！　ルイーゼーっ！」

津軽の悲鳴と重なるように、森の中から別の声が聞こえた。

木々の間から現れたのは、人狼でも《夜宴《バンケット》》でもなく――眼鏡をかけた初老の男だった。

津軽は立ち上がってコートの埃を払い、「こんにちは」と笑いかける。男はひどく驚いた様子だった。人里離れた山の中で鳥籠を持った青髪の男が清楚なメイドに踏みつけられて肩を外されようとしている場面に居合わせたのだから、当然かもしれないが。

「な、何しとるんだ君たち」

「ハイキングです。ホイレンなんとかって村に行きたいんですがこの道で合ってますか」

「ホイレンドルフは私の村だが……あっ」

いぶかしげに津軽を観察した男は、鳥籠に目を留め、思い当たったように叫んだ。

「君たち、もしかして探偵か。怪物専門っていう」

「よかったですね師匠こんなとこまで評判が届いてますすよ。ロンドンじゃさっぱりだったのに」

「おまえはいつも一言余計だ」

「た、た」

「た？」

「助けてくれ！」

津軽が向き直ったとたん、男がすがりついてくる。コートをつかんだその手は、何かを恐れるように震えていた。

「村で事件が起きたんだ。女の子がさらわれた」

「さらわれた？　誰に」

「人狼に！」

津軽は静句と顔を見合わせた。

あてのない旅路に、少なくともひとつ答えが出たようだ。

噂どおりの小さな村だった。

ヴィンターガング山の裏側は、隣接した山々と重なる形で起伏が緩《ゆる》くなっており、中腹には平地ができていた。針葉樹に覆われた黒い森の中。ふもとの人界に背を向けるように、ひっそりとその村は隠れていた。

ホイレンドルフ。

人口は百にも満たないだろう。森の開けた場所を本通りが貫き、通りの両側や枝分かれした脇道《わきみち》に、ぽつぽつと民家が建っている。そのどれもが、苔生《こけむ》した古い木組みである。

井戸に桶《おけ》を下ろす女。洗濯物と一緒に吊《つ》るされたなめし革。軒先で煙草《たばこ》をふかす老人。どこからか漂うシチューのにおい。

絵葉書にしたいほど牧歌的な風景だが、のどかだとは感じなかった。空気はどこかぴりついている。子どもの遊ぶ声が聞こえず、行き交う人々にも笑顔がなかった。彼らは皆《みな》、会話を避けるように早足だった。すれ違う村人はひとりの例外もなく、津軽たちに怪訝《けげん》な視線を投げてきた。

「すまない」初老の男――ハイネマンと名乗った村医者が言った。「みんなよそ者に慣れてなくて」

「お気になさらず、あたくしたちどこでもこんな感じですから」津軽はいつものように応《こた》え、いつものように頭を巡らす。「風流な村ですね」

「ただの田舎《いなか》だよ。学校もないし、店もない。村民のほとんどが猟か木こりで生活してるし、水は川と井戸から汲《く》んでる」

「そういやさっきから水の音が」

「耳がいいな、君は……森の奥に大きな滝があってね。だが、見物人は年にひとり来ればいいほうだ」

「滝！　そいつぁいいや、あたくし小噺《こばなし》と滝に目がなくて。どちらも綺麗に落ちるから」

「おまえの話はいつも落ちんがな」鴉夜が口を挟んだ。「ハイネマンさん、事件についてお聞きしても？」

声の発生源が気になったのだろう。ハイネマンは静句のほうを一瞥し、眉をひそめつつも話しだした。

「始まったのは一年前。春先の雨の夜だった。村長の孫娘が、水汲みに出たきり姿を消した。ナディアという子で、まだ十五歳だった。翌日森の中に死体が……。首と背中が折られ、胸は真っ二つに裂け、顔はずたずたにされていた。片手は骨ごと喰いちぎられて、噛み跡も体のあちこちに。狼の被害者は何度か見てきたがあれは普通じゃない。あんな殺し方ができるのは……」

「人狼だけ、というわけですか」と、鴉夜。「『始まったのは』と言いましたね。その次は？」

四ヵ月後だったという。

木こりの家の娘、フィーネという名の少女が姿を消し、二日後死体で見つかった。同じく残酷な喰われ方だった。その四ヵ月後には粉挽きの家のリタという娘が犠牲となった。フィーネは十一歳、リタは十三歳。どちらの事件も、雨の夜、ちょっと外に出たきり帰ってこず、数日後森の中に――という形だった。

ハイネマンはナディアの死体から犯人の歯形を採取しており、フィーネとリタの死体とも見比べたが、刻まれていた歯形はすべてナディアについていたものと一致した。

つまりは同一犯というわけだ。

「手口も天気も被害者の性別も同じ、ですか」他人事《ひとごと》のように鴉夜がまとめる。「顔がずたずたと言いましたね。被害者はみんなそうでしたか」

「ああ。見るも無残でね。思い出すだけで……」

「本人でした？」

「え？」

「見つかった死体です。全員本人？」

「ああ、それは間違いない。ホクロや痣《あざ》などの特徴は全部一致したから」

医者が言うなら確かだろう。レースの覆いの向こうから、ふうん、と思案するような息が漏れた。

「村の周辺を何度も捜索したが、人狼は見つからなかった。二件目からはもう、村中戦々恐々だ。また来るのか、来ないのか。来るとしたら誰が死ぬのか。先が見えぬまま事件が続いて――そして昨日だ。グスタフという猟師の家に人狼が押し入って、ひとり娘のルイーゼがさらわれた」

「どうりでさっきルイーゼルイーゼと」

「昨日の天気は？」

うなずいた津軽に続き、鴉夜が尋ねた。ハイネマンはまた「え？」と返す。

「ふもとは晴れていました。ここでは雨が？」

「いや……昨日は降ってない」

「それは奇妙ですね」

「そ、そうかな」あなたの声のほうが奇妙だけど、と言いたげな顔をし、彼は話題を戻す。「ルイーゼは病弱な子でな。生まれつき足が悪くて、車椅子で生活していた。彼女もまだ十二歳で、もうすぐ十三の誕生日だった。あの子は村の希望の象徴だったのに……かわいそうに……」

ハイネマンは周囲をうかがい、急に声をひそめた。

「村の中に人狼が隠れていると主張する者もいる。四ヵ月ごとに理性を失い、娘を襲っているのだと。信じがたい話かもしれないが、確かにこの村には前例がある」

「前例？」

「八年前、実際に村人の中に人狼が隠れていたんだ。そのときは被害が出る前になんとか退治できたが……ああ、着いた。ここだ」

立ち止まった先は、本通りの中ほどに位置する教会だった。村唯一の大きな建物で、神父はだいぶ前に病死したが、その後も寄合所として使われているのだという。

ハイネマンが扉を開けると、

「昨日の夜どこで何してた。答えろ！」

「よ、よしてくれグスタフ。乱暴は……」

男たちの言い争う声が飛び込んできた。

参列席に、働き盛りの村人が二十人ほど集まっている。その中心で、猟銃を肩に提げた男が、青白い瘦《や》せた男の胸元をつかんでいた。猟師の目の下にはくまができ、鬼気迫る様子だった。

「クヌート、てめえが変身してルイーゼをさらった。違うか！」

「そんなわけないだろ。昨日は家で寝てただけだ。どうして僕を……」

「てめえはよそ者だ」

「む、村生まれじゃない住人ならほかにもいるじゃないか。絵描きのアルマも、ハイネマン先生だって……」

ハイネマンが咳払《せきばら》いすると、男たちはこちらに気づいた。グスタフと呼ばれた猟師は相手を解放し、汚れたズボンで手を拭《ぬぐ》った。

「先生……どうでした、北の森は」

「ルイーゼは見つからなかった。だが、助っ人《すけと》を連れてきた」

「助っ人？」グスタフは津軽たちに目を移し、「そいつら何者です？」

「探偵の……」

「どうもみなさんお初にお目にかかります、あたくし日本から遠路はるばるやってまいりました流浪の芸人《鳥籠使い》真打津軽と申します、名は真打でも器は前座ってぇちゃちな男でございます。こちらは師匠の」

「輪堂鴉夜です。こいつを弟子にした覚えはないですが」

津軽が前に進み出て、鴉夜が慣れた調子で応じた。

スープに浮かぶ蠅《はえ》を見つけたときのような空気が教会を包んだ。胡散《うさん》くさい青髪の男が名乗ったこと以上に、どこからともなく聞こえた少女の声が、男たちをたじろがせた。

「いま、誰が喋《しゃべ》った？」グスタフは静句を指さす。「あんたか？」

「こっちだよ」

鴉夜の声に合わせて、津軽が鳥籠を持ち上げた。誘うようにレースの覆いが揺れると、少しずつざわめきが広がった。

「なんだ……？　何が入ってる」

「見たいなら見せてもいいが、おすすめしないな。私を見たらみんな悲鳴を上げるから」

「悲鳴？」

その一言が、疲労にまいりそうな猟師を刺激したらしい。グスタフは一歩前に出て、無理に鼓舞するかのように自身の胸を叩く。

「おれたちは悲鳴なんて上げねえ。何が相手でもだ。人狼だろうが、どんな怪物だろうが
……うわあ！」

宣言は最後まで続かなかった。津軽が鳥籠の覆いを持ち上げたからだ。

高い天井に男たちの声がこだました。十人が呆然と立ち尽くし、五人が怯えてあとずさり、三人が窓から逃げ出して一人がその場にひっくり返った。グスタフもハイネマン医師も目を丸くして、鳥籠を——その中に収まった代物を凝視した。

少女だった。

妖艶《ようえん》が形を取ったような、深淵《しんえん》から這《は》い上《あ》がったような、世にも妖《あや》しく美しい少女だった。大きく縁どられた目の中で紫色の宝石が輝いている。艶《つや》めく唇がこの世のすべてを蠱《こ》惑《わく》するように微笑み、幼げなのにすっと通った鼻先がどうしようもなく魅力的だった。鴉《からす》の濡《ぬ》れ羽色《ばいろ》をした髪と真白な肌のコントラストは、ひとつの絵巻物のようだった。

そんな少女の頭が、鳥籠にすっぽりと収まっていて。

つまり彼女には、首から下が存在しなかった。

「……なんだ、君は」

やっとのことで声を発したのはハイネマンだった。

「〈不死《ふし》〉といいましてね、死なない体質なんです。ちょっと前悪党に体を奪われまして、普通なら死ぬんですが、死ねないのでこうなりました」

「か、怪物……」

「どけ！」

男たちが二手に分かれる。グスタフが猟銃を構え、鳥籠に狙いをつけていた。背後に控《ひか》えていた静句が、背中の得物にそっと手をかける。ハイネマンが慌てた声を出す。

「ま、待てグスタフ君。落ち着け」

「うるせえ！　ただでさえ人狼にかき回されてんだ、これ以上怪物を増やしてたまるか！」

「しかし、彼らは怪物専門の……」

「こんな奴らを信用するってんですか？　馬鹿《ばか》げてますよ！　おい、いますぐ村から出ていけ！」

「出ていけと言うなら出ていくが」鴉夜は穏やかに返した。「ねえグスタフ君。君が銃を下ろすなら、私は連続殺人犯を見つけ出して、娘さんの安否も確認して、事件を解決できると思うけどな」

「…………」

「なぜって私は君より九百年ばかり長く生きてるし、探偵というのは首から下がなくても務《つと》まる仕事だからね。目と耳と、頭脳さえあれば」

グスタフは一歩たじろぎ、泣きだす幼児のように顔を歪めた。猟銃の銃口が上下する。不信と期待との間で秤《はかり》が揺れる。

逃げ出した男たちも戻ってきて、騒ぎを聞きつけた女や子どもたちと一緒に教会を覗き込《こ》んでいた。そんな村全体を相手取るように、輪堂鴉夜は問いかけた。

「さて、どうする？」

5　理性的犯行現場

「別嬪《べっぴん》さんですが師匠にゃ負けますね」

クルミのヌガーをかじりながら、津軽は幼い顔を眺めた。

曾祖父《そうそふ》の代から猟師だというグスタフの家の居間は、その歴史をうかがわせる多くの品で埋められている。鹿《しか》の毛皮、狼の下顎《かがく》の骨、刃こぼれしたナイフや鉈《なた》。そこに交じって一枚だけ、むき出しの油彩画がかかっていた。村はずれに住む絵描きの作品だそうだが、なかなかどうして出来はよかった。

描かれているのは、木製の車椅子に乗った少女である。ちょっと顔を傾け、膝の上で手を重ね、考えごとをしている——といった風情の一場面。背は小柄で、ゆったりした服を着ているが、体の細さは一目でわかった。小麦色の豊かな髪が、血色の悪い頬を隠すように顔の両側に垂らされている。大人びた表情はつまらなそうで、翡翠《ひすい》色の瞳がどこか遠くを見つめていた。

隅には記録が付されている。〈ルイーゼ　十一歳の六月〉

モデルとなった少女は、この家にはもういない。

「足は生まれつきでしたっけ。てんで動かなかったんですか」

「ああ。街の医者にも見せたんだが、手の施しようがなかった」非力を嘆くようにハイネマンが言った。「だが、病気に負けない聡明《そうめい》さを持った子だった。最近は体調もよさそうだったのに……」

「『だった』なんて言い方よしてくだせぇ」

「ああ……すまない、グスタフ君。私はただ」

「まあまあ。で、グスタフ君。悲鳴を聞きつけてそれからどうしたのかな」

鴉夜が先を促《うなが》し、グスタフは昨夜の子細を語った。そばには妻のデボラが立ち、夫と生首の少女とを不安げに見比べている。静句はハイネマンの家へ荷物を置きにいったが、早く戻ってきてお茶を淹《い》れてほしいなあと津軽は思った。ホイレンドルフの自家製ヌガーは歯と歯がくっつきそうな代物だった。

「それで森に駆け込んだが、遅かったというわけだね。なるほど、ありがとう。ハイネマンさんはその間何を？」

「家の前に立ち尽くしていたよ。情けない話だが、体が固まってしまって……」

「逃げていく犯人を目撃しましたか」

「いや、何も。ルイーゼの部屋は家の裏側だから、正面からは見えなかった」

ハイネマンは、居間の奥のドアへ目をやった。ドアノブが吹き飛び、まわりに焦げ跡がついている。あの向こうが少女の自室なのだろう。

「奥さん」

鴉夜が呼びかけると、デボラは「ひっ」と声を上げた。

「最初に悲鳴が聞こえたとき、あなたは就寝中でしたか」

「お、起きてました。ここで編みもんを……」

「ではずっとドアの前にいたわけですね。悲鳴よりも前、何か異変はありましたか」

「異変なんてなんも……。静かなもんでした。ルイーゼは眠ってたんだと思います。いつも日暮れにはベッドに入って、明け方まで起きねえんです」

「わかりました。ではとりあえず、娘さんの部屋を見せてもらいましょう。ほら津軽、仕事だ」

はあい、と答えてヌガーの残りを口に放り、鳥籠を持ち上げる。信用しきれぬ相手に娘の部屋を見せたくないのか、グスタフが顔をしかめる。

「ただの荒らされた部屋だ。見たって何もわかりゃしねえ」

「しかしこの体では、見るくらいしか能がないのでね。津軽、開けてくれ」

ノブの壊れたドアは、軽く押すだけで簡単に開いた。

田舎にはふさわしくない、ホテルの一室のような部屋だった。柔らかそうな絨毯、ワニスを塗った家具、大きなベッド。だが贅沢《ぜいたく》とはいえないだろう。足の悪い少女にとっては、この部屋が世界のほぼすべてだったのだから。

　そしていま、小さな世界は蹂躙《じゅうりん》されていた。

　ベッドはドアのすぐ左に、頭側を壁につける形で置かれていた。毛布が剝《は》がされ、シーツの白を塗《ぬ》り潰《つぶ》すように、赤黒い染《し》みが残っている。

　ベッドの向こう側には水差しやランプが載った小卓と、車椅子、そして暖炉が見えた。その暖炉の中から、煤で汚れた四本足の肉球の跡が、点々と床の上に続いている。足跡はベッドを回り込んで部屋のこちら側へ向かい、そこで突如、数倍の大きさに膨《ふく》れ上《あ》がっていた。煤が薄くなってしまったためその後の足取りはわからないが、何をしたかは想像せずとも見るだけでわかった。暴《あば》れ回ったのだ。

　惨状だった。本棚は真っ二つに割られ、ばらけた本のページが周囲に散らばっている。書きもの机は上から押《お》し潰《つぶ》されたかのように脚が折れ、そこに載っていたと思わしき白いゼラニウムの鉢植えが絨毯の上で砕けていた。そして天井から床の端まで、あらゆる場所に残った歯形と爪跡！　それは明らかに、鋭い牙と爪を持つ巨大な怪物が猛威を振るった痕跡《こんせき》だった。

　部屋には窓が二つ並んでいる。ドアの正面にひとつと、その左横にひとつ。どちらも同じ大きさのようだ。左側は何事もなかったかのようにカーテンが閉じているが、右側のカーテンはずたずたに切り裂かれ、破壊された窓が見えた。

巨大な拳を叩き込んだように、ガラスが内枠ごと砕けている。窓の縁には外枠にぐるりと沿う形で、割れ残ったギザギザのガラス片が残っていた。獣の歯並びによく似ていた。

「三社祭《さんじゃまつり》みたいに賑《にぎ》やかですね」皮肉の欠片《かけら》もにおわさずに津軽が言った。「さて師匠、どこから手をつけます？」

「…………」

「師匠？」

「え？」正面の窓を見つめて

■ルイーゼの部屋見取図

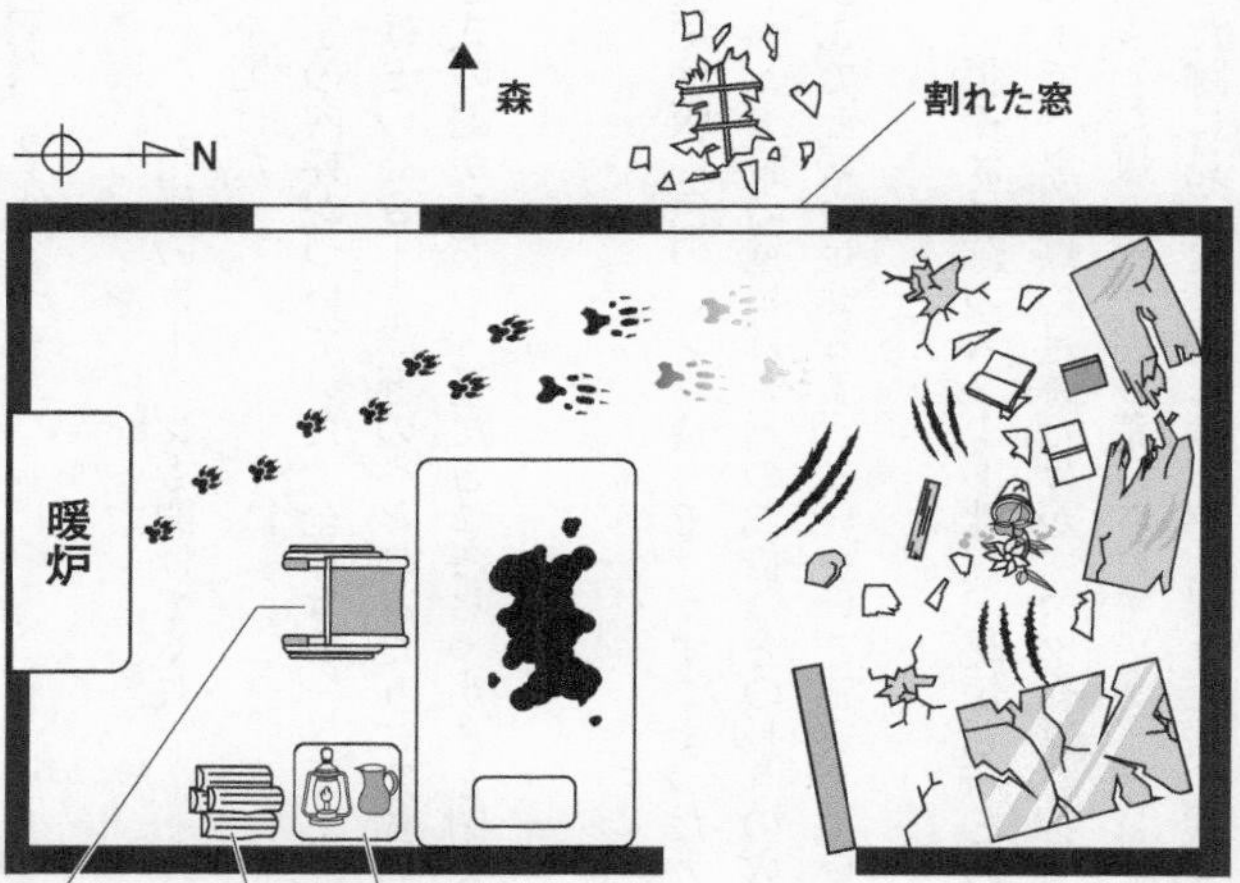

いた鴉夜は、我に返ったように応えた。「あ、うん」

「やだなもう、ボケてきたんですか」

「不老不死はボケたりせん。ちょっと暗いな、左側のカーテンも開けてくれ」

津軽は部屋に踏み込み、左のカーテンを開けた。

窓はよくある上げ下げ式で、上下に十字の内枠がついていた。全体は縦一メートル、横七十センチの長方形。床から一メートルほどの高さ――津軽のへそのあたりに窓枠の下辺が位置している。そして目の高さにねじ式の鍵がひとつ。見たところしっかりと閉まっている。

「よし。まず暖炉だ」

また「はあい」と応じ、移動する。暖炉は灰褐色のレンガ造りで、うずくまった大人がどうにか入れるくらいの大きさだった。ベッド脇《わき》の壁には普通の二倍ほどの長さの火かき棒と火ばさみが立てかけてある。寝たままでも薪を足せるようにいろいろ工夫していたようだ。

しゃがみ込んで、暖炉に鳥籠をかざす。鴉夜は足跡のスタート地点、暖炉と床との境目をじっと観察した。よく掃除された床の上で、黒い煤の足跡だけが、スタンプを押したように目立っている。暖炉の中では厚く積もった煤と灰が踏み荒らされていて、床ほど判然とはしないが、こちらも狼が足を動かした跡に見えた。隅には、燃え尽きた薪の残りが追いやられていた。

「奥さん」と、鴉夜。「昨日はこの暖炉に火をくべましたか」

「い、いんえ。まだ冷え込むからくべたほうがとあたしゃ言ったんですが、ルイーゼがいいと言ったんで」

「するってえと犯人はこっから入ったんですかね」

津軽は鳥籠を脇に置き、暖炉に首を突っ込んだ。内壁に両手をつっぱり、ぐっと首を反らしてみる。煙突の先に丸く切り取られた空が見えた。

「人が通るにゃちと狭いですが……」

「狼の姿なら飛び降りられる」と、鴉夜。「足跡から察するに、狼のときの犯人はあまり大柄じゃないようだ」

「獣人に変わったらばかでかくなるみたいですが」

津軽は足跡を目でたどった。ベッドの端で巨大化している足跡は、肉球をそのまま細長く伸ばしたような形で、サイズは四十センチ近くある。人狼は三つの姿に自在に変身するという、師匠の解説を思い出す。

「部屋ん中で狼から獣人に変わって暴れ回ったってわけですか。なるほど、こいつぁ確かに人狼のしわざだ」

「そうだな。人間が偽装するにしても、こんな爪跡や歯形をつけまくることはできないだろう」

「人狼のしわざなんてのは最初からわかってんだよ」

もどかしそうにグスタフが言う。鴉夜は気にせず、また足跡に目を落とす。

「綺麗だな」

「ええ、くっきり残ってますね」

「津軽、手のひらを見せろ」

急に命じられ、津軽は思わず自分の手を見た。手袋に包まれた両手。別段何も付着していないが。

師匠に見せる。それを確認すると、鴉夜はふいに村医者の名を呼んだ。

「ハイネマンさん、おつかいを頼んでもいいですか。被害者につけられた歯形を保存しているとおっしゃってましたね。この部屋のものと見比べたいので、持ってきてください。それから静句を呼び戻してもらえると助かります。ボール大の、何か汚れてもいいものを持ってくるよう言伝《ことづて》してください」

「ボール……？」

「私くらいの大きさ、という意味です」

ハイネマンは首をひねりつつも承諾し、部屋を出ていく。続いて鴉夜はデボラに尋ねる。

「奥さん。荒らされる前の部屋に最後に入ったのはいつですか」

「ええと、昨日、ルイーゼを寝かしたときですけんど」

「夕飯のすぐあとだ」と、グスタフ。「おれも居間にいた」

「娘さんはどんな様子でした？」

「どうって……普通です。いつもどおりおとなしくて、だけんど具合はよさそうでした。あの子は自分でベッドに移って、ランプつけて、本を読んどりました」

デボラは寝床を振り返った。ベッドのそばに無傷の車椅子が寄せてある。暖炉側だったため被害をまぬがれたようだ。

「娘さんは補助なしでも車椅子を乗り降りできました？」

「ええ。あの子も慣れたもんですから、全部自分でできました。着替えとか、体を拭《ふ》いたりするんも」

「では、あなたは部屋の中で何を？」

「ええと、毛布をかけてやったんと、水差しに水を足したんと……あと、窓のカーテンを閉めました」

「窓の鍵はかかっていましたか」

「こっちの……左側の窓にゃ、ちゃんとかかってました」

「右の壊されたほうの窓は？」

「そっちの窓ははめ殺しで。もともと開かねえんです」

「ドアにも内鍵がかかってましたね。あなたが部屋を出たあと、ルイーゼさんがかけた？」

「ええ。ベッドのすぐ横なんで、手え伸ばすだけでかけられるんです。あの子は夜にゃいつもかけます」

「わかりました。どうも」

生首からの質問責めが終わり、デボラはほっと息を吐いた。鴉夜は考え込むように唇を尖らせてから、

「津軽、窓を見せてくれ。壊れたほうの窓だ」

「はいはあい」

鳥籠を持ち上げ、津軽は窓に近づいた。

大きさや高さは左の窓と同じ造りだった。ぶち破られた穴から、顔と鳥籠をひょいと突き出す。窓の真下から一メートルほど先にかけて、ガラスと内枠が散乱していた。残った外枠をつまんでみたが、動かなかった。確かにはめ殺しのようだ。

窓の外は砂利を敷いた裏庭で、十メートルほど先には深い森が迫っている。

「こっから逃げたんですね」

「そのようだ。奥さん！」間髪を容《い》れず、鴉夜は声を投げた。「この部屋からなくなって

いるものはありませんか」

「え？」

「毛布とか、絨毯とか、服とか。足りないものはありませんか？」

彼女はおそるおそる部屋を見回し、また首を振った。

「荒らされちゃ、いますけんど……なくなってるもんはねえと思います」

「なるほど、だいたいわかってきました」

鴉夜は独り言《ひとりごと》のようにつぶやく。相棒である津軽にもその一言は意外だった。まだ何かをつぶさに観察したわけでも、手がかりを拾い上げたわけでもない。ただ部屋を一周し、いくつか質問しただけだ。

何がわかったんです、と尋ねようとしたとき、

「鴉夜様」

窓の外に静句が現れた。ハイネマンも一緒だ。

「静句。頼んだものは持ってきてくれたか」

「はい」

「じゃ、悪いが屋根に上ってくれないか。そしたらこの部屋の煙突から呼びかけてくれ」

「承知しました」

いやな顔ひとつせずメイドは動きだす。あたりを見回し、積み上げられた薪に足をか

け、スカートの裾がはためくのもかまわず屋根に上っていった。太ももの残像を振り払うように、ハイネマンが首を振った。

「屋根の上を見たいんですか？」と、津軽。「あたくしも屋根くらい上れますけど」

「おまえは足を滑《すべ》らせるかもしれんからな」

「やだなあ、そんなヘマはしませんよ」

「いつもスベってるのにか？」

「こりゃ一本取られました」

「暖炉のほうへ戻ってくれ……静句ー、どうだ。上ったか？」

暖炉の中に呼びかける鴉夜。煙突を通して「はい」とくぐもった声が返ってくる。

「まわりに煤の足跡はあるか？　狼もしくは人間の」

「ありません」

「やはり逃げたのは窓からか……。じゃ、穴からものを落としてみてくれ。そっとでいいぞ」
二、三秒の間のあと。小さな白い物体が煙突を落ちてきて、ポスン、と音を立てた。暖炉から灰が舞い上がり、床の上に薄く積もった。
「あーっ！」津軽が叫んだ。「これあたくしの枕《まくら》じゃないですか。ちょっと静句さん、なんでこんなの落とすんですか！」

「汚れてもよいものと言われたので」

「汚れちゃだめなものですよ！　師匠もなんとか言ってやってください」

「ありがとう静句。下りてきてくれ」

「お礼言ってどうすんですか」

まったくもう、と嘆きながら灰をはたく津軽。猟師の夫婦はそのやりとりを、いぶかしげに見守っていた。

「これ、頼まれた歯形だが」

玄関を回ってきたハイネマンが、懐《ふところ》から小さな包みを取り出す。中身は汚れた服の切《き》れ端《はし》だった。最初の被害者、ナディアの死体から採取したものらしい。

津軽は切れ端を受け取り、室内の歯形と比べてみた。全体の大きさも、歯並びも、やや外へ突き出た左側の犬歯も、ぴたりと一致した。

「同一犯ですねえ」

「まいったな」

「おや推理が外れましたか」

「犯行の規則性が崩れているからな。模倣犯かもしれないと思ったんだが……」

紫の瞳が思索するようにちょっと上を向き、すぐに戻った。

「グスタフ君。ルイーゼさんは外出が多いほうだったかい？」

「多いと思うか？　歩けねえ女の子だぞ」

「首から下がないのにヨーロッパ中を旅してる女の子だっているからね」

「外にゃあまり出なかった」グスタフは苦々しげに答えた。「出るときゃおれかデボラが車椅子を押してやった。ときどき部屋に人を呼ぶことも……クソッ！」

先ほどのハイネマンと同じく、過去形を使ってしまっている自分に気づいたのだろう。グスタフは悪態をつく。そして焦るように、探偵に向き直る。

「で？　何かわかったんかよ。ルイーゼをさらったのは誰だ」

「先に弟子の意見を聞いてみようか。津軽、犯人はどんなふうに動いたと思う？」

津軽は唇を舐めた。

「そうですね、狼の姿で屋根に上って煙突からひゅーん、すたっ。こっそりベッドに近づいて獣人に変わって寝ていたルイーゼちゃんを襲います。悲鳴がキャーッ。ベッドに血がびしゃっ。そのまま暴れ回って机やら棚やらぶっ壊します。そうこうするうちご両親がドアを叩きだしたんで、こりゃまずいってんでルイーゼちゃんを連れて窓からとんずら、森へすたこら。こんなとこじゃないでしょうか」

「楽しそうに喋んな！」

観客の反応はいまいちだった。グスタフは津軽をにらみ、両手を広げた。

「そんくれえ、この部屋を見りゃ誰だってわかんだろ。いかれた人狼があの子を襲ったんだ！　おれが知りてぇのはな、そのいかれた人狼がどこのどいつかって……」

「違う」

季節外れの風鈴のように。

探偵の声が、静かに響いた。

「犯人はいかれた人狼じゃない。その点は確かだ」

グスタフは手を下げ、荒らされた部屋を沈黙が満たした。次に口を開いたのはハイネマンだった。

「人狼のしわざじゃないと言うのかい」

「いいえ、この部屋で暴れたのは間違いなく人狼です。ほかの生き物じゃこんな痕跡は残せませんし、歯形も一連の事件と一致しています。しかし、いかれた人狼ではない。これは極めて理性的な犯行です」

「いったいなぜ……」

「たとえば血痕《けっこん》」

全員の目が、ベッドの上に注がれた。

「悲鳴が聞こえ、人狼が暴れ、ベッドには大量の血が。女の子が重傷を負って何者かに連れ去られたと仮定しましょう。しかし見てください、ベッド以外の場所に血はまったくついていない」

確かに部屋の中にも、裏庭にも、窓枠に残ったガラスにも、血は一滴もついていない。

「ベッドの上にはこんなに血がついているのに、逃走経路には一滴もない。とすれば、犯人は何かでルイーゼさんを包み込んでいたということになる。ずだ袋や大きな布みたいなものでね。しかしこの部屋からは毛布一枚なくなっていない。ならば、犯人が少女を包む用の袋を持ち込んだということです。たまたま持っていたのでしょうか？　それはありえません。犯人は狼の姿で煙突から入ったんですからね。意図的に口にくわえていたのでない限り、袋を持ち込むことはできません。さて、理性のない人狼がそんなことをしますかね？」

津軽は袋をくわえた人狼の姿を想像し、にやりと口を歪めた。猛獣にしちゃ、ずいぶんと用意周到だ。

「そもそも煙突から入るという時点で奇妙です。本能のままに少女を襲うなら、窓をぶち破って押し入ったほうがよっぽど簡単ですからね。しかし窓は外側からじゃなく、内側から破られている」

「だが……それじゃ、この暴れ方は」

「とち狂った犯行に見せかけるためわざとやったように見えますね」

動揺するハイネマンに、鴉夜はあっさりと答えた。

津軽は改めて部屋を見回す。壊された家具と刻まれた傷、賑やかすぎる暴れっぷり。作為的——と言われれば、確かにそう見える。

グスタフが荒い息を吐く。

「計画的ってこたあ……犯人は、最初からルイーゼ目当てだったってのか」

「おそらくは。手口の変更も傍証になる。犯人は同一犯で、過去三度の犯行は外出した娘をさらうという手口だった。しかし今回は、わざわざ部屋に押し入った。なぜ手口を変えたのか？　犯人はルイーゼさんを襲いたかったが、車椅子の彼女には外出の機会がほとんどなかったから。そう考えれば筋は通る」

「なんでルイーゼを狙うんだ！　あの子は何も……」

激昂《げきこう》した父親は、しかし途中で語気を落とした。デボラは目を伏せ、ハイネマンもはっとしたように顔を強張《こわば》らせた。村人たちには何か思い当たる節があるようだった。

鴉夜の紫の瞳が光る。鳥籠の柵《さく》の向こうから、探偵は彼らを観察する——

「あの」そのとき、外から声がかかった。「鍵が壊れていますが」

屋根を下りてきた静句だった。無表情のまま、真横に指を伸ばしている。

「かぎ？」

「物置小屋です。お伝えしておこうかと」

津軽は窓から再び顔を出す。裏庭の隅に小さな物置があって、確かに戸板の錠が壊されていた。

「あ、ああ。そりゃずっと前からだ」

話題がそれて、グスタフはほっとしたようだった。

「一年くれえ前、そこにしまってた古い猟銃が盗まれてな。弾も何発か……」

「猟銃と弾が？」と、鴉夜。「見つかったのかい」

「いんや。村長にも伝えてしばらく探したが、見つからんかった。だいたい村の家にゃどこだって猟銃くらいあるんだ、村人が盗《と》る必要はねえ。きっと街から来た盗《ぬす》っ人《と》に売っ払われたんだ」

「一年前って言やあ事件が始まったころですね。なんか関係は」

「ねえよ。銃を撃つ人狼なんていねえ。吸血鬼は銃やカメラを使いこなしてましたよ、とは言わずにおいた。現に、一連の犯行に銃が絡んでいる様子はない。

「なくなったのはどんな銃？」

「単発の散弾銃だ。口径は二十ゲージで……確か銃床《ストック》に三角の傷が」

鴉夜はしばらく考え込み、「気に留めておこう」とだけつぶやいた。

「さて、そろそろおいとましようか。村長に挨拶しにいくとしよう。グスタフ君、奥さん、どうもありがとう。行くぞ津軽」

「はあい」

踵を返し、ドアへと向かう津軽。

その背にグスタフが「なあ」と声をかけた。よそ者に対するとげとげしさ、怪物に対する嫌悪感は消えていた。振り返った先にいたのは、気弱なひとりの父親だった。

「ルイーゼは無事だと思うか」

「君はどう思う？」

「……期待はしてねえ。だが今回は、ほかと手口が違うとあんたが言ったし。犯人もいかれてるってわけじゃねえみてえだし……」

「私の見立てでは、残念ながらもう殺されている」

猟師の夫婦と村医者は、案山子《かかし》のように立ち尽くした。

津軽はノブの吹き飛んだドアを閉める。油彩画の中の少女が、憂《うれ》いを帯びた目で探偵たちを見送った。

「ルイーゼちゃん、ほんとに殺されてんですか」

「殺されてないほうがおかしいだろう」

「まあそうですけど。犯人の目星は？」

「尻尾はつかんだ。ところで津軽、さっき三社祭みたいだと言ったか」

「ええ」

「浅草か……。おまえにしてはうまいたとえかもしれん」

津軽はぐるりと目玉を回した。師匠からほめ言葉を頂戴《ちょうだい》するとは。こりゃ、明日の天気は荒れそうだ。

＊

同じころ。

ヴィンターガング山麓《さんろく》の町シュネータールの駅に、金髪の少女と黒人の大男が降り立った。

妙な二人組だなと思いつつ、改札係の駅員は近づいた。笑顔を作って制帽のつばに手をやり、地元の定番フレーズで挨拶する。

「シュネータールへようこそ。観光ですか？」

「駆除だよ」

吐き捨てるように少女が答えた。

6　人狼講義

村長の家は、ほかと変わり映えしないごく質素な民家だった。

まず、ひげの濃い仏頂面の男が戸口に出た。村長の息子で助役のブルーノだと名乗った。津軽が陽気に挨拶しても彼は笑い返さなかった。

「あんたらのことは親父《おやじ》の耳にも入ってる。上がってくれ」ブルーノは一歩さがり、探偵たちを招き入れた。「娘を……ナディアを喰った人狼を見つけてくれるそうだな」

「ええそりゃもう、たちどころに」

「頼みがある。生け捕りにしておれの前に連れてこい。おれはこの手でとどめを刺してえ」

「そういう上等な注文はうちは普段やってないもんでちょいと受けかねます、あいすみません」

下町の蕎麦屋《そば》めいてへいこらする津軽。あきれたのか納得したのか、助役はそれ以上何も言わず、奥のドアを顎でしゃくった。

薄暗い部屋に踏み込むと、痩せこけた男がベッドから身を起こした。

ホイレンドルフの長《おさ》、ホルガー村長。

気持ちのよい人物とは言いがたかった。白髪は伸び放題で、肌の色は使い古したシーツと見分けがつかない。節くれだった指には複数の指輪がはまっている。部屋の壁にも彼自身にも、老いと病《やまい》のにおいが染みついていた。ただひとつ、垂れ眉の下の眼光だけが力強さを保《たも》っていた。

「寝たままですまん。わしゃ今年で八十五だでな」

「お気になさらず。私は今年で九百六十三です」

鳥籠はベッド脇のテーブルに置かれた。蠱惑的な少女の笑みからホルガーは目をそらす。窓の外では、隣家の親子が薪を割っていた。

「この村は餌箱《えさ》じゃ。奴らの餌箱。何百年も前からそうじゃ。奴らは滝の下から崖を上ってきて、気まぐれのようにわしらを喰う。わしらが町に下りて、肉屋でソーセージを選ぶみたいにな。じゃが」

乾いた咳が言葉を邪魔した。

「じゃが、四度立て続けっちゅうんは初めてじゃ。あんたらが異人でも怪物でもかまわん。人狼を見つけてくれ。娘ばかり四人も喰われた。怖がって土地を離れたがっとる者《もん》もおる。このままじゃ、村が滅ぶ」

「滝の下から、と言いましたか」と、鴉夜。「人狼はそこに住んでいるんですか」

「言い伝えじゃそうなっとる。滝の下の窪地ん中に村が隠れとるとな。ヴォルフィンヘーレっちゅう村じゃ」

「〈牙の森〉ではなくて?」

ホルガーはぎょっと眉を上げた。「なぜその言葉を」とつぶやき、警戒するように声をひそめる。

「そうか……急に現れたんはおかしいと思っとった。おまえらそれが狙いか。人狼を探しとるんじゃな」

「正確にいえば、人狼を探している連中を追っているんです」

「探しちゃならん。村人ん中にも窪地に攻め入ろうっちゅう者がおるが、わしゃ許しとらん。崖に近づくことすら禁じとる。あそこは忌《い》み地じゃ。奴らとは関《かか》わり合《あ》わんのが一番じゃ。怒らせりゃ、わしらは返り討ちにあう」

「怒らせるつもりはありませんよ」

「そもそも窪地は広い。森だって深い。むやみに下りたってどうにもならん。奴らを見つけるにゃ鍵がいる。黒い宝石じゃ。ドワーフ族の作った……あーっ! それ! なんで持っとる⁉」

津軽が懐から〈最後から二番目の夜〉を取り出してみせると、村長は五十歳ほど若返ったような勢いで叫んだ。再び咳き込み、落ち着きを取り戻す。

「おまえら……どうやら本気のようじゃな」

「私の首から下がかかってますから。で、この鍵はどう使うんです？」

「教えん」

「〈牙の森〉というのは？　人狼の村を指す言葉ではないんですか」

「違う」

「ではどこを？」

「どこでもない。この世界のどこにも〈牙の森〉なんて場所はない。じゃが、人狼村に行くにゃ〈牙の森〉を見出《みいだ》さにゃならん」

「謎かけがお好きなようだ。まるで私の弟子ですね」

「狼とかけまして本番に弱い役者と解きます。そのこころは、どちらも嚙んでばかりです」

「津軽はちょっと黙ってなさい」

「だって師匠が振ってくるから」

「ではこうしましょう、ホルガーさん」さらりと鴉夜は話を戻した。「私は二日以内に犯人の名を指摘します。それが達成できたら、あなたは人狼村の見つけ方を私たちに教える。どうです？」

ホルガーは悩むように唇を引き締める。津軽は鳥籠の後ろで顎を撫でた。

おそらく鴉夜は、村に着いた時点からこの局面を想定していたのだろう。見るからに閉鎖的な村、対するこっちは怪しいよそ者。情報を出《だ》し渋《しぶ》るのは予想がつく。だから、事件解決という人参《にんじん》をぶらさげる。

果たして馬は食いついた。食いつかざるをえなかった。

「……わかった。呑もう」

「交渉成立ですね。では事件の話をしましょう」

鴉夜は声を弾ませ、探偵業に舞い戻った。

「最初の被害者はお孫さんでしたね。狙われた理由に心当たりはありますか」

「ない」

「被害者は全員若い娘ですが、これについては」

「犯人は若い娘が好きなんじゃろ。若い娘の味がな。わしらが肉屋で……」

「ソーセージを選ぶのと同じ？　しかし犯人の買い物は規則的すぎます。四ヵ月周期でひとりずつ、天気や殺し方にもこだわっている」

「……何が言いたい」

「犯人には腹を満たす以外の目的があるかもしれない、という話です。まあそれは置いておきましょう。あなたは、犯人がこの村の中にいると思いますか？」

「思わん。若い衆にゃそう言い張る者もおるがな。ありえんことじゃ」

ホルガーはかぶりを振った。

「まず〝血筋〟の条件でほとんどが除ける。狼が狼からしか生まれんように、人狼も人狼からしか生まれん。村人の多くは生まれも育ちもこの村だでな。皆《みな》血筋がはっきりしとって、人間なのは間違いない。怪しい者がいるとしたら、血筋のはっきりせん者……よそから来てこの村に住み着いた者。そういう者は、この村にゃ三人だけじゃ」

節くれだった指が、順番に折られる。

「医者のハイネマン先生。技師のクヌート。絵描きのアルマ。三人とも独《ひと》り身《み》で、夜に出歩いても怪しむ家族はおらん」

津軽は教会での一幕を思い出した。グスタフに胸ぐらをつかまれ、犯人と決めつけられていた男の名が確かクヌートだった。追及にはこうした根拠があったわけだ。

「アルマはともかく、ほかの二人はええ人だでな。疑うんは忍びなかったが……とにかくわしゃ、三人をテストした。人狼は理屈外れの怪物じゃ、人に化けてるとこを見破るのは難しい。人間のときと獣のときとじゃ奴らの体はまるで変わる。身長も体重も筋力もな。痩せた女でも太った男でも同じしなやかさの狼に変われるし、十《とお》の子どもでも九十の老いぼれでも同じでかさの獣人に変われる。じゃが、人の姿のままでもわしらと違うとこがいくつかある。たとえば、奴らは暑さや寒さに人より強い。それに……」

「五感の鋭さ」

人狼と同じ理屈外れの少女が答えた。

「そう。奴らは普通の人間よりも音やにおいに敏感じゃ。で、ブルーノに言ってテストさせた。三人を連れてきて、においの強いヤマユリを鼻に寄せたり、耳元で鍋《なべ》を叩いたりな。人狼なら驚いて尻尾を出す。じゃが三人は平気なもんじゃった。だでな、村の中に人狼はおらん」

推理が締めくくられても拍手を送る気にはなれなかった。厳密なテストとはお世辞にも言えない。鴉夜はお茶を濁《にご》すように、

「私もその三人から話を聞くことにしますよ、一応。しかしホルガーさん、人狼の生態にお詳しいですね」

「この村で長をやってりゃ、いやでもそうなる」

「ひょっとして弱点とかご存じです？　師匠はどうもあてにならなくて」

すかさず割り込む津軽。その師匠からの視線が痛かったが、気にはしまい。

「弱点っちゅうと、奴らの毛皮を貫けるもんっちゅうことか」

「ええ」

「ない」ホルガーはきっぱりと答えた。「奴らの毛皮は無敵じゃ。刃物も銃弾もはね返す」

「銀や聖水ならば効くのでは？」

それまで黙していた静句が口を開いた。ホルガーは嘆くようにかぶりを振る。

「あんたらの師匠の知識は、百年ばかり古いようじゃな」

「……すみませんね、年寄りなもので」

鴉夜の声はふてくされていた。不老不死なのだからもっと忍耐強くなってほしい。

「さっき血筋の話をしたがな、人狼どもの一番の武器は爪でも牙でもない。〝血〟じゃ。吸血鬼やら人魚やら、ほかの怪物は何百年も変わらん不変性が強みじゃ。じゃが、人狼は違う。奴らは進化をする。奴らは血筋を操る」

語り口に熱がこもった。

「交配や遺伝の知識に、奴らはわしらよりずっと通じとる。どんな個体とどんな個体を交ぜりゃ血が濁らんか。どんな個体とどんな個体を交ぜりゃ子がより強くなるか。奴らはそれを計算し尽くして、交尾をして子を増やす。まるで群れ全体がひとつの個体みたいにな。子の代は親の代より少しだけ強くなり、孫の代はさらに……。奴らはそうやって力を手に入れた。そうやって吸血鬼と並ぶ怪物になった」

「その品種改良の結果」と、鴉夜。「いまの人狼たちは、銀や聖水にも耐える外皮を得ていると？」

「そうおかしな話じゃなかろう。銀も聖水も神が遣わした武器っちゅうわけじゃない。銀はただの金属。聖水はヴァチカンの連中が作った薬品じゃ。連中は偉そうなこと言うとるがな」

毒で虫を殺し続ければ、毒に強い虫だけが生き残る——

「どうします静句さん。銀、効かないんですって」

山道でのお返しのように言ってやる。華麗に無視された。津軽は村長に向き直る。

「じゃ、打つ手はなしですか」

「ないこたあない。人間の姿のうちに叩くか、目や口ん中を狙うか。あとは火炙りじゃな」

「よかった、師匠よりゃまだ殺しようがありますね」

「火炙りは私も苦手だな。あれは煙たいから」

ホルガーは触発されたように咳き込み、続ける。

「じゃが、そのうち火にだって強くなるかもしれん。奴らはいまでも窪地ん中で血筋を磨き続けとる。〈終着個体《キンズフューラー》〉が生まれたらどんなことになるか、末恐ろしいわい」

「キンズフューラー？」

「そういう伝説じゃ。奴らの最終目標。血筋の果てに生まれる究極の人狼を、奴らはそう呼んどる。〈終着個体《キンズフューラー》〉はいままでのどんな人狼よりも速く、硬く、賢く、強い」

奴らにとっての、神じゃ——と。

ホルガーは講義を締めくくった。恐怖するよりも、むしろ崇拝するような言い方だった。

津軽はふと気づく。

グスタフやブルーノ。これまで出会った被害者の遺族たちは、犯人に復讐《ふくしゅう》を誓っていた。だがこの老人は、孫娘を喰い殺されたというのに、それを気にしている様子がほとんどない。代わりに「このままじゃ村が滅ぶ」と言った。人口が減り続けることで村の存続が危ぶまれる。そういう意味の発言をした。

ひょっとするとこの老人も、ホイレンドルフをひとつの〝群れ〟としか見ていないのかもしれない。私情は二の次で、共同体としての利益を優先しているのかもしれない。村長の鑑《かがみ》といえばそれまでだが——

「村長さん、ルイーゼちゃんがさらわれて悲しいですか？」

相手の器を計るため、ちょっと意地悪な質問をしてみた。

病弱で歩けない女の子。貧しい田舎の小村で、ルイーゼのような娘がどういう扱いを受けるか、津軽はうんざりするほど知っていた。嫁としても働き手としても認められず、村のお荷物として疎《うと》まれ、場合によっては捨てられることすらある。以前働いていた見世物小屋にもそういう経緯で流れてきた娘が何人かいた。

ルイーゼがさらわれて、村長は内心喜んでいるのではないか——そんなことを思い聞いてみたのだが、

「悲しいなんてもんじゃない」

意外にも、老人は即答した。

「ルイーゼは村の護り神じゃった。わしらの心の支えじゃった。あの子が死んだら、この先どうすりゃいいのか……。まったく悪夢のようじゃ」

どうも本音のようだった。護り神？　心の支え？　そういえば村医者も「希望の象徴」とか呼んでいたし、部屋の家具も豪華だった。村における彼女の扱いは、お荷物どころかかなりよかったということか。

なぜ？

心優しい村だから、とまとめるには違和感があった。村長たちの口ぶりからは、何か宗教じみたものを感じる。

師匠が人狼へ話題を戻す。

「銀が効かないと断言しましたが、効かない人狼を見たような言い方ですね」

「見たからな」

「八年前の事件ですか」

「そう。あの親子もよそ者じゃった」

「親子？」

「人狼は二匹じゃった。女と、その女が産んだ娘。膨らんだ腹である日ふらりと現れおってな。この村で五年ほど暮らしとった。わしらはすっかり騙《だま》されとった。いまから思えば愚かな話じゃ」

老人はまた咳き込み、毛布から薄く埃が舞った。

「喋り疲れた。あとは技師のクヌートに聞くといい。あいつは親子と親しくしてたでな、わしより詳しく話せる」

ベッドに身を沈め、早々に目をつぶってしまう。彼は最後まで鴉夜を見ようとしなかった。津軽は鳥籠を持ち上げ、静句とともに部屋を出た。

ドアを閉める直前、もうひとつだけ質問を投げた。

「ちなみに八年前って、どうやって人狼を見つけたんです？」

「なんじゃ、聞いとらんのか」

ホルガーは目をつぶったまま答えた。

「ルイーゼじゃよ。あの子が見破ったんじゃ」

挿話　2

教会の中にお花畑ができている。

スイレンにクロッカス、セントーレア。好きなにおいも嫌いなにおいも、いろんなにおいがまざっている。強すぎてときどきむせそうになるけど、そんなの吹き飛ばしてしまうくらい、楽しい。

夜なのにおうちの外にいる。いつもならねむる時間なのに怒られない。みんなで教会に集まって、にこにこお話ししながら、たくさん花輪を編んでいる。わくわくしすぎて破裂しそうなのに、お祭りの本番は明日なのだという。ほんとに？　すごい！　楽しすぎて、体が自然に揺れてしまう。

みんな機嫌がよさそうだけど、きっと一番はわたしだ。

だって昼間、わたしはとてもいいことをしたのだ。

とってもとっても、いいことを。だから、わたしが一番楽しい。

大人たちのほうを見る。お母さんが、できた花輪の数を数えている。わたしはちょっとほっぺをふくらませた。今夜はお母さんのことが嫌いだった。さっき怒られちゃったから。たしかに言いつけをやぶったのはわたしがわるいと思う。でも、いいことだってしたからほめてくれると思ったのに。「困ってる人は助けてあげて」といつも言われてて、わたしはそのとおりしたのに。お母さんはわからずやだ。

首をきょろきょろさせる。ルイーゼはどこだろう？　おうちに帰っちゃったかな？　でも、ルイーゼのお父さんとお母さんは教会にいる。隅っこで二人で話している。わたしはほかの子より声がよく聞こえるけど、いまはみんな騒がしすぎて、何を話してるかよくわからない。グスタフおじさんの顔はスミレみたいに紫で、デボラおばさんの顔はスズランみたいに真っ白だ。おなかでも痛いのかな。ルイーゼはどこ？

いた。

あけっぱなしのドアから、教会の中に入ってきた。クヌートさんがつくった車椅子に乗って。誰かがルイーゼ、と呼びかけたけど、ルイーゼは何も返さない。自分で車輪を押しながら、ちょっとずつこっちに近づいてくる。まっすぐ、わたしのもとへ。

自分が特別になったみたいで、なんだかそれが、すごく嬉《うれ》しい。

ルイーゼもわたしにとっては特別だった。今日、そうなった。

だって、秘密を教えたはじめてのともだちだから。

つくりかけのキンポウゲの花輪をおいて、わたしはルイーゼに駆け寄る。教会の真ん中でルイーゼと出会う。

「ルイーゼ！」

ともだちに笑いかける。

ルイーゼは何も言わずに――眉や唇すら、動かさずに。

わたしの鼻に、ヤマユリの花をおしつけた。

7　ローザとユッテの物語

「教会ではすみませんでした。お見苦しいところを見せてしまって」

ティーポット片手に戻ってきた技師は、木製の椅子に座った。無駄なものの少ない家だった。絵画もタペストリーもカーペットもなく、あるのは実用本位の家具と整理が行き届いた設計机だけ。家主の男の印象もどことなく薄味だった。

四十なかばだろうか、広い額にちょこんと載った茶色い髪の束《たば》。残業を終えた事務員のように頬がこけ、唇もひび割れている。お茶の配膳にはひどく時間がかかった。小市民的な彼の視線は、生首の少女に注がれていた。

「あの。失礼ですが、その……」

「ああ、かまいませんよ。お見苦しいでしょうからね。津軽」

鴉夜に命じられ、津軽はむき出しになっていた鳥籠をレースの覆いで隠した。横に座った静句から殺意が放たれる。まあまあまあ、と囁《ささや》いてなだめすかす。

クヌートはお茶を一口飲み、話を切り出した。

「で、なんの用です？　あなたたちも僕を疑っているんですか」

「念のため寄ってみただけです」レースの向こうから鴉夜が答えた。「昨夜はこの家で眠っていたそうですね」

「昨日もそうですし、ほかの事件が起きた日だってそうです。そりゃ、独り身なので証明はできませんが……僕はやってない。だって僕みたいなもやし男が、人狼に変身できると思いますか？」

「思います。村長のお話では、人間のときの体格は変身後とは無関係だと」

クヌートは口を開きかけたが、鴉夜はそれをさえぎり、

「まあご安心を、私はあなたのことは疑ってませんから。パン一欠片お茶一滴ほども疑ってません。ところで、この村にはどのくらい前に？」

「もう十五年くらい経つかな。ホルガーさんに頼まれて水車小屋を建てにきたのがきっかけです。村に技師がいないと言うので、そのままずるずると……。住んでみればのどかでいい村ですよ」

人狼が出る以外はね、とつけ加えてクヌートはお茶をすすった。彼なりの精一杯のユーモアであるらしかった。

「そういうわけで、それからはこの村で水車の管理をやっています。ほかにも家具の修理とか、獣用の罠の設計とか。そうそう、ルイーゼの車椅子も作りました」

「彼女の部屋で実物を見ました。あれはよくできていましたね」

「そう言われると照れるけど……確かにあれは自信作ですよ。最初にプレゼントしたのはあの子が三歳のころでした。その後も成長に合わせて何度か作り直して。いまの車椅子を贈ったのは、二年くらい前だったかな」

「ルイーゼさんと親交があったんですか」

「親交というほどではないですが、ときどき彼女の部屋で話を。口数は少ないけど、不思議な雰囲気のある子でしたね。なんだか大人と話しているみたいな……。あの子まで襲われるなんて本当に残念です。あの子は村の英雄だったのに」

「八年前、人狼を見つけたから？」

「ええ」

「前の人狼は親子で村に隠れていたそうですね。どんなふうに？　あなたが一番詳しいと聞きました」

ジャブは充分と判断したのか、鴉夜は本題に切り込んだ。

クヌートのガードは間に合わず、薄味なその顔に明らかな動揺が走った。一番聞かれたくないことを聞かれてしまった、とでもいうふうに。彼はティーカップを置いてから、平静を装うように唇をひきしめた。そのせいでますます頬がこけて見えた。

「詳しいなんて言い方は語弊があります。僕は……ただの被害者です。あの女に騙されたんです」

盗み聞きを恐れるように、彼はぼそぼそと語り始めた。

「村に来て二年目……いまから十三年前のことです。水車小屋で作業していると、森の中に女性が倒れているのを見つけました。綺麗な銀髪の女性でした。ボロきれを一枚巻いただけの恰好《かっこう》で、衰弱しきっていて、体中にひどい怪我《けが》を。お腹《なか》も少し膨らんでいて、どうも身ごもっているようでした。名前を聞くとローザと名乗りました。どこから来たか尋ねると『家から逃げてきた』とだけ」

家《ハイム》――と、単語を丸で囲むように鴉夜が繰り返した。

「僕は助けを呼びに行き、みんなで彼女を介抱しました。いま考えると愚かですが、当時の僕は人狼なんてとっくに絶滅した生き物で、現代にはいないと思ってたんです。村のみんなもいまよりよそ者に寛容でした。でもしかたありません。あんなにか弱い女性の正体が怪物だなんて、誰も……いえ、まあ、その」

クヌートは言葉を濁した。先ほど口にした自分が人狼ではない根拠を、自分で否定する形になってしまったからだ。

「僕らは、彼女はどこかのお屋敷《やしき》の使用人で、不倫か何かして追い出されたのだろうと解釈しました。ローザは順調に回復し、半年後に女の子を出産しました。名前はユッテ。二人は村で暮らし始めました。いま思えば不自然な点も多かった。あまり家から出なかったり、同時期に森から聞こえる遠吠えの頻度が増えたり……娘を育てつつ、必死に正体を隠していたんでしょう。でも、誰も二人を怪しまなかった。村長も、お産に立ち会ったハイネマン先生も」

「医者も騙すたぁ人狼の化け方はさすがですね」

「先生を責めることはできません。ちょうどルイーゼも生まれたばかりで、そちらにかかりきりででしたし。僕もまったく怪しまずに、彼女たちと親しくしていました。家具を作ってあげたり、お茶をごちそうしたり……人間のときのローザは温厚で聡明な女性でした」

「気があったんですか」

津軽が言うと、クヌートは派手にむせた。図星だったようだ。

「ええ、まあ……ローザに惹《ひ》かれていたのは確かです。この村で彼女と結婚して、ユッテと三人で暮らすのもいいと思っていました。でも幸い、僕が過ちを犯す前にすべて明らかになりました。八年前の、祭りの前日に」

ホイレンドルフでは、毎年春に祭りがあるのだという。

去年と今年は事件のせいで中止されたが、本来は村人総出で春を祝う盛大な催しだという。

祭りには〝花摘み〟と呼ばれる伝統があった。前日の準備日に、村人たちが森に入り、飾りつけのための花を摘んで回る。その年はユッテも初めて参加した。ルイーゼも両親に車椅子を押してもらい、森に入った。

摘んだ花は教会に集められ、村人全員の手で飾りが作られる。その作業のさなか、ユッテの前にルイーゼが近づいてきた。車椅子を自分で押しながら。ユッテと対峙《たいじ》した彼女は、無言で相手の鼻先にヤマユリの花を押しあてた。ユッテは悲鳴を上げ、さらに周りの大人たちの悲鳴が重なった。

ユッテの頭から狼の耳が飛び出したのだという。

「教会は大騒ぎになりました。すぐにローザが飛んできて娘をかばいました。でも狼に変わろうとはしなかった。それで僕らは先手が取れた」

武勇伝を語る老兵のように、クヌートの目がぎらついた。

「僕らは棒きれやナイフを武器にして、二人を袋叩《ふくろだた》きにしました。とうとうローザは大きな獣人に変身して、ユッテを背中に乗せて逃げ出しました。でも受けたダメージを引きずっていて、動きが鈍かった。目も潰されてよく見えていないようでした。僕らは松明《たいまつ》で囲い込み、二匹を〈見張り塔〉に追い込みました。村はずれの崖に建っていた古い塔のことです。僕らは火をつけ、その塔ごと二匹を焼き払いました」

そうして村は救われました、と、クヌートは語りを結んだ。

津軽はホルガーによる講義を思い返した。人狼の対処法は三つ。人間の姿のうちに叩くこと。目や口内を狙うこと。そして火炙り。

八年前の村人たちはそのすべてを実践したわけだ。

「ダメージを引きずっていた、と言いましたね」鴉夜はまた証言を丸で囲った。「人間の姿のとき受けた傷や疾患は、人狼に変身しても癒《い》えないんですね」

「ええ、そうです」

「ルイーゼさんは、なぜユッテの正体に気づいたんでしょう」

「本人から聞いた話ですが……森で花を摘んでいたとき、ローザが現れて、娘と間違えてルイーゼに声をかけたのだそうです。ルイーゼの髪はユッテと同じ金色で、顔立ちもよく似ていました。同《おな》い歳《どし》でしたし、見間違えるのも無理ありません。そのときローザに『においの強い花を嗅《か》いでもお耳を出さないよう気をつけて』というようなことを言われて、不思議に思って試してみたのだとか」

「八年前ってえとそのころのルイーゼちゃんは……」

「四歳でした」

「四歳で人狼退治！　名探偵ですねえ師匠も顔負けだ」

「子どもというのは無邪気な顔でなんでもやらかすからな」

「師匠も何かやらかしを？」

「あんまり覚えてない。九百五十年くらい前だから」

ともあれ、ひとつはっきりした。ルイーゼが手厚く扱われていた理由。彼女が神聖視されていた理由。グスタフ夫婦が言い淀《よど》んだ〝思い当たる節〟。

八年前、人狼を見破ったのはルイーゼ。

四歳のとき人狼を殺した少女が、八年後人狼に連れ去られた。

偶然にしてはできすぎており、復讐めいた意図を感じる。だが、彼女を怨《うら》む人狼たちはもうこの世にいない。八年前に駆除されている。囲んで叩かれ目を潰され、追い込まれて火で炙られ、徹底的に滅《めっ》されている。

「その人狼の親子、本当に死んだんですよね？」

「もちろんです」

津軽が尋ねると、クヌートは即座に答えた。

「僕は翌日、焼け跡を確認する役をやりましてね。大きな獣人の焼死体と、小さな動物の焼死体をこの目で見ました。放置するわけにもいかないので森の中に埋めましたよ。肥料くらいにはなったと思います」

悪びれもせず言い、技師は肩をすくめた。先ほど物語られたか弱い女性を助けた男、その女に惚《ほ》れていた男と同一人物の台詞《せりふ》とは思えなかった。津軽の口元が自然と緩んだ。

結局のところ、愛も誠意もそれに打ち負けた。結局のところ、この村はそれに支配されている。

人狼に対する、笑いたくなるほど純粋な憎悪に。

「貴重なお話をどうも」

鴉夜が礼を言った。レースの向こうで彼女がどんな顔をしているかは誰にもわからなかった。

「最後にもうひとつ。クヌートさんは、いま起きている事件の犯人は誰だと思います？」

「そうですね……村長の、よそ者が怪しいという説は理に適《かな》っています。でも僕は犯人じゃない。ハイネマン先生もそんな人だとは思えません。第一、ルイーゼがさらわれるときグスタフと一緒にいたそうですから、犯人なわけがない。とすると、残るはひとり」

クヌートはその名を続けた。

「絵描きのアルマですよ。……彼女は正直、すごく怪しい」

「ちょっと動かないでね～」

「大丈夫。私は動きようがないから」

鳥籠から出されてテーブルの上に置かれた鴉夜は、ひどく居心地悪そうだった。村はずれに住む絵描きは確かに変わった人物で、生首をみじんも恐れなかった。木炭を構えて距離を測り、さっそくスケッチに取りかかる。

二十代後半の、生き生きとした女性である。後ろでまとめたぼさぼさの金髪と真鍮の丸眼鏡。そばかすの散った小さな鼻がかわいらしく、絵の具の染みだらけのローブはそれ自体がひとつの抽象画めいていた。狭い小屋の中には画材とキャンバスが散乱し、渡された紐《ひも》には洗濯物のかわりに、デッサンや村の景色が描かれた大量のスケッチがぶらさげられている。食器や着替えはどこに？　床の上げ板の下に地下室でもあるのか、それとも天井裏か。そもそもこの家には、生活用品なんてないのかもしれない。

「五年前かなあ。滝を描きにふらっと来て、そのまま住み着いちゃったの。あの景色見た？　まだ？　すごいよ、もう一目惚《ひとめぼ》れ。鴉夜ちゃんもだいぶすごいけど」

「どうも」

「そっちのメイドさんも綺麗。鴉夜ちゃんのあとで描かせてくれない？」

「遠慮させていただきます」

「あたくしはどうです」

「ん－、あなたはちょっとスケッチに向かないかな」

「そりゃまたどうして」

「落ち着きがなさそうだから」

ぐうの音も出ず、津軽は鼻をこすった。人狼ほどではないが彼もある程度鼻が利く。この家は画材のにおいがきつすぎる。

「グスタフ君の家でもあなたの絵を見ました」と、鴉夜。「お上手ですね」

「ありがと。これでも画家の家系で、昔から絵が好きでさ。アカデミーでも本格的にやってたんだ」

話しながらもアルマは手を動かし続ける。かりかりと木炭の音が鳴る。

「ルイーゼちゃんの絵は本人にも喜んでもらえたみたい。あの子、一度なんて勝手におうち抜け出して、うちに絵を見に来ようとしたことがあってね。村のみんなには叱《しか》られてたけど、わたしはちょっと嬉しかったな」

「女の子を描くのがお好きなんですか」

壁際を見やる津軽。完成間近の三枚の絵が立てかけられている。どれも少女の肖像画だ。画家の顔に翳《かげ》りが差した。

「ああ……あれは、殺された女の子たち。親御さんに頼まれてさ、遺影描いてるの」

アルマはひとりずつ指をさし、名前を挙げていった。

ナディア——村長の孫娘、享年十五歳。真っ黒な髪をおさげにした、青白い肌の少女。痩せた顔と強いまなざしはホルガー老によく似ている。

フィーネ——木こりの娘、享年十一歳。くるくるの茶髪を生やし、頰も腕もふっくら丸っこく、キャンバスの中から天使のように笑いかけている。

リタ——粉挽きの娘、享年十三歳。日焼けした顔に肩までのグレーの髪。帽子をかぶり、少年のようなやんちゃな雰囲気で八重歯を見せていた。

「子どもを描くのは確かに好きだけど……死んだ子は気乗りしないんだよね」

アルマは愚痴《ぐち》るようにつぶやいた。

人狼が出没していることも、村人たちが殺されていることも、たいした問題ではない。それよりも、描きたくない絵を依頼されたことが残念でならない。そんな言い方に津軽には聞こえた。

「アルマさん肝っ玉が大きいんですねぇ。人狼も怖がってなさそうですし」

「んー。怖いとは思うけど、そんなに気にしてないかな。危なくなったら村を出てくだけだし」

「犯人は誰だと思います?」

鴉夜が尋ねた。

「村人の中にはいないと思う。ていうかそもそも、ほんとに人狼のしわざなのかな。ただの凶暴な狼ってだけかも」

ずいぶん楽観的な意見だった。ルイーゼの部屋を見た者ならそんなことは言えないはずだが、彼女のもとには噂が届いていないのだろうか。

「わたし、ときどき見かけるんだ」

「何を?」

「狼」アルマは窓の外に目を向けた。「決まって朝早くか、日暮れのすぐあと。すごい速さで遠くの森を走ってくの。金色の綺麗な狼が」

「金色？　そいつぁ珍しいや、山の主かなんかでしょうか」

「もしくは変身した人狼」鴉夜が言った。「アルマさん、ほかにその狼を見たという村人はいますか」

「いないと思うな。ほら、ここ、村の端っこだから」

紫色の瞳に力を込め、鴉夜は絵描きを見つめた。スケッチのためにじっとしている、というわけではなさそうだった。津軽は師匠のこの目をよく知っていた。

証言の真偽を測るときの目だ。

「村の人たちはアルマさんを疑っているようです」

「あ、やっぱり？　困ったなあ」彼女はぼさぼさ頭をかいた。「みんな普段は親切だけど、人狼のことになるとピリピリするんだよね」

「昨日の夜はどこで何を？」

「ここで遅くまで絵を描いてたよ。ずっとひとりで」

「証明はできますか」

「できないけど……。鴉夜ちゃんはどう思う？　わたしが犯人だと思う？」

「まだなんとも言えませんが、わかったことが二つ。画家の家系は嘘ですね。アカデミーで学んでいたというのも」

アルマの指先で、木炭がポキリと折れた。

折れた木炭は床の上を転がって、上げ板の隙間に落ちていった。描く側と描かれる側が逆転したように、彼女は固まっていた。

「な、なんで」

「木炭の持ち方。あなたは鉛筆と同じような持ち方をしている。その持ち方だとほら、いまみたいに力を込めるとすぐ折れてしまうんです。美術を学んだ者なら、普通は指二本でつまむように持ちます。そっちのほうが筆圧がかかりませんからね。おそらく、あなたの絵は独学だ」

アルマは木炭を持った自分の手を見て、顔をうつむけた。

「実は、身寄り、ないんだ。小さいころ両親に捨てられて。言うのが恥ずかしくてさ、村の人たちにはつい、親も画家だって……。でも」

絵が好きなのは本当、と。

アルマはそう言って、キャンバスをこちらに向けた。

画布の中にはもうひとりの鴉夜がいた。

町に買い物へ出るときのような、さりげなくも自然な微笑。輝く瞳と流麗な髪が、黒の濃淡によって見事に描写されている。首から下はテーブルだが、不思議と不気味ではなかった。体があったころを想起させるような、怪物と化す前を想像させるような、少女らしい一面が切り取られていた。

「ありがとう。とてもよく描けています。なあ津軽？」

「師匠が死んだらこの絵を仏壇に飾りますよ」

「そうしてくれ。あいにく私は不老不死だが」

「あなたたちって面白いね」

アルマの顔に笑みが戻った。

「ねえ鴉夜ちゃん、死なないってどんな気分？」

「死ぬほど退屈な気分です」

「そっか……。じゃあ、描くだけ無駄だったかも。絵ってたぶん、変化してくものを記録するためにあるから。あなたはずっと変わらないんだもんね」

「変化、ですか。だから子どもを描くのがお好きなんですね」

「そう。子どもは変化し続けるから……。ルイーゼちゃんも、最近どんどん雰囲気変わってたね。眺めるのが楽しかった」

イーゼルの端に頬杖《ほおづえ》をつき、彼女は独《ひと》りごちた。

「さらわれる前に、もう一枚くらい描いとけばよかったなあ」

被害者への同情や悲哀は、やはりどこにもなさそうだった。

8　霧の窪地

アルマの小屋のすぐそばには川が流れていた。村の本通りと同じくらいの川幅で、雪解けの季節柄水量も増しているらしく、流れはかなり急だった。

服をしぶきで濡らしながら、津軽たちは川下を目指す。クヌートが建てたという水車小屋を通り過ぎ、さらに歩くと、森が途切れて景色が拓《ひら》けた。いや森だけではない。川と地面そのものも数十歩先で途切れている。はしゃぐ子どもめいて足が早まる。

虚空の一歩前まで来ると、津軽は額に手をかざした。

「こいつぁ愛宕山よりいいや」

彼らは人界の縁《ふち》に立っていた。

垂直に切り立った断崖《だんがい》である。寄る辺を失った川は激しさを増し、絶叫を上げながら、瀑布《ばくふ》となって崖の真下へ落ちてゆく。落差は二百メートルか、あるいはそれ以上か。立ち昇るしぶきに隠されて滝壺《たきつぼ》の様子は判然としない。底などないのでは、とすら錯覚させた。

断崖にもまた果てがなかった。崖は、巨人が抱擁《ほうよう》の腕を広げるように緩やかなカーブを描きながら左右へ延び、どうやらはるか先でつながっている。結果として眼下には、円形の広大な窪地が形成されていた。連峰の一部をホールケーキのようにくり抜いた自然の気まぐれ。何万倍にも押し広げられたローマの闘技場だった。

窪地はその大部分を黒い海原に呑《の》み込《こ》まれている。樹海だ。日本の広葉樹林と違い、地獄の針山を思わせる景色。あちこちから尖った巨岩も突き出している。そんな森の中を、滝壺から枝分かれしたらしき川が四本、静脈のように這っているのがかろうじて見えた。小さな湖も数ヵ所あるだろうか。

目を凝らしてもわかるのはそれくらいだ。滝壺から散ったしぶきは霧となって窪地全体を包んでおり、全貌《ぜんぼう》を覆《おお》い隠《かく》している。落差も霧も樹海の深さも、眼下のすべてが文明の介入を拒《こば》んでいた。明らかに人間の住む場所ではなかった。

それはつまり、裏を返せば。

「いかにも怪物の棲家《すみか》って感じですね」

「弁当と敷き物を持ってくればよかったな」

「師匠はお弁当食べれないでしょ。これが〈牙の森〉なんですかね？　木とか岩山が確かに牙っぽく見えますけど」

「いや、村長は場所ではないと言っていた」

「底へはどうやって下りるのでしょう」と、静句。

「ここを下りてくしかないでしょ」

津軽は真下を覗き込む。ニガウリの表面のようにけば立った岩肌が薄靄《もや》の中へ続いている。出っ張っている箇所も、へこんでいる箇所も、木が生えている箇所もある。それらを辿っていけば一応のルートにはなりそうだ、が——

「一筋縄にゃいかなそうですね」

「ぜひがんばってくれ」運ばれる側の師匠は呑気《のんき》なものだった。「塔の焼け跡というのはあれかな？」

崖に沿った左手側、川の向こうに、黒焦《くろこ》げの廃虚のようなものが見えた。

八年前、人狼の親子が火炙りになった現場。〈見張り塔〉。

そういう名がつくからには、もともとは窪地を監視するための塔だったのかもしれない。人狼どもが這い上がってこないように。

一度戻って橋を渡り、焼け跡のほうへ行ってみた。塔はもう、完全に崩れてしまっていた。炭化した残骸の重なり方から、階段の位置やおおよその敷地《しきち》がうかがえる程度だ。その残骸すら風化して、なかば草花に埋もれている。

「たいして面白いもんはないですね」

「別に期待もしていないが」

「焼け跡といやあ『味噌蔵《みそぐら》』です、一席やりましょうか」

「頼むからやめろ。頼むから」

「ローザという人狼は『家から逃げてきた』と話したそうですが」静句が言った。「ここに来る前はどこにいたのでしょう」

「さあな。人間にまじって暮らしていたのか、それとも」鴉夜は窪地に目をやって、「人狼たちの村にいたのか」

「人狼村から逃げ出す道理はなくないですか。お仲間だらけなんですから」

「だが、どこにだってはぐれ者はいる」

「師匠みたいな？」

「おまえみたいなだ」

「あたくし師匠ほどはぐれてませんよ、首を切られりゃちゃんと死にます」

「でも髪が青くて笑顔が不気味で冗談がつまらないだろ」

「そいじゃここでとっておきを。ある男の家にお坊さんが——おや？」

津軽はひょいと横を見た。視線の先には村よりさらに登った場所、ヴィンターガング山の七合目あたりがあった。唇を尖らせ、黒い森を見つめる。

「どうかしたか」

「……いえ、なんでもないです」

鴉夜に向き直り、軽口を再開した。

気のせいだろうか。何か光ったように思えたのだが。

＊

「気づかれたんじゃないか」

「大丈夫ですよたぶん。ほら、もうあっち向きましたし」

「だといいがな……。戻るぞ」

男はイチイの樹上に呼びかけた。枝から枝を伝い、双眼鏡を提げた青年が下りてくる。男は巨大な背中をできる限りかがめて、青年は散歩するように気楽な歩調で、森の中を動きだす。

獣道をしばらく進み、隠れ家に帰還した。自然にできた横穴である。この場所を選んだ理由は二つ。ひとつは、ホイレンドルフを見下ろせる絶好のロケーションであったこと。もうひとつは、わがままな姫をどうにか妥協させる程度の屋根つき物件であったこと。

前の入居者にはお引き取り願った。気性の荒い大熊《おおぐま》だったが、男よりは小柄だった。

穴の奥に入っていくと、寝そべっていた女が身を起こした。周囲は暗い。光を苦手とする女に合わせ、ごく小さなたき火が爆《は》ぜているだけだ。その弱い光が、山奥にそぐわぬ三つの影を、幻灯のように照らし出した。

一人目は、美貌《びぼう》の女。

退屈そうにぶすっとしているが、醸《かも》し出《だ》す魔性の阻害要素にはなっていない。滑《なめ》らかな焦《こ》げ茶《ちゃ》色の髪に陶磁と見紛《みまが》う白肌。匂《にお》い立つような肢体を紫紺のドレスに包み、大きく開いた胸元から豊かな谷間がこぼれている。腰まで届くスリットからも太ももがあらわになっていたが、本人に恥じらう様子はなかった。かたわらには、愛用の日傘が立てかけられていた。

二人目は、シルクハットの青年。

深緑のフロックコートにアスコットタイ、白手袋という、観劇にでも繰り出しそうな出《い》で立《た》ち。目元は爽《さわ》やか、輪郭《りんかく》は細面で、ロンドン中の人妻を残らず虜《とりこ》にするようなハンサムな笑みを張りつけている。肩口まで伸ばした髪と顎に生やした山羊《やぎ》ひげは、ある者には神秘的に、ある者には胡散くさく映るだろう。

三人目は、異形の巨漢。

労働者風に短く刈った頭と、二メートルをゆうに超す身長。シャツの下からは岩を削り出したような無骨な肉体が浮き上がっている。だが、真の異様は体格ではない。腕にも首にも顔面にも、彼の体には余すところなく、手術による縫合痕《こん》が這っていた。どの傷痕《きずあと》も子どもがチョークで残した落書きのように、いびつででたらめな曲線を描いているのだった。

「お待たせしましたお客様。当ホテル自慢のディナーです」

ヴィクターという名の巨漢は、ぶっきらぼうに言いながら女の前に野ウサギを放った。

「ちょっとお、若い女の子がいいって言ったじゃない」

「無茶言うな」

「一応女の子ですよ。僕、確認しました」

「人間の雌がいいっつってんの」

文句を垂れつつ、女は鋭い牙で死骸《しがい》に噛みついた。肉を喰いちぎることはなく、染み出した血をすすり始める。女の名はカーミラ。ヨーロッパの異形種の中でも最強と名高い吸血鬼、その中でもさらに強力な、最古参の一角である。隣でアレイスター・クロウリーが指を鳴らすと、消えかけていたたき火が魔法のように燃え上がった。

まったく不気味な連中だ。ヴィクターはため息をつく。《夜宴《バンケット》》の仲間たちに言わせれば、一番不気味なのは彼自身なのかもしれないが。あぐらをかくと、尻《しり》に土の硬さを感じた。たぶん硬さだと思う。人造人間である彼は、感覚のすべてが薄靄の向こうにある。

それでもこの場所よりは、ロンドンのソファーのほうが好ましかった。

「人狼の採集は君たちに任せるよ」

*

七日前。

「私はこの脚だ、山奥までは入れん。それに――滝は見飽きているからね」

義足の片脚を撫でながら、ジェームズ・モリアーティはしゅるしゅると笑った。蠢く蛇を思わせる笑い方だった。バーモンジー街に新たに設けられたアジトの壁にはドイツの大地図が貼《は》られ、旅行の計画でも練るようにあちこち書き込みがされていた。

フォッグ邸の一件で〈牙の森〉というキーワードを得たモリアーティたちだが、それが何を指し、どこに存在するかまではわからなかった。教授はいかにも研究者らしいやり方でその問題に取りかかった。

――やみくもに調べても非効率的だからね、まずは範囲を絞る。情報は土地から土地へと伝言ゲームで伝わる。地図を作って道を辿れば、発生源を見つけられる。

モリアーティは人狼にまつわるドイツ各地の伝承を集め、地図に落とし込んでいった。巣を張る蜘蛛《くも》のように機械的な手際で。三ヵ月後、糸の道はバイエルン南端を指し示した。そこからホイレンドルフという小さな村を見つけるには、数日あればこと足りた。

「山奥……。あたしもあんまり行きたくないわ」

ソファーにもたれたカーミラがぼやく。

「そう言わず頼むよ。人狼たちとやり合うには君の力が必要だ」

「まあ、ご命令とあらば行きますけど。ジャッ君は来ないの？」

「私が丸腰になるわけにいかないからね」

ふうん――とカーミラは、書棚の前に立つ男を見た。赤い癖毛を目元まで伸ばした青年、〈切り裂きジャック〉は本を閉じた。

「戦力不足が心配か」

「はぁ？　馬鹿言わないで。あたしひとりで充分すぎるんですけど。あたし、誰かさんみたいにダイヤをスられるようなヘマはしないし」

「…………」

「まあまあまあ」

アレイスターが割って入った。切り裂き魔と吸血鬼の仲は芳しくない。これまでは教授の右腕であるジャックが一枚上手を行っていたが、フォッグ邸で失敗してからはカーミラにもやり返す材料ができた。幼い兄妹《きょうだい》を見ているようだ。

「まだ人狼の正確な居場所がわかったわけじゃない」ヴィクターは話を進めた。「ということは、現地でさらに情報を集める必要がある。この三人じゃ動きづらくないか」

自分の巨体はいやでも人目を引くし、吸血鬼であるカーミラは日中ほとんど活動できない。一般人に紛《まぎ》れて動けるのはアレイスターくらいだが、自称魔術師のこの男にまともな隠密《おんみつ》行動が取れるかというと、そこもやや不安である。

「現地での動きは君たちに任せるよ。なるべく目立たないように頼む。フォッグ邸の一件で我々は顔が割れてしまったからね。だが人狼の採集に成功すれば、冒した危険も報《むく》われるだろう」

「任せてください」どこから自信が湧《わ》くのやら、アレイスターが胸を叩いた。「僕らが行ってる間、教授たちは何を？」

「少し調べものをするつもりだ。巷《ちまた》で起きている事件に興味があってね」

教授の目に好奇心が輝く。ジャックは何事もなかったように、読み途中の本に目を戻した。

タイトルは『潜在人格の誘引と肉体変容の可能性について』。

著者名は〈ヘンリー・ジキル〉と書いてあった。

＊

こうしてヴィクターたちがヴィンターガング山を登ってきたのが二日前のこと。三人は教授の忠告に従ってひとまず山中に隠れ、村と窪地を観察することから始めた。その結果、〈牙の森〉の正体についてはすでに見当がついていた。だが人狼村へのチケットとしてはまだ不十分だ。何本目の牙かがわからない。教授のやり方と同じく、範囲を絞る必要がある。

アレイスターが旅人を装い入村、情報収集を——という方向で策を練っていたのだが、その矢先に問題が起きた。村は厳戒態勢で、旅人を受け入れてくれるような雰囲気ではなかった。

どうも村で、人狼による事件が多発しているらしい。

そして昨日、新たにひとりの少女がさらわれたらしい。

「ったく勘弁してほしいわね」野ウサギの血を吸いながら、カーミラが悪態をつく。「女の子襲うなんて外道よ、外道」

「カーミラさんだっていつも襲ってるでしょ……。でも人狼のしわざなら、犯人押さえれば僕ら任務成功じゃないですか？」

「一匹では標本《サンプル》として不十分だ」と、ヴィクター。「教授は四、五匹確保しておけと」

「ほんとに人狼のしわざかもわからないしね。で、村はどんな感じ？」

「相変わらずピリピリしてます。あともうひとつ問題が」

「《鳥籠使い》が現れた」

ヴィクターが言ったとたん、カーミラは顔を上げた。

「確か？」

「双眼鏡で確認しました。探偵として入村を許されたみたいですね。僕らもそうすればよかったかも」

「メイドは。あの静句とかいう小娘は？」

「いましたよ。僕初めて見ましたけど、いやあ美人さんですね。思わず見蕩《みと》れちゃっああちょっと待って待って」

出口へ向かったカーミラに、アレイスターがすがりついた。吸血鬼の目は激情に燃えていた。

「あの小娘には借りがあるの。いますぐ行って殺す！」

「目立つなって教授に言われたじゃないですかあ」

「知ったこっちゃないわ。邪魔するならあんたも切り刻むわよ！」

「殺すのはけっこうだが、まだ日が高いぞ」

ヴィクターが指摘すると、カーミラは少しだけ冷静さを取り戻した。腰に抱き着いた魔術師を振り払い、その場に乱暴に座る。広げた脚の間から薄いレース地が露呈《ろてい》した。

「夜になったら襲撃するわ。いいわね？　どっちにしろあいつらあたしたちを追ってきたんでしょ。それにきっとダイヤも持ってる。殺して奪いましょう」

「んー、僕はそれでもいいけど……ヴィクターさんどうします？」

ヴィクターはただでさえ強面《こわもて》の顔に皺《しわ》を寄せ、考え込んだ。

「あいつらはおれたちを追ってきた。おれたちの目的が人狼であることも知っている。窪地を眺めていたということは、あいつらも人狼村へ行くつもりだろう。おれたちに先回りするためにな。……そしてあいつらは、おれたちが背後を取っていることにまだ気づいてない」

「つまり？」

「つまり、利用価値がある」ヴィクターは結論を下した。「あいつらを泳がせて、人狼村を探させる。それを追えばおれたちの課題はクリアだ」

「追う側と追われる側がひっくり返るわけですか。いいですね！　そういうの、僕好きだなあ」

「ちょっと待ってよ、それじゃ殺せないじゃない」

「人狼村に着いてから殺せばいい」

「メインディッシュはあとのほうがおいしいですよ。そうでしょカーミラさん」

賛成二、反対一。カーミラはちょっと頰を膨らませてから、野ウサギの前菜に嚙みついた。どうやら了承したようだ。

横穴の中に緩慢な時間が戻った。食事を続けるカーミラと、帽子を磨き始めるアレイスター。ヴィクターは外へ出て、眼下の村に目をこらした。教会の尖塔《せんとう》。まばらに散った丸太屋根。黒い森と白い川。霧に包まれた窪地。そして――

おや、と思う。

村へと続く山道を歩いている人影が、二つ。少女と黒人の大男。どちらの服も真っ白だ。

さらに、視界の隅に流線が閃《ひらめ》く。村はずれにある水車小屋の前を、金色の何かが駆けていった。狼――のように彼には思えた。ヴィクターはもう一度ため息をついた。なんて飽きない森だろう。おれの顔面みたいじゃないか。

9　衝突

教会。連れ去られた少女の家。村長の家。技師の家。画家の家。滝。塔の焼け跡。

ホインレンドルフ一周ツアーを終えた津軽たちが最後に落ち着いたのは、本日の宿――ハイネマン医師の診療所だった。村の入口に建ったその家はミュンヘン風の二階建てで、診察室から漏れる消毒液のにおいを別とすれば、実家のごとく居心地がよかった。

津軽と静句はダイニングに並んで座り、今日何杯目かのハーブティーをごちそうになる。鴉夜はポットと並んだ鳥籠の中で退屈そうにそれを見守る。ハイネマンは席に着かず、テーブルの脇に立っていた。客人への戸惑いがいまだ残っているようだ。

「たいしたもてなしもできず、すまないね。あ、そうだ。君たちが泊まる部屋なんだが、実はベッドがひとつしかなくて……」

「この男は廊下で寝るので大丈夫です」

「え？　そんな静句さん、三人仲よく川の字で寝ましょうよ」

「川の字は無理じゃないか。私のシルエット的に」

「おっとこりゃ一本取られました」

「ふふふふ」

「ははははは」

津軽と鴉夜が笑い、静句は無言でお茶を飲む。医者はますます眉を曲げた。

「変わってるな、君たちは」

「あなたもだいぶ変わってますよ」鴉夜が言った。「こんな山奥で開業なんて、普通の医者なら避けるでしょうに」

「二十年前、村に医者がおらず困っているという話を聞いてね。人助けのつもりで移住を。住人にはいまでもずいぶん感謝されてるが、果たして役に立てているのかどうか……自分ではよくわからない」

「次のローマ法王にはあなたを推薦しますよ。そういえばルイーゼさんが生まれたときもご活躍されたとか」

「ルイーゼの足は先天的なものだったから。私にできたのはほかの病気の予防くらいだ」

「最近のルイーゼさんは健康でしたか？　足以外、という意味ですが」

「健康だったよ。ここ一、二年は風邪もひかなくて、ときどき問診する程度で済んだ。血色だけかなり悪かったが、まあ部屋にこもりがちだから無理もない」

鴉夜はふむ、と小さくうなずき、

「昨日の夜は村長を診察したそうですね」

「ああ。その帰りにグスタフと会って……そして事件が」ハイネマンは悲嘆するように首を振った。「ルイーゼの悲鳴が聞こえたとき、グスタフは即座に動いたが、私は何もできなかった。驚いてその場に立ち尽くしていたんだ。情けない話だよ、まったく」

「あなたは勇気に満ちていると思いますよ。命知らずと言ってもいい」

「いや、私は……」

「なぜなら普通の人間は、夜中に人狼が出るかもしれない村を丸腰で歩いたりはしませんせん。襲われたら大変ですからね。悲鳴の直後、銃を持つグスタフ君についていかなかったというのもおかしい。今朝私たちと出会ったときも妙でした。あなたはたったひとりで森の中を捜索していた。まるで人狼に出くわす危険をみじんも考慮していないように」

ひげに覆われたハイネマンの口が、ぐっと強張るのがわかった。彼はテーブルに一歩近づき、鳥籠の中の少女を見下ろした。

「私を疑っているのかね」

「疑っていたら泊めてもらったりしませんよ」鴉夜は軽やかに返した。「ただ、少し気になったんです。その勇気はどこから湧いてくるのか」

会話が途絶え、津軽が茶をすする音だけが場違いに続いた。医者はしばらく迷っていたが、腰の後ろに手を回し、あるものをテーブルの上に出した。ゴトリと重い音が鳴った。

鈍色のリボルバー銃だった。

「護身用に街で買った。一応、中に銀の弾が。……見せたのは君たちが初めてだ」

「なるほどこれが源泉ですか。なぜ村人には見せないんです？」

「それは……その……誰が人狼かわかったものではないから」

初老の男は、叱られた幼児のようにもごもごと喋った。実際、話し相手は彼より九百歳も年上なのだが。津軽はカップの縁越しに好奇の目で医者を眺めた。

この村は一筋縄ではいかぬ住人ばかりだ。村人人狼説に否定的で良識派に見えたこの男も、やはり懐に隠していた。武器と、人狼への恐怖を。

ハイネマンは銃をしまった。それから腰を屈《かが》め、鳥籠と目の高さを合わせた。

「輪堂さん。犯人はどこの誰だと思う？」

「まだ見当もつきませんね」

「そうか……。重ねてお願いするよ、一刻も早く事件を解決してくれ。もうこんな疑心暗鬼はこりごりなんだ。私にできることならなんでもする」

「では、ちょっとつっこんだことをお聞きしますが」すでに準備していたように鴉夜は尋ねた。「ルイーゼさんの両親、グスタフ君と奥さんのデボラ。あの二人、娘さんをどんなふうに扱ってました？」

「……というと？」

「現場で気になりましてね。彼女の車椅子。二年以上使い込まれ、車輪も肘掛けも汚れていましたが、後ろの手押しハンドルは綺麗でした。普通なら最も手垢《てあか》まみれになるはずなのに。どうやら彼女、家の中でほとんど補助を受けずに暮らしていたようです。すばらしい自立心ですが、裏を返せば……」

「ルイーゼが、虐待されてたと言いたいのか」

「そこまでは言いませんが。少なくとも、近寄りがたい存在だと思われていたのでは？　彼女は村の護り神なんでしょ。神様と一緒に暮らせと言われたら、誰でも困る」

「確かに部屋が別ってのは妙でしたねえ」と、津軽。「ドアに内鍵ってのも」

分不相応な家宝を得たとき、人はどうするか？

簞笥《たんす》の奥に押し込んで、鍵をかけ、ふたをする。

「……そういう部分は、あったかもしれない」ハイネマンはしぶしぶ認めた。「だが理由はどうあれ、ルイーゼが丁寧に扱われていたことは事実だ。両親からも、みんなからも」

「彼女がひとりで外に出たことは？」

「ないよ。外ではいつも誰かが補助を」

「アルマさんは勝手に家を抜け出したことがあると言ってましたが」

「勝手に……ああ、そういえば一度だけ」

彼は記憶を掘るように白髪をかいた。

「一年半くらい前だったかな。グスタフとデボラがちょっと外出した隙にルイーゼがいなくなっていて、みんなで大騒ぎしたことがあった。夕方には無事に見つかったがね。川岸のぬかるみに車椅子がはまって、動けなくなっていたんだ。で、なぜかと聞いたら『アルマの家に行こうとした』と。グスタフの家にルイーゼの絵が飾ってあっただろう？　あれをとても気に入って、ほかの絵も見せてもらいたかったのだとか」

「ずいぶん子どもらしい理由ですね」

「まったくさ。我々も叱る気が失《う》せてしまってね、お咎《とが》めなしで落ち着いた。ルイーゼ自身は疲労でまいったらしく、そのあとしばらく寝込んでいた……。ともかくあれはあの子が勝手に起こした事件で、グスタフやデボラに非はないよ」

「ルイーゼさん、川岸で声も出せないほど怯えていたでしょう。早く家に帰りたがったのでは？」

「確かにそんな様子だった」ハイネマンは苦笑して、「探偵というのは、そうやってなんでも見てきたように話すんだね」

「ええ、わかりきったことに関しては」

そのとき、表からノックの音が聞こえた。

ハイネマンはダイニングを出ていく。津軽はお茶請けのヌガーを口に放った。グスタフの家で出されたのと同じ、接着剤めいた代物だ。

「もう少し嚙み砕きやすくできなかったんでしょうか」

「いいや、だんだん飲み込めてきた。なかなか面白い味だな」

「味はだいぶ甘めですね」

「なんの話をしてるんだ」

「ヌガーの話じゃないんですか」

「事件の話をしたつもりだ」

「事件はどういう味がします？」

「京の鴨《かも》蕎麦みたいな味」カップの渦巻き模様を眺めながら鴉夜は答えた。「脂っこいが上品だ」

「いやあ、まさかこの村に来ていただけるとは！」

明るく弾んだ声が聞こえた。ドアを開け、ハイネマンが戻ってくる。

「どうぞ、上がってください」

医者のあとに続いて、二人の人物が現れる。津軽と静句はドアの正面に座っていたので、訪問者と顔を突き合わせる形になった。

右手で肩に荷物を背負い、左手をポケットに突っ込んだ金髪の少女。トランクを持ち、服の裾から鎖を引きずった黒人の大男。

津軽は彼らの白い服とそこに刻まれた数字を視認し、彼らは津軽の青い髪と卓上の鳥籠を視認した。

「あ」

次の一瞬であらゆることが起きた。

大男が腕を振り、前に立っていたハイネマンをはねのける。少女は左腰のホルスターから驚くべき速さで銃を抜く。静句は主の鳥籠を引き寄せ胸にかき抱いた。そして津軽は、広いダイニングテーブルを勢いよく蹴り上げた。

*

アリスがコルト・サンダラーを肩の高さに構えたとき、その視界はテーブルにさえぎられていた。

銃撃を回避する際、障害物を作ってその裏に隠れるというのは使い古された手だ。敵の反応は極めて素早かった。が、同時にミスも犯していた。蹴り上げる勢いが強すぎたのだ。結果テーブルは宙に浮き、床と接地するまでの間に、一秒ほどのわずかな滞空時間が生じていた。

滞空時間があるということは、テーブルと床との間に隙間があるということ。

隙間があるということは、敵の足が見えるということ。

〈早撃ち《ラピッドショット》〉の腕ならば、一秒の間にそれを撃ち抜くことは容易《たやす》かった。

アリスは銃と一緒に視線を下げ、テーブルと床との隙間を視界に入れる。敵は二人いるが、馳井静句はロングスカートをはいているため足の正確な位置がわからず狙いにくいと判断、真打津軽に狙いを絞る。

だが、そこで異変に気づいた。

狙うべき足が見当たらない。

真打津軽の足がない。

どこだ？　この短時間にどこへ逃げやがった？

一秒が過ぎ、隙間が消えた。ポットとカップ、茶菓子と皿を雪崩のように巻き込んで、テーブルが床に接地する。列車同士がぶつかったような盛大な音が鳴る。

アリスの頭上に影が落ちた。

再び視線を上げると、間近に男の笑顔が飛び込んできた。青い瞳を輝かせ、愉快そうに歯を見せている。銃を振り上げようとしたが、一瞬の差でその手を靴裏に押さえられた。右手で持っていた荷物を放り、ホルスターに伸ばす。男も腕をこちらに伸ばす——

音の余韻が消えたとき。

人類と人外は至近距離で向き合っていた。アリスは銃口を津軽の額に押しつけ、津軽はアリスの喉をつかんでいた。

「捨て身かよ」少女は唇を歪めた。「面白《おもしれ》え戦い方すんなあ。《鳥籠使い》」

「江戸っ子だもんでそそっかしいんです」

「撃たれればよかったのに」

「静句さんいまなんて？」

「な、な、何が……」

「ごめんなさいね突き飛ばしちゃって。でも、こんな奴ら家に上げてるあなたも悪いわ」

カイルは尻餅《しりもち》をついた家主に謝り、メイドの抱いた鳥籠へと目を移す。

「予想どおり醜《みにく》いわね、輪堂鴉夜」

「首から下があったころは絶世の美少女とよく言われたものだが」生首が口を利いた。いらだたしいことに、涼やかな少女の声で。「君たちは《ロイズ》だな。どうしてここがわかった？」

「ベイカー街の名探偵に教えてもらったのさ」

「誰だろう見当もつかない」

「師匠、ホームズさんと張り合うのやめたほうがいいですよ」

喋る間も、真打津軽の手はアリスの喉から離れない。指には皮膚がくぼむ程度の弱い力が込められている。

アリスは射殺すような眼光で、飄々とした青鬼を観察する。

この男はテーブルを蹴った直後に飛び上がり、宙を舞うテーブルの裏に身を隠していた。テーブルが視界をふさいだ瞬間、アリスが馬鹿なガンマンのように撃ちまくっていれば、この男は蜂《はち》の巣《す》になっていただろう。だがアリスはそれをしなかった。人狼戦の前に無駄弾を消費する気はなかったし、正確に足を狙う自信もあった。したがって銃を持つ手を下げた。その一秒の猶予を使って津軽はアリスとの距離を詰めた。

アリスが達人であったがゆえに、津軽の奇襲は成功した。

問題は、それが偶然か否かだ。

このクソはオレが銃を下げることを予測したのか？ 《ロイズ》のエージェントってのは服でわかるし銃も隠さず腰に提げてた。だったら予測は不可能じゃない。だが現実問題、オレの銃よりも速くそれを考えて実行に移せるか？ こいつはそんなに喧嘩慣れしてるのか？ それともただの考えなしのクソ馬鹿で、本当に捨て身だったのか？

アリスは引き鉄に力を込めた。すると呼応するように、喉をつかむ指の力も強まった。手首の腱《けん》の動きを見ているのか。半人半鬼の膂力《りょりょく》は調査済みだ、引き鉄を引くと同時にアリスの首はへし折られるだろう。

真打津軽はまだ笑っている。

いい度胸じゃねえか。

「カイルぅ。このクソと相打つから生首のほう頼むわ」

「はあい」

「とりあえずお互い退かないか」鴉夜が提案した。「ここで殺し合っても得がない」

「得はねえが損もねえよ」

「この青い子、そっちの主戦力でしょ。相打ちならプラマイゼロでトントンかしら」

カイルが一歩踏み出すと、コートから垂らした鎖がじゃらりと鳴った。馳井静句が背中の得物に手をかける。鴉夜は穏やかな声で続ける。

「君たちの一番の目当ては人狼だろう？　ここでひとり欠けてしまったら本番で苦労すると思わないか」

「交渉カードとしては弱いわね」

「人狼くれえカイルだけで充分だ。だいたいてめーらクソに交渉の資格なんざ……」

「そいじゃもう一枚切りましょう。あたくしたち人狼村まで案内できます」

さらりと真打津軽が言った。

カイルはアーモンド形の目を見開き、アリスは「あぁ？」と聞き返した。

「〈最後から二番目の夜〉を持ってるって意味か？　馬鹿かよ、殺して奪やあ……」

「いえいえ、ダイヤを持ってても使い方を知らなきゃ意味がないんです。使い方は門外不出だそうですが、事件を解決したときに限って教えてもらえるって村長さんと契約しました。人狼を駆除したいなら一緒に連れてってあげますよ」

「事件？」

「人狼による連続殺人が起きてるんだよ、いまこの村では」鴉夜が言った。「君たちが自力で解決できるというなら話は別だが——探偵である私と業務提携したほうが、簡単にことが運ぶんじゃないかな」

「…………」

アリスは隅で怯えている村医者をうかがった。男の反応を見るに、事件が起きているのは本当らしい。《鳥籠使い》がそれを捜査中というのも。確かにそれなら、こいつらがこの家で茶を飲んでいたことにも納得がいく。

奥歯を食いしばった。クソ以下の怪物に交渉を持ちかけられたこと、だけではない。交渉を呑みかけている自分に腹が立っていた。駆除の猶予と引き換えに人狼村に案内させる。保険屋として判断するなら、好条件のビジネスだ。だがそれは、輪堂鴉夜の探偵能力に依存するということ。怪物の存在価値を部分的に認めるということを意味する。

引き鉄とグリップが熱を持つ。

真打津軽はまだ笑っている。さっきよりも楽しそうに。

「アリス」ゆっくりと、カイルが言った。「退きましょう」

「てめーが決めんなクソ。上司はオレだ」

「年上の助言は聞いたほうがいいわ」

「そう。年上の助言は聞いたほうがいい」

カイルが諭すように言い、不老不死の少女もかぶせてくる。

「クソッ」とひときわ乱暴に吐き捨て、アリスはコルト・サンダラーを下げた。同時に津軽も、アリスの喉から手を離した。両者は後退したが、アリスは殺意を緩めなかった。

「生首。事件はいつ解決する？」

「あと二、三日あれば」

「おせえ。《夜宴《バンケット》》に先を越される」

「ご心配なく、まだこの村には現れてません」

津軽が言った。現れてない？　《夜宴《バンケット》》の動きはこちらより三日ほど早いはずだが。

アリスは違和感を覚える。調査によれば両者は敵同士だ、その線はほぼない。だがほかのイレギュラーも含め、《鳥籠使い》と《夜宴《バンケット》》が結託している可能性はあるだろうか。

裏切りは常に警戒する必要がある。何しろこいつらは、クソ以下の怪物なのだから。

「おかしな真似《まね》したら撃ち殺すぞ」

牽制の意思を込め、アリスは銃口を鴉夜に向けた。

「殺す？　私を？」脅しはあまり通じなかった。「ここ百年で一番笑えるジョークだな」

10　豹変《ひょうへん》の夜

山の陽は早く沈む。

西に現れた赤い空が、水がにじむ紙のように濃さを増し、黒い帳《とばり》へと姿を変える。村人たちは疑心暗鬼を抱《かか》えたまま家に戻り、カーテンを閉め、ドアと窓に鍵をかける。警官も神父も不在のこの村で、信じられる者は自分しかいない。

寝たきりの村長は咳の発作に耐えながら、村の未来を憂い続ける。街生まれの技師は殺風景な家でひとり、過去の感情に思い悩む。娘を奪われた猟師は、片腕に妻を、もう片腕には銃を抱き、暖炉の炎をじっと見つめる。

ホイレンドルフに夜がやって来る。

怪物と獣たちの時間がやって来る。

月光が降り注ぐ部屋の中、津軽は少女に顔を寄せた。

二つの唇が音もなく重なる。血は巡っていないだろうに、少女の唇はなぜか発色がよく、この世のどんな果実よりも瑞々《みずみず》しい弾力がある。吐息が発する芳香は脳が煮立つほどの危うさで、気を保たねばくらりときそうだ。

二、三度唇をついばみ合う。戯《たわむ》れの時間はすぐに過ぎ、二人は同時に口を開いた。熱を帯びた口内でぬらつく舌が絡み合った。洋酒めいて香り高い唾液が津軽の口に流れ込んでくる。甘さはさすがに気のせいだと思うがひょっとすると本当に甘いかもしれず、だとしても津軽は驚かない。理屈外れの魔性には何が具《そな》わっていてもおかしくない。

気まぐれな妖精《ようせい》のようにのたくる舌を追いかけ、津軽は甘露を味わい尽くす。すすり、ねぶり、こくこくと嚥下《えんか》する。ときおり唇を離しては、少女の口の端から垂れる一滴すらも逃さずに舐め上げる。

数日おきの習慣なのでお互い余裕があったが、その度合いは少女のほうがはるかに上だった。前に一度、ふざけ半分に「本気でお願いします」と頼んだことがある。大変な目にあった。おそるべきは年の功である。

ミルクを飲む犬のようなはしたない水音が少しずつ大きくなってゆく。

津軽の手は、少女の頭の両側をしっかりと持っていた。背中や腰に手を這わせることはできない。できるわけがなかった。少女には首から下がないのだから。

奇妙な接吻《せっぷん》は数分続き、やがて銀糸を引きながら、二人の影が離れた。最後にごくりと喉を鳴らすと、津軽は口元を拭った。

「ごちそうさまでした」

直後、手元から師匠がかっさらわれた。

「毎度そんなに妬《や》かなくてもいいでしょう、医療行為なんですから」

「妬いてはいません」

言葉と裏腹にそっぽを向く静句。メイド服から就寝用のネグリジェに着替えている。その胸に抱かれた鴉夜は、慣れた調子でなだめすかす。

「よしよし。静句にはあとで口直しを頼もうな」

「口直しとか言われると傷つくんですけど……」

半人半鬼である津軽の体には、人外最強といわれる〈鬼〉の血が、かなり濃い割合で混ざっている。

鬼の血は人の血よりも強力であるため、常に体を侵食し続ける。鬼に呑まれれば自我を失い、文字どおりの畜生に堕《お》ちる。体の半分ともう半分が繰り返す綱引きのせいで、かつての津軽は命の危機に瀕《ひん》していた。そこに現れたのが鴉夜だった。

不死の体の一部を取り込めば、人としての免疫が底上げされ、鬼の侵食を抑えることができる——そう教えられ、鴉夜とある契約を交わした津軽は、それ以来こうして定期的に彼女の唾液を摂取している。体の一部であればなんでもよいそうだが、髪や目玉や血液よりは唾液のほうが簡単だし、そもそもいまの鴉夜は人に分け与えられるほど体が余っていないし。

「ご不満ならもう一度試しましょうか」

「今日はもう終わりだ。あまり与えると鬼の力が弱まりすぎる。それはそれで困る」

「……師匠は、まだあたくしに殺される気なんですね」

契約内容に触れると、生首の少女は力なく笑った。

「無人島に漂着して、銃に弾が一発しかなかったら、それを取っておくのは当たり前だろう。いつか自決するためにな」

どかっ。

静句に蹴られ、津軽は部屋の外に転がり出る。目の前でばたんとドアが閉まった。

「ちょっとお、ほんとに廊下で寝るんですか？」

「廊下でなくてもかまいません。外でも屋根でもご自由に」

「おまえ野宿には慣れてるだろ。さて寝ようか静句」

鴉夜までがそんなことを言う。自決用の弾ならもう少し大切に扱ってほしい。まったくもう、とぼやきつつ、津軽はドアに寄りかかる。

二階の廊下の窓からは村の様子がよく見えた。

漏れる明かりや影の形で、家々の場所がなんとなくわかる。あれはたぶんグスタフの家、向こうの屋根は技師クヌートの、真ん中のあれが村長の家。階下での一悶着《ひともんちゃく》のあと、《ロイズ》の二人組はあそこに身を寄せた。いまごろ村長を籠絡《ろうらく》しにかかっているかもしれないが、あの金髪少女の粗暴さでうまくいくとは思えないし、ダイヤはこっちが握っているし、出し抜かれる心配はないだろう。その向こう、教会の窓はもう暗かった。今日の捜索は打ち切られたようだ。

「ルイーゼちゃんの死体、まだ見つからんみたいですね」

ドア越しに鴉夜に話しかける。

「だろうな。見つかるとは思えん」

「どっかで生きてるってことですか？　あれ、でもお昼にゃもう殺されてるって」

「まず間違いなく殺されている。だが死体は見つからない」

津軽は首をひねった。人狼にぺろりと平らげられた、ということか？　ほかの被害者たちはけっこう汚く食べ残されていたようだが。

「師匠はこの事件をどう見てるんです」

「どうもこうも、見えたままに見ているだけだよ。おまえだって見ただろう？　はっきりした手がかりが現場に残っていたじゃないか」

「なんです？」

「窓だよ」

鴉夜は簡潔に答えた。

「窓ってえと、あの壊れた窓ですか。ルイーゼちゃんの部屋の」

「そう、逃走に使われたほうの窓。一目見たとたん妙だと思った」

「何がです」

「ヒントをやろうか。事件の晩、ドアの鍵を破ったあと、グスタフ君はどういう行動を取った？」

事件当夜の動きについては本人と妻から詳細を聞いたが。どうと言われても、

「家を出て森に入ったってだけでしょ。犯人を追って」

「家の出かたが問題なんだ」

「出かた？　どうもわからないなあ。師匠はグスタフさんを疑ってんですか」

「ちゅぱ」

「なんですって？」

「ん……んっ」

「そいじゃどうぞごゆっくり」

口直しが始まったと見える。津軽はあくびを漏らし、廊下の床に寝っ転がった。窓枠の中から人家の明かりが退場し、代わりに月が現れる。ぷっくり太った小望月《こもちづき》。明日は満月になるだろう。

月光浴がてら、今日一日の成果を反復する。

結局のところ、容疑者はまったく絞れていないように思える。人狼の犯行であることは間違いない。一連の事件が同一犯であることも。だが犯人は誰で、どこに隠れているのか。〈霧の窪地〉の人狼村から定期的に崖を上ってくるのか。それともこの村の中にいるのか。

村長は血筋のはっきりしない者が怪しいと断じていた。しかし津軽の経験上、この世に血筋と自慢話ほどあてにならぬものはない。出自なんていくらでもごまかせるし、誰でも人狼の可能性がある。とはいえ村生まれとよそから来た者、二つを比べればごまかしやすいのはやはり後者か。

とりあえず村長の説を取り、よそ者側から考えてゆくことにする。

医者のハイネマンは二十年前、技師のクヌートは十五年前、絵描きのアルマは五年前に、それぞれ村に来たという。連続殺人が始まった一年前の時点で、全員ここに住んでいたことになる。

ひとまずハイネマンは除外できるだろう。ルイーゼが襲われているとき家の外にいたのだから、アリバイ持ちだ。

技師のクヌートはどうか。本人は否定していたが、八年前に現れた人狼と親しかったという。連続殺人が復讐絡みだとすれば、いかにも怪しい。

絵描きのアルマは？　ちょっと読めないところがあった。だが村に来たのは五年前だから、八年前の件との関《かか》わりはない。彼女だとすると動機がないか？　いやそもそもこの事件、動機はいったいなんなのか――

やっぱりわからない、と匙《さじ》を投げたとき。

遠吠《とおぼ》えが、夜を切り裂いた。

その声はほぼ間を置かず、二度、三度と連なり響いた。腹の底から絞り出すような、狼の咆哮《ほうこう》であった。

津軽は身を起こす。村人たちも気づいたらしく、家々の玄関先で明かりが動きだす。吠え声が聞こえたのは森の奥からではなかった。村はずれの、川の近くだ。

素早くドアが開く。静句はいつもと同じ無表情で、右手に布を巻いた得物を、左手に鴉夜を収めた鳥籠を持っていた。服はネグリジェのままで、着崩れている様子はなかった。

「邪魔が入りましたね」

「何がです？」

しれっと答え、鳥籠を差し出す静句。それを受け取り、津軽は立ち上がった。

「行きましょう。アルマさん家《ち》だ」

小屋の前には村の男たちが集まっていた。

絵描きの安否が心配で来た、というわけではなさそうだ。銃や鉈や斧《おの》を握った彼らの手は、まだ夜冷えする季節だというのに汗ばんでいた。

先頭にはグスタフが立ち、小屋の窓と対峙していた。薄いカーテンの向こうにぼんやりと人影が映っている。うずくまり、震えているように見えた。

「アルマ」猟師は慎重に呼びかけた。「何かあったのか？　返事をしろ」

ううう……ううう！

返ってきたうなり声に、グスタフ以外の男たちは一歩後退した。津軽はひょいひょいとその間を抜け、猟師の横に並んだ。

「アルマさーん、もしもーし。具合が悪いんですか？　ハイネマン先生に診《み》てもらいましょうか」

「こないで！」

今度の返事は人語だった。かろうじて女の声とわかるような、ひどいだみ声だったが。

「近づかないで。近づかれたら、また――また、おさえ、きれなくなる」

「何をです？」

「お、おかしいの。一年、まえから。ときどき、喉がうずいて、おなかが鳴って、みんなみんな、おいしそうに見えて。気がついたら、目の前に――それで、わたし――もうわからない。わからないの。何も――」

男たちにどよめきが広がる。影は嗚咽《おえつ》を漏らし続ける。

「どけ」と、背後で声。《ロイズ》の二人組だった。アリスはすでに銃を抜いていた。

「全員退がってろ、オレたちで仕留める。おいクソ探偵てめーらも邪魔だ。一緒に撃ち殺してやろうか」

津軽は肩をすくめ、横にどいた。

だが、グスタフは動かない。彼の顔には表情がなかった。

「ルイーゼをさらったのはおまえか」

「うう、ううう……」

「みんなを襲ったのはおまえなのか」

「う、うう、う」

「おれの娘をどうした」

「ううう……」

「答えろ！」

「たべたわ！　さらって、すぐ、たべた。お、お、おいしかった！」

猟師の目が見開かれた。決壊した怒りが激流となって彼を襲った。さっと銃口が持ち上がる。だがそれよりも早く、

「ううぅ……うううウゥ！」

だみ声が伸び上がり、獣じみた咆哮に転じた。

同時に、カーテン越しの影にも変化が起きる。

煮え立つ鍋の灰汁《あく》のように、小さな体がぶくぶくっと成長した。肩幅が広がり、腕が隆起し、両手の指先から八本の鋭角が突出する。骨格が蠢き、鼻先が伸び、頭の上に尖った二本の何かが現れる。

巨体はこちらに突進し、窓ごと壁を突き破った。

そして津軽は、生まれて初めてそれを目にした。

〈人狼〉を。

後ろ脚で立ち上がった、おそろしく巨大な狼だった。身《み》の丈《たけ》二メートル強、背が曲がっているので正確にはそれ以上か。しなやかで頑強な足が地を踏みしめ、両手の四本指には鋭いかぎ爪が備わっている。太い首に載った頭部は紛《まが》うことなき獣のそれで、人の面影《おもかげ》はまったくなく、裂けた口から凶悪な牙が覗いていた。その頭に突き出た耳から背中に生じた尻尾の先まで、全身が黄金《こがね》色の毛皮に覆われている。毛並みは村人たちの角灯《ランタン》を反射し、朝の小麦畑のように輝いていた。グロテスクな光彩だが、見方によっては美しかった。

男たちの悲鳴をかき消すように、銃声が連なる。

アリスだ。わずかに遅れて、グスタフの猟銃も火を吐いた。至近距離で放たれた散弾は怪物の腹に、肩に、背に、額に、くまなく命中する。

怪物はまばたきすらしなかった。

金の流線は津軽たちの間を駆け抜け、村人たちの前で跳んだ。巨体がひるんだ男たちの頭上を軽々と越え、ザッと軽い音を立てて着地する。苦悩するようにまた吠え、崖へと続く森の中へ消える。

「おいおい銀の弾だぜ」どこか高揚《こうよう》した声でアリスが言った。「マジで効かねーのかよ」

「あたしのほうが相性いいわね」と、カイル。「追うわよ」

「津軽」

「はあい」

師匠の指示を待つまでもなく。村人たちも、保険機構の達人たちも置き去りにして。

〈鬼殺し〉は走りだしていた。

枝を薙《な》ぎ、葉を散らし、風を起こしながら。

巨体からは想像もつかぬ俊敏さで、獣は森を駆けてゆく。津軽は暗闇に目をこらし、その尻尾を全力で追う。

〈鬼〉の身体能力は怪物の中でも最上位を誇る。半人半鬼である津軽は、その気になれば常人を遥《はる》かに超える速度で動くことができる。これまでもそうやって、吸血鬼や人造人間や保険機構のエージェントと渡り合ってきた。

だが、

「引き離されてるぞ」

「わかってますよ！」

追いつけない。

獣との差が縮まらない。

「おかしいなあ。さては師匠太ったでしょ」

「この姿でどう太れと」

言い合っているうちに森が途切れ、滝と断崖が現れた。月光の下で見る窪地は昼間よりもいっそう神秘的だったが、景色を楽しんでいる場合じゃない。

人狼は左に大きくカーブする。速度を落とさぬまま、激流渦巻く川のほうへ――

銃声が鳴った。

人狼の首元で火花が散る。やはりダメージはなさそうだが、不意打ちに驚いたのだろう。砂埃《すなぼこり》とともに急停止する。

川のすぐそばの岩陰《いわかげ》から硝煙が昇っている。

現れたのは馳井静句だった。

レバーを引いて薬莢《やっきょう》の排出を行い、己の身長ほどもある銀色の得物を構え直す。元込め・七連発式のスペンサー騎兵銃、その銃身の下に沿って日本刀の直刃《すぐは》が伸び上がった、世にも妖艶な武器——銃刀『絶景《たちかげ》』。ネグリジェ姿なので、あまり様にはなっていないが。

「逃げるなら村側よりこっちだろうと思ったもんで、待ち伏せしてもらってました」

自身も立ち止まってから、津軽は怪物に笑いかけた。言葉が通じた様子もなく、相手はうなり続けている。

「命中したはずですが」と、静句。

「やっぱり銀は効かないみたいですね。これお願いします」

師匠の入った鳥籠をメイドに投げ渡す。

「もっと丁寧に扱え」という小言を聞き流しつつ、津軽はコートを脱いだ。手袋や靴も脱ぎ、シャツに吊りズボンだけの軽装になる。最後に肘まで袖をまくると、青い筋が幾本も通った半人半鬼の肌が月下に晒《さら》された。

首の骨を鳴らしながら、人狼の前に進み出る。

「そいじゃひとつ、試してみましょうか」

再生を打ち消す鬼の特性が、岩をも砕く鬼の膂力が、この獣に通用するのか。

人狼は月を背負って仁王《におう》立《だ》ちし、初めて津軽をまともに見た。フェアネスにのっとったのか、邪魔者を排除するという本能に従ったのかはわからないが、勝負を呑んだように見えた。

人狼は顎を反らし、村中に轟くほどの遠吠えを上げ、視界から消えた。

左右を見るよりも早く、背後に気配。津軽が身をかがめた瞬間、それまで頭があった場所を巨大な爪が切り裂いた。数本の髪が青い雪のように宙を舞った。

「はっ……」

速い。

どうやって動いたのだろう？　踏み込みすら見えなかった。でも攻撃は素人だ、大振りすぎて隙ができている。津軽はかがんだ勢いのまま地面に手をつき、身をひねり、鬼の血が通う素足を相手の腹に叩き込む。

感じたのは、柔らかい毛皮の感触――だけではなかった。皮のすぐ下に分厚いゴムの層があり、その下にも岩盤があり、中心には鉄の塊が隠れている、というような。

そんな、対処しようのない硬度と靭性《じんせい》。

人狼は一歩あとずさったが、すぐに体勢を立て直し、襲いかかってくる。今度は肩を喰いちぎられそうになった。再びカウンターを狙ったものの、相手はすでに学んでいて、攻撃の直後にはもう津軽から離れていた。そしてまた、消える。

残像が左右に舞う。津軽はそれを追って上下《かみしも》を切りつつ、どうしたもんかと思案する。こうした巨獣に対し、ローリスクで勝つ方法なら三つほど知っていた。だがどれも森や岩場でやり合うことが前提で、だだっ広いこの場所では使えない。

速さでは圧倒的に負けている。体格も敵《かな》わず、反射も遠く及ばない。体が押せたところを見ると力は互角。だが毛皮の下に打撃が通らない。通すには？　村長はなんて言ってたっけ。人の姿のうちに叩く。目や口内を狙う。あとは、ええと火炙りか。人の姿ではもうない。火を起こす暇もない。とすると——

津軽はじりじりと後退し、崖を背に立った。

攻撃が来る範囲を前方に絞り、同時にタックルを牽制する。一番怖いのが、速度と体格任せのタックルで押し倒され身動きを封じられることだった。この場所でそれをやれば人狼も一緒に崖から落ちる。一撃で殺される確率は減った。

行きの列車でやり合った武術家の構えを真似、右膝を上げる。

針を垂らした釣り人のように、じっと待つ。

ぐちっ。

芋虫を潰したような音が鳴った。目にも留まらぬ速さで襲ってきた人狼が、右脚の脛に嚙みついたのだ。鋭い犬歯が肉に喰い込み、万力で締められるような痛みが上る。

津軽は振り払おうとはせず、
右手と左足を使い、敵の顎を上下から挟んだ。

人狼は面食らったように頭を引いた。津軽はそのまま巨体に釣り上げられる形になる。

左右に振り回され、嚙まれた骨が軋《きし》みを上げるが、顎を挟んだ手足は決して離さない。

「力は互角」

間近で笑いかけると、怪物の目に動揺が走った、ように見えた。

嚙みつきやすい部位を差し出せばかかってくれると思っていた。冷静に爪を振るえばすぐにも津軽を引き剝《ひ》がせるが、それはないと予想していた。おそらくは初の体験であろう獲物からの嚙みつき返しに驚いて、獣の反応は数秒遅れた。その数秒で充分だった。

津軽には自由に使える左手が残っている。

親指を立て、それを人狼の目玉に——

パン！

上顎《うわあご》を押さえていた右手に痛みが走った。

思わず力を緩めたとたん、人狼が顎を開き、津軽は地面に放り出された。

右腕が浅くえぐれている。さらに銃声が重なる。腕を押さえながら音のしたほうを見ると、森の入口にアリスの姿があった。しまった、追いつかれたか。

連続射撃にもまるで臆《おく》さず、人狼はぬるりと姿を変えた。爪や体が一気に縮まり、四足歩行の狼に変化する。毛並みの美しい金色《こんじき》の狼だった。そして再び、川に向かって駆けだす。津軽は嚙まれた脚に力が入らず、立ち上がることができない。

岩陰から静句が飛び出し、狼の行く手をふさいだ。

「静句さん、目！　目え狙って」

「わかっています」

静句は腰を落とし、『絶景』を槍《やり》のように持った。三種ある型のうちのひとつ〝松島〟。直突に特化した構えである。猛スピードの人狼でも、正面からなら捉《とら》えられる。

だが激突の直前、狼はすんと鼻を鳴らし——急カーブを切って、先ほどまで静句が控えていた岩に向かった。

「あっ……」

静句の顔に焦りがよぎった。津軽も気づいた。

ついさっき、彼女に鳥籠を投げ渡した。静句もいまは鳥籠を持っていない。

では、鳥籠はどこに？

静句が全力で走りだすが、人狼に勝てるはずもない。相手は岩の後ろに回り込み、

「のわーっ！」

間の抜けた悲鳴とともに、鳥籠が宙へ放られた。

丸めた津軽の目の中で、散りゆく桜の花片のように、すべての速度が失われた。

あっけにとられた顔の鴉夜。月光にきらめく真鍮の柵。鳥籠の真下は川、その数メートル先は滝だ。

狼が対岸へと跳躍する。

交差するように、女も川に身を投げた。すでに狼は目に入っていない。広がったネグリジェの裾を押さえようともしない。頭を占めるのは鳥籠だけだった。

空中で『絶景』をぐっと伸ばし、切っ先を鳥籠の持ち手にひっかける。刹那《せつな》、津軽と視線がぶつかる。

静句は迷いなく、津軽のほうへ武器を振るった。鳥籠が飛ばされ、こちらへ戻ってくる。

直後、狼は対岸へ着地し、

女は川に呑み込まれた。

しぶきが上がる暇すらなく、急流が彼女を押し流す。白い体が滝に巻き込まれ、霧の底へと落ちてゆく。

「しっ……」

「静句さーん！」

師弟の声が重なった。

狼は速度を落とさず、闇の中に溶けていった。背後でアリスや村人たちの「戻れ戻れ」「回り込め！」というやりとりが聞こえたが、津軽と鴉夜はもはや捕り物どころではなく、呆然と崖っぷちを見つめることしかできなかった。

静句の姿は霧に隠され、もう影すら見えなかった。

11　始まり

「津軽、脚を見せてみろ」

ハイネマンから手当てを受けていると、鴉夜が言った。

二人は教会に移動し、鳥籠は祭壇の上に置かれていた。適当に置いただけなのだが、祭壇に生首というのはいかにも似合いすぎていて、何かの儀式が始まるかのようだ。津軽は苦笑いを浮かべ、消毒中の脚を突き出した。

「たいした怪我じゃありませんよ」

「誰もおまえの心配はしとらん」

つれない一言を放ってから、鴉夜は傷口に目をこらす。

「この左の犬歯……一連の事件のものと同じ歯形だ」

「てこたあやっぱり」

「全部、彼女のしわざというわけだな」

「あーっクソクソクソ！」

扉を軋ませ、白服の二人が入ってくる。アリスとカイルだ。不機嫌そうなしかめ面が、追跡の成果を物語っていた。

「逃がしちゃったわ。森の中も探したけど見つからない」

「ご苦労さまです」津軽は包帯を巻かれた右手を振り、「ところでこれ、あたくしと人狼どっちを狙ったんです？」

アリスはわざとらしく肩をすくめた。まあ恨みはすまい。もともと敵同士だ、出し抜き合いはお互い様である。

教会の外には村人たちが集まっていて、激しい言い争いが漏れ聞こえる。

「奴は窪地の〝村〟に戻ったに違いねえ！　こっちから攻め入るべきだ」

「い、いかんグスタフ。それはいかん」

「うるせえ！　奴はルイーゼを喰ったんだぞ！　ほかのみんなも喰ったんだ！」

「グスタフの言うとおりだ。また殺される前に殺さなきゃならねえ」

「気持ちはわかるが、相手は人狼だぜ」

「だけどよう」

「いや、でも」

「そうだ！」

「違う」

興奮したグスタフの声。怯えた村長の声。冷静な声。怒鳴り声。嘆く女たちの声。村は二つに分かれつつあるようだった。逃げ込むように、村長が教会に入ってくる。老人は椅子に座ると、曲がった腰をなでながら咳き込んだ。

「やっぱりアルマじゃった……最初から妙だとは思っとったんじゃ。急にやって来るし、村とも関わりを持たんし。だいたい絵描きが村に住み着くなんざ……」

「心中お察ししますわ」と、カイル。「ところでこの場合、誰が事件を解決したってことになるのかしら」

「誰でもいいさ」鴉夜が言った。「村長、正確な契約内容はこうでしたね。『三日以内に犯人の名を指摘したら、〈牙の森〉の情報を渡す』。犯人は絵描きのアルマ、以上です。約束は果たしたので情報をいただきましょうか」

「おいおいそりゃ詭弁《きべん》だろ」アリスが突っ込む。「てめーらが見つけたわけじゃねーじゃねーか」

「しかし私たちは約束を果たした」

「事件が終わったとは限んねーだろ、犯人逃げてんだぞ」

「そう突っかからないでくれよ。君たちを案内するという約束もちゃんと守るから」

「……クソッ」

「怖いわ」

「教えてもらえると助かるんですけどねえ」津軽も口を挟んでみる。「どっちにしろあたくしたち、明日は窪地に下りるので。静句さんを探しにいかなきゃ」

「あら、生きてると思ってるわけ？」

「私の静句は滝から落ちたくらいじゃ死なない」

確信に満ちた声で言ってから、鴉夜は村長に「さあ、どうします？」と問いかけた。ホルガーはまだ騒がしい外へ目をやり、

「わかった。教える」

存外あっさりと要求を呑んだ。津軽にはこの老人の思考が手に取るようにわかった。

村の若衆は人狼村へ攻め入りたがっていて、自分はそれに反対している。村に辿り着くにはダイヤが必要で、それはいま《鳥籠使い》が持っている。こいつらが村を立ち去れば、若衆も人狼村への行きようがなくなる……。どこまでも打算的な村長だ。

「よし」ハイネマンの応急処置が終わった。「さっきたいした怪我じゃないと言ってたが、これはたいした怪我だぞ」

「ご心配なく、あたくし治りは早いんです。半分怪物なもんで」

《ロイズ》の二人がますます顔を険《けわ》しくした。津軽は立ち上がってみる。痛みはあるが、歩けぬほどではない。村長に手招きされたので、ひょこひょこと移動し、身をかがめる。

耳元に老人の息がかかった。

「明け方、〈見張り塔〉の焼け跡に立て。日が昇ったら石をかざして、詩の書きだしの面を太陽に向けろ。石を通して窪地を覗け」

「それだけですか」

「それだけじゃ」ホルガーは重々しくうなずいた。「あとは石が教えてくれる」

鴉夜がアルマの小屋を調べたいと言うので、もう一度戻ることにする。

教会を出ると、ちょうど村人たちも解散するところだった。議論はまとまらなかったと見える。息を荒らげたグスタフが津軽を睨《にら》んだ。

「この役立たずどもが」

「すみませんねえ、敵もさる者って奴でして。サルっていうか狼でしたが」

「ところでグスタフ君、盗まれた銃のことだが」

「ああ?」

「ほら、一年前物置から盗られたという散弾銃だよ。私はどうもあれが気になってしまって。普通の泥棒がこんな山奥に来るとは……」

「そんなもん知るか！　さっさとアルマを捕まえてこい！　おれにみんなの仇《かたき》を討たせろ！」

血走った目で怒鳴り、猟師は家に戻っていった。津軽は川のほうへ向かう。

騒動後の森はひっそりと穏やかで、鳥と虫の声だけが内緒話のように漏れ聞こえる。散歩にはうってつけの夜だった。

「静句さん、ほんとに無事でしょうか」

「心配ない。静句は頑丈だし、今夜は体の免疫も高まってるはずだ」

「口直しのせいですか」

「はてさてなんのことやら」

何百年も生きているくせにごまかし方が下手である。鴉夜はため息をつき、鳥籠の柵が薄くくもった。

「私に手足があればなあ」

「静句さんも毎回もっと悦《よろこ》ぶでしょうね」

「いやそうじゃなくて。人狼からも自分の足で逃げられたんだが」

「師匠は悪くありませんよ、あたくしのせいです。脚に嚙みつかせたのは悪手でした。腕じゃあ喰いちぎられるかもと思って脚にしたんですが、喰いちぎらせときゃよかった」

「まあ悪いことばかりじゃないさ。おかげでひとつはっきりした」

「なんです?」

「犯人にはやはり知恵がある。奇矯な行動は見せかけだ。そうでなければ、あの局面で私に狙いを替えたりはしない」

橋を渡り、アルマの小屋に辿り着く。無人の小屋は、家主が今日消えたばかりだというのに、もう何年も前から廃虚かのような趣だった。「おじゃましまあす」と言って、壊れた壁から中に入る。

すぐそばに、布の塊が落ちていた。

「拾って見せてくれ」

「ええと……絵の具まみれのローブと、シャツ、ズボン、下着。アルマさんが着てた服ですね」

服はすべて、中央から二つに裂けていた。巨大化する肉体に耐えきれず、破けたように見える。

「服以外に何か落ちてるか？」

「これだけです」

「ふむ……あれは？」

鴉夜の目が部屋の奥を向く。昼間見た被害者たちの遺影、三枚のキャンバスが、すべてずたずたに切り裂かれていた。まるで、彼女たちの実際の死に顔に合わせるように。

「出来映えが気に入らなかったんでしょうか」

「よく描けていると思ったんだがな。床下に行ってみよう」

津軽は床の上げ板に手をかけた。最初に訪問したときから中が気になっていた。

開いたとたん、むせるほどの鉄のにおいが襲ってきた。

戸の下には梯子《はしご》が伸びていた。手近にあった蠟燭《ろうそく》に火をつけ、鳥籠の輪っかを口にくわえて、それを下りる。地下室は上の小屋とほぼ同じ広さだった。壁際に棚がいくつかあり、昼間予想したように、食器や衣服などの生活用品がまとめてある。

床の色は黒ずんだ赤。

カーペットではなく、大量の血だった。

「ここで食事したみたいですね」

津軽は地下室を見回す。仕事を投げ出した絵描きがペンキをぶちまけたように、赤褐色が広がっている。ぺろりと平らげられたのか、骨や肉片は見受けられない。

ふと気になり足を上げてみた。血は乾いていて、靴底につくことはなさそうだった。

「昼間に覗いときゃよかったなあ。絵の具のにおいがきつかったもんで、血のにおいに気づきませんでした」

「そうだな」

師匠の返事はどこかうわの空だ。津軽は鳥籠を持ち上げ、鴉夜と目の高さを合わせた。

「事件て、ほんとにこれで終わったんですか」

「おまえは違うと思うのか？」

「いや。犯人も自白しましたし、ひとまず村から追い出しましたし、一件落着たあ思うんですが……どうもしっくりこないっていうか」

「何か落ちてる。拾ってくれ」

鴉夜はまた指示を出した。足元を見ると、確かに何かが転がっていた。少女の肉片――ではなさそうだ。津軽はそれを拾い上げ、蠟燭にかざした。

デッサンに使う、細長い木炭の欠片だった。片方の端は丸まっていて、もう片方の端は途中で折れたように角ばっている。欠片はべっとりと血で汚れていたが、床と接していた一面だけは綺麗なままだ。

「床を」

さらに指示。はいはい、と言いながら鳥籠を血まみれの床に近づける。木炭が落ちていた場所だけ、本来の木の色が細長く残っていた。

「終わるどころか」

それを見つめながら、鴉夜は静かにつぶやいた。

「ここから始まるのかもしれない」

12 牙の森

あくびすると、朝靄《あさもや》が口の中に飛び込んできた。霞《かすみ》を食う仙人だったらこれで満腹なのだろうか。ずいぶんとつまらない食生活だ。そもそも霞を食って生きるというのはそんなに良《よ》いことだろうか。濃霧が出た日など大変ではないか。口を開くたびに飯を無理やり詰め込まれるようなものなのだから、腹が裂けて死ぬかもしれない。師匠にこんなこと言ったら「裂ける腹があるだけましじゃないか」などと皮肉られてしまいそうだけれど。

とりとめもないことを考えながら、津軽は塔の焼け跡に立つ。

村は昨夜の反動のように寝静まり、滝の音だけが大きく聞こえた。人狼は逃げたきり結局現れなかったようだ。眼下の窪地はいまだにその全貌を見せず、仙人殺しの濃密な霧が、風に流され生き物のように蠢いている。東の山際はすでに明るかった。あと数分で日が昇るはずだ。

「で、どれが〈牙の森〉なの」

左右を見回すカイル。隣には斜に構えたアリスの姿。早朝なら抜け駆けできるかとも思ったのだが、診療所の前でしっかり待ち伏せされていた。

「さあ？　村長さんはここに立ちゃわかるって言ってたんですが」

「言い伝えが本当かどうかも怪しいもんだ。嘘だったらてめーらの利用価値はもうねぇな。ソッコー駆除だソッコー駆除」

「よしましょうよ朝っぱらから荒事《あらごと》は。ねぇ師匠」

「ぐう」

「こらこら」

鳥籠を揺すってやる。柵に額をぶつけた鴉夜は、一拍遅れて薄目を開く。

「ドウ様、カミツグドリが見とうございます」

「ドウ様？」

「え？」目が完全に開かれた。「ああなんだ、おまえか」

「なんの夢見てたんですか」

「別に……昔の夢だ。大昔の夢。ていうかもっと優しく起こせんのか」

「どう起こしたって師匠は無傷でしょ」

「静句がいないと困りものだな、おまえをひっぱたく役がいなくて」

「あたくし的には助かりものですが」

だが確かに、津軽にとっても静句のいない朝というのはもの足りぬ気分だった。蹴られて起こされない代わりに、淹れたてのお茶の香りもしない。体の一部を失ったみたいだ。これも師匠に言ったら「私に一歩近づいたな」などと返されてしまいそうだけれど——

山際から太陽が顔を出した。

清廉な朝日が山地と森に降り注ぐ。空気が温まり、目を覚ました鳥たちが一斉に鳴き始める。津軽はまぶしさに目を細め、

そしてすぐ、大きく見開いた。

窪地の上空に、巨大な何かが現出していた。

最初は判然としなかった。だが日が昇るにつれ、徐々にはっきりした形を取り始める。幽霊のように一本目が。炙り出しのように二本目が。季節外れの陽炎《かげろう》のように三本目が。

津軽はへえ、と息を漏らした。『愛宕山』の主人公が京都を見下ろしたときのように。保険屋の二人も無言だった。

村長と絵描きの言葉を思い出す。

——崖に近づくことすら禁じとる。あそこは忌み地じゃ。

——あの景色見た？　すごいよ、もう一目惚れ。

おそらくは偶然の産物なのだろう。窪地から反射した光が、岩山や針葉樹の鋭い影を、霧のスクリーンに映し出す。その像が、特定の時間に特定の場所から見たときだけ、偶然

このような形になる。そういう自然現象なのだろう。だが理屈はどうでもよかった。眼前のおどろおどろしさに比べれば。

木と岩が作った地上の影と、それを写し取った上空の影。

実像の下顎と、虚像の上顎。

それは、不ぞろいで鋭利な怪物の歯だった。

津軽たちは、世界を呑み込まんほどに大きく顎を開いた、獣の口の中にいた。

「〈牙の森〉だ」

ひそやかな声で鴉夜が言った。

〈最後から二番目の夜〉を取り出すと、津軽は崖っぷちに立った。教えられたやり方に従い、ダイヤを通して窪地を覗く。ドワーフ族の技術の結晶は黒いその身に朝日を吸い込み、万華鏡のように瞬《またた》いていた。何度か角度を調整すると、魔法のようにノイズが消え、光がある一点に収束した。それはちょうど、上空の〈牙〉のうちの一本と重なっていた。

上顎、右から四本目の歯。

ダイヤから目を離し、肉眼で確認する。ひときわ長いその牙は、地上へ向かってゆるくカーブを描いていた。目を細め、先端から架空の線を伸ばしていく。

線はやがて地上に接した。

どうやら窪地のやや西側、森の奥深くを指しているようだった。川と湖に挟まれた地帯で、近くにはのっぽな岩山がそびえている。あれを目印にしつつ、滝壺から流れを辿っていけば迷わずたどり着けそうだ。

「わかりました」

位置を目に焼きつけてから津軽はダイヤをしまった。区切りのためにすうっと一息。朝靄のおかわりを口に放《ほう》る。

静句とは再会できるだろうか。逃げた犯人はどこへ？　《夜宴《バンケット》》の連中の動きは？　謎は昨日よりむしろ増えている。だからこそ、進みたいと思う。怪物が待ち受ける樹海へ津軽は笑顔を投げた。鳥籠の中の鴉夜も、穏やかに頰を緩ませていた。

「そいじゃ、まあ……行ってみましょうか。人狼村に」

応えを返すように。

窪地のどこかから、遠吠えの輪唱が聞こえた。

＊

「動いた」

ヴィクターはつぶやいた。彼の手中にあると、大人用の双眼鏡も子どものおもちゃのように見えた。

「《ロイズ》が同行してるな」

「なんであいつらが怪物と一緒にいるわけ？」

カーミラが尋ねる。直射日光を避けるため木陰《こかげ》に身を屈め、愛用の日傘をさしている。

「《鳥籠使い》はダイヤを握ってる。人狼村への案内を条件に、停戦協定を結んだってとこだろう」

「それ、ちょっとまずくないですか」アレイスターが唇を尖らす。「いまから出発ってことは、夜までに着いちゃう可能性大ですよね。でもこっちの主戦力はカーミラさんだから、日中は身動きが取れない」

「人のことをお荷物みたいに……霧の中とか木陰の下なら移動くらいはできるっつうの」

「いや、追跡はまあいいんですけど。人狼村に着いてもこっちはしばらく動けないってのが問題です。先に《ロイズ》に暴れられたら、僕らがぼーっと見てる間に人狼全滅ってこともありえますよ」

「まったく吸血鬼ってのは面倒な種族だな」

「あんたの図体《ずうたい》よりはましよ！」

その大きな図体で腕組みし、人造人間は対策を練る。要は《ロイズ》の到着を遅らせればいいわけだ。そのためには、

「《鳥籠使い》と《ロイズ》を分断する必要がある」

「どうやってよ？」

「どうやってって……」

思いつく策はひとつしかない。策とすらいえぬほど乱暴な手段だが。

ぼそりとアイデアを口にすると。カーミラはあきれたように笑い、「好きにすれば？」とヴィクターに返した。アレイスターのほうは「いいですね」と指を鳴らした。

「僕、そういうの大好きです」

＊

南イタリア、ソレント半島。

険しい崖を這うように階段状に作られた白とオレンジの街並みが、瑠璃色の海と調和して、朝の光に照り映えている。街の名はアマルフィ。かつて海運都市として栄えた、地中海の景勝地である。

役場に勤めるティント・カッジャーロは、口笛を吹きながら海岸沿いの小路《こみち》を歩いていた。

贔屓《ひいき》の馬がフィレンツェのレースで二連勝したときのようにいい気分だった。購入希望者が現れたからだ。慢性的財政難を乗りきるため、自治体は一ヵ月前、沿岸に浮かぶ無人島のひとつサン・モレク島を競売にかけた。貴族もコーヒーを薄めるこの不況下である。駄目元ではあったが、神がティントを救いたもうた。キリストではなく、中国からやって来た神が。

待ち合わせ場所の港に着く。

背中で手を組んだ紳士服の男が、早朝のサレルノ湾を見つめていた。

「おはようございます。早いですね」

「楽しみで眠れませんでしてな」男は振り向かずに言った。「どの島ですぞ?」

「ここからは見えません。少し遠いので、船に乗らないと……」

「よいですな。実によい」

ティントは首をひねった。普通は陸から近いほうが喜ばれるのだが。

「では行きましょうか。ミスタ……あー……マンチュー?」

東洋の名は発音が難しい。自信なく呼びかけると、彼はこちらを振り向いた。二股《ふたまた》に裂けた眉の下で、切れ長の目が細められた。

「〝フー〟でけっこう。さあ、まいりましょうぞ」

13　ヴォルフィンヘーレ

混濁した意識の奔流に、馳井静句は揉まれていた。

脳裏をよぎるこの断片は、単なる夢だろうか。それとも走馬灯だろうか。

滝壺に叩きつけられた衝撃が残響として甦《よみがえ》り、雪解け水の冷たさが病のように身体《からだ》を蝕《むしば》む。その苦痛の中にまじって、主の姿がちらついた。

幼い自分のおかっぱ頭を撫でる鴉夜様。畦道《あぜみち》を歩きながら古い童謡を口ずさむ鴉夜様。縁側に腰かけて武芸の稽古《けいこ》を眺める鴉夜様に、心地よさそうに御髪《おぐし》を梳《と》かされる鏡越しの鴉夜様。

そして、首だけになって目の前に転がった鴉夜様。

奔流をかき分け、ひとつの感情が形を取った。

自責の念だ。

あの夜。襲撃を受け、一族を殺され、鴉夜様の首を切られたあの夜。二度と主を危険に晒さぬと誓ったはずなのに、また守ることができなかった。人狼の制圧よりも鴉夜様の安全を優先すべきだった。このまま死ぬことはたいした問題ではない。だが、主のもとに帰れないことが、もう一度彼女の前にかしずけないことが、悔しくてたまらない。

流れは速度を増し、静句をどこかへ連れてゆく。しぶきが上がり、幾度となく天地が入れ替わる。息が限界に達し、ふいに静寂が訪れ——

静句は目を開けた。

最初に知覚したのはあたたかさだった。

柔らかい何かに顔が埋まっている。頬を擦りつけるように動かすと、しっとりとした弾力が押し返し、もぎたての林檎《りんご》のようなにおいが香り立った。まどろんだまま顔を上げる。

昏の触れそうな距離に知らない女の顔があった。

「…………」

同い年くらいの黒髪の女性が、すやすやと寝息を立てていた。女は一糸まとっておらず、少し遅れて自分も全裸であることに気づく。そんな姿のまま、抱きつかれる形で彼女と密着し、両脚までしっかりと絡め合っている。上には厚いウールの毛布。

背中にも妙な体温を感じた。ゆっくりと脚をほどき、体の向きを変える。

そちらには一匹の狼が寝ていた。

「…………」

横になったまま周囲を見る。

木組みの天井と、藁葺《わらぶ》き屋根の裏側が見えた。円形の小屋の中らしい。窓は明かり取り用の小さなものがひとつだけで、薄く月光が差している。石を積んだいびつな暖炉があり、オレンジの火が燃えている。ぶらさがった干し肉、壺が並んだ棚、北の民族を彷彿《ほうふつ》させる文様が描かれた壁。静句はそんな家の片隅《かたすみ》で、藁と麻で作ったベッドの上に寝かされていた。全裸で、知らない女と、知らない狼と一緒に。

毛布を剝ぎ、身を起こす。

すぐそばの椅子に、ひとりの少女が座っていた。

十二、三歳だろうか。細く小柄な体つきだが、まっすぐな背筋と醸し出す雰囲気のせいで、どことなく大人びて見えた。腰まで伸ばした蜂蜜《はちみつ》色の髪。古代ローマ人めいて、大きな一枚布《トーガ》を巻いただけの簡素な服。つぶらな緑色の瞳は観察者のそれだった。天が降っても地が裂けてもまばたきひとつせぬような、無機質かつ硬質な芯《しん》、そんなものが感じられた。

少女は静句を見つめると、客観的な口調で、

「起きた」

と言った。ドイツ語だった。

「すごいのね、あなた。朝までは起きないと思ってた」

「はあ……。あの、ここは……」

「ヴェラ、カーヤ、ありがとう。もう大丈夫みたい」

少女は誰かに呼びかける。ううん、と声がして、寝ていた狼が身を起こした。赤銅色の毛並みが火に照らされる。狼は鼻先を静句に向けると、牙の生えた口を開き、

「げえ、起きてる」

と言った。ドイツ語だった。

しかも、ちょっとハスキーな女の子の声。

静句が硬直していると、狼は素早くベッドを下り、少女の横に並んだ。

「ど、どうするよノラ。ギュンター呼ぶか？」

「呼んじゃだめ」

「でもさあ、もしこいつが……」

「落ち着いて、ヴェラ。この人じゃない。この人の銃は種類が違う」

「種類？」

「この人のは小銃《ゲヴェーア》。犯人のは散弾銃《シュロートフリンテ》。この人の銃じゃ散弾は撃てない」

「おはよう」

振り向くと、黒髪の女も身を起こしていた。こちらへ母性的な微笑を投げている。枕に肘をつくと、二つの膨らみが無防備に揺れた。

「もう平気なの？」

「そうみたい」ノラと呼ばれた少女が答えた。「ありがと、カーヤ」

「別にいいわ、お昼寝のついでだし」

よかねえよ、と不満そうな声。静句は少女たちのほうに目を戻し、そしてまた固まる。

狼は姿を消していた。代わりにいたのは、十五歳くらいのつり目がちな少女。服は身に着けていなかった。彼女は床に置かれていた一枚布を手に取ると、ぶつぶつ文句を言いながら、ノラと同じように体に巻き始める。

先ほどまでここにいた狼と同じ、ハスキーな声。

うなじで切った髪の色も、狼と同じ赤銅毛だった。

「………」

「ハロー。大丈夫？」黒髪の女に肩を叩かれる。「あなた、川上から流れてきたんですって。ノラが見つけて、岸にひっぱり上げたの」

「運がよかった。わたしが通りかからなかったら、あなたきっと死んでた」

「ぶ、武器は預かってるからな」と、赤毛の少女。「無駄な抵抗すんなよな」

「服も脱がせた。びしょ濡れだったから。体も冷えきってたから、カーヤとヴェラにあたためてもらった」

黒髪のしとやかな女性がカーヤで、赤毛の不機嫌な少女がヴェラ、小柄な少女はノラというらしい。「ど、どうも」とひとまず礼を言う。平静を保つのは困難だった。

「あの、それでここは……」

「ノラ、いるかい？」

外から男の声がした。

とたんに、娘たちの間に緊張が走った。

カーヤが再び静句を抱き寄せ、毛布の中に引きずり込んだ。「いるわ」とノラが答え、足音が遠ざかっていく。ばたばたと慌てる歩調で、もうひとつの足音もそれを追った。少しあと、ドアを開ける音が聞こえた。

「こんにちは、ディーター」

「やあノラ。お、ヴェラも一緒か」

「う、うん。べ別にあたしら怪しいことは何も」

「みんなでお茶してたの」冷静なノラの声。「何かご用？」

「ウサギが余ったから、よかったら」

「ありがとう」

「ん？　何かにおうな」

カーヤの腕に力がこもり、先ほどよりも強く抱きしめられた。脚の間に太ももが押しつけられ、体がじわりと熱を帯びる。「しずかに」と囁かれ、静句は息を止めた。胸に顔が埋まっていて、どっちにしろ息は吸えなかったが。

「わたしの腕じゃない？　ナイフで切っちゃって、薬草を塗ってるの」

「いや、それ以外に何か……森のにおいだ。ノラ、また川に行ったのかい？」

「さっきちょっと、水浴びに」

「だめだぞ、ひとりで出歩いちゃ。西の森はいまとても危険なんだ、また誰かやられるかもしれないからな」

「ごめんなさい。気をつける」

「来週は初めての〈血の儀式〉だろう？　君を失ったらみんな悲しむ。それじゃ、また。ああヴェラ、君も来月また儀式だってレギ婆《ばあ》が言ってた。忘れないように」

「う、うんわかった」

「さよなら、ディーター」

訪問者の去る音と、ドアを閉じる音が聞こえた。束縛が弱まり、静句は窒息をまぬがれた。カーヤも安堵《あんど》の息を吐く。

ノラたちはベッドの反対側にいて、玄関らしきドアに木製の閂《かんぬき》をかけ直していた。家の床は地面より低いらしく、ドアの前には短い段差がある。二人はそれを下り、こちらに戻ってくる。

ヴェラと呼ばれた赤毛の少女は野ウサギの死骸を受け取っていて、その腹に直接かぶりついていた。

まるで、サンドウィッチでもかじるように。

まるで、おやつにありつく狼のように。

小さな口が肉を嚙みちぎる。まだ新鮮な赤い血が床の上に滴《したた》った。それを見てもほかの二人に動揺はない。むしろ動揺しているのはヴェラのほうだった。彼女は口をもぐもぐしつつ、赤い瞳で静句を睨んだ。

「やっぱ隠しきれないって。なんで助けたんだよお、人間なんて」

「でもこの人、不思議よ。ほんの少しだけど人じゃないようなにおいもするの。桃みたいな、蜜《みつ》みたいな……いままで嗅いだことないにおい。特に、ここから」

カーヤは静句の唇に顔を寄せ、すんすんと鼻を動かした。静句はうわの空だった。目覚めてから見聞きしたもののすべてが、頭をかけ巡っていた。

人語を話す狼。入れ替わりで現れた少女。かじられる生肉。においに敏感な人々。夜なのに〝お昼寝〟という表現。そして〝人間〟という呼び方。

夢でも走馬灯でもない。自分の心臓はまだ動いている。

だとすれば、これは現実だ。

静句はベッドを下り、ふらふらとドアに近づいた。ほんの少し開け、外をうかがう。

花が植えられた小さな庭と、木の柵と、土を固めた道が見えた。

その向こうには、背の低い数軒の小屋。

道の端から木材を載せた荷車が現れる。引いているのは人ではなかった。先ほど戦ったあの怪物と同じような、巨大な獣人だ。その脇では、鍬《くわ》を持った男と一匹の狼が親しげに話している。獣人も狼も裸ではなく、男と同じトーガを体に巻いていた。世間話を終えると、男は鍬を地面に置き、彼自身も狼に変わった。彼は前脚を器用に使い、余った布を体に巻きつけると、鍬の柄を口にくわえて去っていった。

すべての出来事がごく自然に、そうであることが当たり前かのように展開していた。

横から伸びた手がドアを閉じた。いつの間にか、そばにノラがいた。

「気をつけて。この村のみんなは目も鼻も耳も、あなたと段違いだから。あなたのことがばれたらきっと大変なことになる。この村に人がいちゃいけないの。いまの時期は、特に」

「あの……ここはいったい」

静句が三度尋ねると、ノラは答えた。

「ここは狼の棲家《ヴォルフィンヘーレ》。わたしたちの――人狼たちの村」

14　狼の茶会

つまり、実在した、ということらしい。

そして、思いもよらぬ形で自分だけが到達した、ということらしい。

窓から見えた月は、滝に落ちる前と同じ小望月だった。日は経っていない。外もまだ充分に暗い。人狼との交戦は午後九時ごろだったので、気絶していたのは四、五時間ほどか。正確な場所はわからないが、ここが窪地内であることは確実だろう。滝壺から伸びる支流の一本が人狼村のそばへ通じていて、静句はその川に流れ込み、そしてこの、ノラという少女に救出されたわけだ。

「本当にありがとうございました」

知りたいことはいくつもあったが、ひとまず静句は頭を下げた。

「なんとお礼を申し上げたらよいか……」

「善意で助けたわけじゃない。あなたの正体が知りたかっただけ。寝間着姿の人間が武器と一緒に流れてくるなんて、普通じゃないから」

ノラはあくまで淡々と答えた。カーヤがまたぐっと近づき、静句の顔を覗き込む。

「私たちと顔立ちが違うわね。名前は？　どこから来たの？」

「馳井静句と申します。私は……」

続けようとしたところで、自分の恰好を思い出した。

「あの、すみませんが、何か着るものをいただけませんか」

「これ」

渡されたのは、彼女たちが着ているのと同じトーガである。この村の標準服なのだろう。なんとも頼りない衣服だが理由は察しがついた。〝変身時〟にも比較的邪魔にならないからだ。

静句はトーガを受け取った。贅沢をいえる立場ではないし、裸よりはましだ。正式な着方はわからないので、見様見真似《みようみまね》で体に巻いてゆく。

その時間は、覚醒《かくせい》したばかりの静句に考える猶予を与えてくれた。

自分が滝に落ちたあと、ホイレンドルフはどうなったのだろう。人狼は捕らえられたのか、逃げおおせたのか。だがどちらにしろ、犯人の名は明らかになった。「犯人の名を指摘したら情報を渡す」という契約に従い、村長は人狼村の見つけ方を鴉夜様に教えなければならない。《ロイズ》の連中を案内するという約束もある。ということは、鴉夜様（とあの似非《えせ》噺家《はなしか》野郎）は今日明日中にも窪地に下り、この村を目指すことになる。

ならば、ここに留まっていればきっと合流できる。

留まることができれば、の話だが。

トーガを巻き終える。下着がないので落ち着かないし、床の冷たさが裸足《はだし》に染みた。ノラたちは平気な顔をしている。人狼は寒さにも強いという、ホルガーの言葉を思い出す。

ベッドの縁に座り、改めて娘たちと向かい合う。カーヤは拾ったペットでも案ずるような目で、ヴェラはあからさまな敵意を放ちながら、それぞれこちらを見ている。恩人であるノラの瞳は、尋問を始める警察官のように冷たかった。

そう。彼女たちは人狼だ。

助けてはもらったものの、味方かどうかはわからない。自分は皿に盛られた餌と同じ。ヴェラがぶらさげた野ウサギと同じく、いつかぶりつかれてもおかしくない。

「ハセイ、シズク」

舌になじませるように、ノラは名前を繰り返した。

「このあたりの名前じゃないわね」

「東洋の、日本という国から参りました。欧州を旅されているお方がいらっしゃいまして、私はその方にお仕えする従者……メイドです」

「めいど？」

「大きな家に雇われて、掃除をしたり料理をしたりする人のこと」

首をひねったヴェラに、ノラが解説を入れた。

「で、そのメイドさんはどこから流されてきたの」

「滝の上……です」

「滝の上。人間の村？」

「そ、そうです」

うなずいたとたん、ノラの眼光が鋭さを増した。

「あの変わった形の銃、銀でできていたわね。なぜあんなものを持っていたの」

「それは……」

人狼と一戦交えたからだと言えば、彼女たちはどう思うだろう。静句は口ごもった。ヴェラが探るように目を細める。

「ノラ。こいつ、本当に犯人じゃないのか」

「……確実に言えるのは、銃の種類が違うってことだけ」

「それだけじゃ証拠になんないだろ。犯人じゃなくても、仲間のひとりかも」

「たとえそうでも大丈夫よ」カーヤも真剣な声になる。「武器は取り上げてるんだし。もしものときは〈三本〉になれば……」

「でもみんな〈二本〉の姿で撃ち殺されたじゃんか。やっぱ誰か呼んだほうが……」

「あの」

静句が割り込むと、会話の波がさっと引いた。

「先ほどから『犯人』とおっしゃっていますが……なんのお話ですか」

娘たちは視線を交わした。この質問は無垢《むく》ゆえなのか見せかけなのか、審議し合うように。やがてノラが答えた。

「この村では連続殺人が起きてるの。四ヵ月にひとりずつ、村の女の子が殺されてる。いつも決まって雨の日に。もう三人やられてる。またもうすぐ、誰かが死ぬ」

静句の背筋が粟立《あわだ》った。

疲労から回復しきっていないせいでも、心もとないトーガのせいでもなかった。予想だにせぬ一言への困惑と衝撃。滝壺でもてあそばれるように、頭の中で情報が回る。連続殺人。四ヵ月おきに娘たちが。ホイレンドルフと同じ事件がこの人狼村でも？

冷たさはすぐに去り、揺れ戻しのように熱さが飛来した。体の中に火が入った。それはこれまでよりもはるかに強固なひとつの決意だった。

〝留まっていれば〟〝留まることができれば〟ではない。絶対に、この村に留まる必要がある。事情を把握し、情報を集め、事件を調べる必要がある。

なぜなら――

「私のお仕えしている方の名前は、輪堂鴉夜様といいます」静句は一気にまくし立てた。

「鴉夜様のご職業は探偵で、人ならざるものが絡んだ事件を専門に扱っておられます」

「たんてい？」

「謎を解いたり、事件を解決したりする人のこと」

「この村で事件が起きているなら、鴉夜様がみなさんのお力になれるかもしれません。……お話を聞かせていただけませんか」

なぜなら私は、〈怪物専門の探偵〉の従者だから。

輪堂鴉夜様の、手足だから。

娘たちの返答を待つ。ノラは耳元の髪に手をやり、紐を編むようにくるくるとよじった。

「そのアヤ様っていうのはどこにいるの」

「いまは人間の村に。もうすぐここにいらっしゃるはずで……」

「ここに？」ヴェラの顔色が変わった。「ちょっと待てよ、人間が増えるってことか？」

「これ以上増えたら困るわ」カーヤも眉をひそめる。「村のみんなから隠しきれない」

「いえ、そうではないんです。鴉夜様は……」

「悪いけど、シズク」ノラの声は冷たかった。「あなたの言うことはひとつも信用できない。よそ者が村に入ることもわたしたちは許さない。事件と関係ないっていうなら、早く村を出ていってほしい。出口までは案内するから」

「私はみなさんの敵では……」

静句はそれ以上続けられなかった。

考えてみれば当たり前だ。川から流れてきた不審者。銀の武器を持った女。村人とは異なる種の人間。そんな自分の言うことを誰が信じるというのだろう。話を聞かせてもらうためには、まず警戒を解く必要がある。

でも、どうやって？

あの似非噺家野郎だったら軽薄な話術でするりと取り入ってしまうのかもしれないが、自分にそんな芸当はできない。主の後ろに控えることしか知らぬ静句には、愛嬌《あいきょう》も愛想《あいそ》もまるでない。

「…………」

人狼たちの視線から逃げるように顔をそむける。

小さな家の中は、ホイレンドルフ以上にすべてが素朴だった。中央には切り株をスライスしたようなテーブル。薪《まき》の束の横には水瓶《みずがめ》があり、壁にはくすんだナイフと一緒に、小《こ》鹿《じか》と思わしき獣の片脚がひっかけられている。低い棚には素焼きの片手鍋《かたてなべ》と木彫りのカップ、小さな壺がいくつか。壺の足元にはぱらぱらと、こぼれた葉のようなものが――

あることを思い出した。

「ノラさん……先ほど『お茶をしていた』とおっしゃいましたか」

「ディーターを追い返すとき？　言ったけど、あれは嘘よ」

それはわかっている。だが、その嘘が通ったということは、

「この村では、みなさん……よくお茶を飲まれる？」

「飲んじゃいけない？　ただのお湯よりはおいしいわ」

人の暮らしと狼の暮らしが、奇妙なバランスで交じり合う村。生肉にかぶりつく一方で、彼らは簡単な調理もするらしい。そして、お茶も飲むらしい。

ここには暖炉があり、カップがあり、鍋もある。

それなら――

「あの！」

自分でも驚くほど必死な声が出た。きょとんとした娘たちへ、静句は頼み込んだ。

「助けていただいたお礼を、させてください」

炭を崩して作った熾火《おきび》を、暖炉の手前に集めておく。

片手鍋を手に取って、水瓶からたっぷりの水を汲む。ポットはやはりないそうで、いつもこれで淹れているという。水も本当は汲み置きではなく、空気をよく含んだ新鮮なものを使いたかったが、しかたない。なんとかやってみるしかない。

熾火の上に鍋をかける。しばらく置いておけば、熱で勝手に湯が煮立つ。その間に、静句は棚を検分した。素焼きの壺の蓋《ふた》を開けると、それぞれ異なる香りが立った。

やはりそうだ。壺の中身はドライハーブだった。

カーキ色の花はカモミール。細く刻まれた葉はレモンバーム。オレンジの花片はカレンデュラ。エルダーフラワーにタイム、ほかにもいくつか。栽培しているわけではなく、自生しているものをときどき森で摘んでくるそうだ。保存状態は微妙だが、種類は充分だ。ブレンドを考えながら、少しずつ手のひらに取っていく。

鍋がポコポコと音を立てた。

布巾《ふきん》を巻いた手で鍋を持ち上げ、お湯を三つのカップに注ぐ。

鍋を熾火の上に戻したあと、沸いた湯の中に茶葉を投じる。カモミールとローズヒップを主役にし、甘味のあるエルダーフラワーを混ぜた。癖《くせ》の強いカレンデュラもアクセントとして少量加えた。

麻布を鍋にかぶせ、口を紐で縛った。蓋がなかったのでせめてもの代わりだ。事前に入れておいた小さな切れ込みから白い蒸気が漏れ始める。蒸《む》らし時間は三分ほどが目安だ。時計がないので感覚頼みだが、正確に計れる自信があった。鴉夜様が好む深蒸し茶も同じ三分が目安で、何度も淹れたことがある。

「両手が踊ってるみたい」

横で見ていたノラが、たいした感慨もなく言った。

「カップにお湯を入れたのはなぜ？　いま飲むの？」

「カップの内側をあたためておくためです」

「なぜあたためるの」

「お茶を注いだとき、温度が下がってしまわないように」

「ふうん」

ノラは壁のナイフと鹿肉を取った。暖炉のそばの小卓に載せ、慣れた調子で切っていく。左手首には短い包帯が巻かれていて、先ほど訪問者に怪我の話をしていたことを思い出した。

「この家は、ノラさんのお宅ですか」

「そう」

「おひとりで暮らしてらっしゃるんですか」

「そう。ヴェラとカーヤもひとり暮らし」

「ご家族は……」

「この村、つがいはいないの」

三枚目を切り分けたところでノラは手を止めた。人間の分はいらないと思ったようだ。ナイフの先を、ひょいと静句の背へ向ける。

「それ、どうしたの」

「これは……鴉夜様をお守りするためについた傷です」

静句は背中に手を回した。やはり服を脱がされた際に気づかれていた。左肩から右腰へと斜めに走るその傷跡は、襲撃の夜につけられたものである。

「シズクはどうして、そのアヤ様って人に仕えているの」

「一族の掟《おきて》ですので」

「掟？」

「私の一族は鴉夜様に大きなご恩があるんです。元和《げんな》時代──」といってもわからないか。「ずっとずっと昔、一族が濡れ衣《ぬれぎぬ》を着せられて滅亡の危機に陥《おちい》っていたとき、冤罪《えんざい》を晴らしてくださったのが鴉夜様だったそうです。それ以来、代々お仕えする掟です」

「ずっとずっと昔って。じゃあアヤ様って、すごいおばあちゃんなの？」

「私たちよりはだいぶ……。ですが、いつまでもお美しいお方です」

ノラはナイフを置いた。腕を組み、壁に背をつける。

「生まれたときからやることが決まってて、何があっても仕えないといけないなんて、そんなのひどいと思う。まるで呪《のろ》いみたい」

「……そうかもしれません」

静句は否定しなかった。似たようなことを真打津軽にも言われたことがあった。

ですが──と顔を上げる。

「たとえ掟がなくなっても、私は鴉夜様にお仕えすると思います」

ノラはまた「ふうん」とだけ応えた。

静句は炭を新たに崩し、鍋の下に熾火を足した。蓋からは蒸気が昇り続けている。気泡をまとって浮き沈みする茶葉と、色づいてゆくお湯を思い浮かべる。

「アヤ様のこと、心配？」

「……心配はしていません。鴉夜様にはもうひとりついていますから」

投げ出された鳥籠を空中でつかんだあのとき、静句には二つの選択肢があった。

鴉夜様を抱いてともに滝壺に落ちるか、真打津軽に鴉夜様を託すか。静句が反射的に選んだのは後者だった。

不死である鴉夜様は、水底に沈んでも決して死なない。ならば、常にそばでお守りするという信念に従い、自分の胸に引き寄せることもできた。しかし静句は主を手放した。

自分よりも真打津軽のほうが、鴉夜様を確実に守れると思ったから。

あの男はふざけてにやけたどうしようもない似非噺家野郎だが、強い。そこに関しては信頼している。ほかの分野ではまるで役立たずの本当に本当にどうしようもない軽佻浮薄《けいちょうふはく》の大馬鹿与太助だが、真打津軽がついていれば鴉夜様は心配ない。

三分が経った。

カップの湯を水瓶に戻してから、鍋の麻布を外す。ススキ色のマグマから爽やかな香りが立ち昇った。鍋を持ち上げ、カップにお茶を注いでゆく。半分ずつ三つのカップに順に注ぎ、そこから逆にまた戻る。茶こしがないので、茶葉が混ざらぬよう注ぐ角度に気を遣った。

肉とカップを皿に載せ、ノラがそれをテーブルへ運ぶ。座って待っていたヴェラとカーヤが一緒に鼻を動かした。

「毒入ってないだろうな」

「わたしが横で見てた。大丈夫」

「いい香りね。カモミールとローズヒップとエルダーフラワー？　それにカレンデュラ」

「そ、そうです」

ノラが席に着くとすぐ、彼女たちはお茶を始めた。いただきますもお祈りもなかった。ノラとカーヤがカップに口をつけ、肉をかじる。ヴェラも遅れてそれに続く。

静句の手が汗ばんだ。彼女たちの嗅覚《きゅうかく》の鋭さを忘れていた。自分の小手先が通用するだろうか。お茶請けも気にしておくべきだった。生肉とハーブティーの相性なんて考えたこともない。

コトン、と、三人分のカップが置かれた。

どの中身も数口分減っている。昇る湯気を追うように、静句はゆっくり視線を上げる。

カーヤは満面の笑みで、ヴェラは神妙な顔をしている。ノラの表情はほぼ変わらないが、こくりと首が縦に振られた。

「おいしいと思う」

「おいしいわ、すごく。いつも淹れるお茶とぜんぜん違う」

「まあうん、毒は入ってないな、うん」

「……ありがとうございます」

内心で胸を撫でおろす。

もちろん警戒は解けていないし、歩み寄れたとも思えない。けれど少なくとも、このお茶会が終わるまで追い出される心配はなくなった。

その時間を有効に使わねば。

「あの……出ていけとおっしゃるなら、私は出ていきます。ですがその前に、この村で何が起きているかだけ教えていただけないでしょうか。先ほど申し上げたとおり力になれるかもしれませんし……犯人に心当たりがあるかもしれません」

娘たちは視線を交わした。二度目の審議。そこで初めて静句は気づいた。三人は話し合っているわけではなかった。ヴェラとカーヤが、ノラの意見をうかがっているのだ。三人の中で一番幼い少女の意見を。

滑稽《こっけい》だとは思わなかった。この少女からは、そうした知性を確かに感じる。

鴉夜様に、少し似ている。

「始まったのは一年前」やがて、ノラは語りだした。「頻度は四ヵ月に一度。犯行は必ず雨の日。いまのところ、犠牲者は三人」

一人目はロミーという名前だった。十四歳。真っ黒な髪に色白の、背が高くほっそりした子だったという。ある雨の日の朝、村の西の森の中で倒れているのを発見された。散弾銃で真正面から撃たれ、可憐な顔はほとんど吹き飛んでいた。

「この村に銃を持ってる者はいないし、ロミーが殺される理由もない。間違いなく、人間のしわざ」

「………」

「二人目はエッダ」

ぽっちゃりした体型に、天使みたいなブラウンヘアの持ち主で、十一歳だったという。最初の事件から四ヵ月後、やはり雨の朝に、西の森の中で発見された。ロミーとまったく同じ殺され方だった。

「〈赤いかぎ爪《ブルートクラレ》〉が森を何日も探したけど、最初のときもその次も犯人のにおいは追えなかった。雨が臭跡を消してしまったから」

「ブルートクラレ？」

「村の男の人たち」カーヤが答えた。「この村を護ってるの」

自警団みたいなものだろうか。

「その四ヵ月後、今度はクラリッサが殺された」

ノラは被害者の話を続ける。クラリッサ。十五歳の、ショートヘアに浅黒い肌の娘。低い背丈《せたけ》と髪色が相まり、ネズミちゃんという愛称で親しまれていた。やはり雨の日、やはり同じ殺され方で、西の森に。

「いまだに犯人は見つかってない。そろそろ最後の事件から四ヵ月経つから、また娘が殺されるんじゃないかってみんなピリピリしてる。人間の村に報復しようって話も出てる」

「…………」

静句は考え込む。聞き入るうちに、自分も椅子に腰かけていた。

人狼に危害を加えそうな存在ならひとつ知っている。《夜宴《バンケット》》だ。最初は彼らのしわざかとも思ったが、事件が始まったのはフォッグ邸での攻防よりはるか前で、時系列が矛盾する。

一方でこの事件は、ホイレンドルフの連続殺人と多くの共通点がある。始まった時期も頻度も、鏡で映したように一致している。あちらでは人間が人狼に殺され、こちらでは人狼が人間に殺されている——

「殺された方たちに共通点などは」

「特に何も。女の子っていうだけ」

「でも、三人とも殺される前ちょっと変じゃなかったか？　ぼーっとしてたりそわそわしてたり。なんか魔法にかかったみたいな……」

「よして、ヴェラ。犯人が魔法使いなら銃を凶器に選んだりしない」

ノラにたしなめられ、ヴェラは音を立ててお茶をすすった。静句は重ねて尋ねる。

「犯人の手がかりは、本当に何も？」

「わかっているのは散弾銃を持ってるってことと、わたしたちの鼻をよくわかってるってこと。毎回においをうまく消してる。あと不意打ちもうまいみたい。みんな〈二本〉のときに正面から撃ち殺されてるから」

「二本、というのは……」

「人間の姿のこと」カーヤが椅子を引いた。「私たち、〈二本〉〈五本〉〈三本〉って呼ぶの」

彼女は「二本」に合わせて静句の前に立ち、「五本」に合わせて狼に変身した。毛並みは墨《すみ》色だった。それから〈三本〉に合わせて巨大化し、天井に届きそうなほどの獣人に変わる。だぶついていたトーガが引っ張られ、ぴたりと胸板にフィットした。

それで静句にもわかった。数字があらわしているのは脚と尻尾を足した数だ。人間の姿は〈二本〉。狼の姿は〈五本〉。獣人の姿は〈三本〉。それにしても、人狼の生態を改めて脅威に思う。女も子どもも老人も、例外なく巨大な獣人になれるとは。

「家の中で〈三本〉はやめてよ」と注意してから、ノラは話を戻す。「銃弾は普通の鉛だった。銀でも鉛でも、毛皮をまとっているとき――〈五本〉と〈三本〉のときは、わたしたちには効かない。撃ち殺せたってことは、人間の姿のときに銃を撃ったってこと」

「ですが、この村に人間はいないのでしょう？　見た目が同じでも、みなさんはにおいで嗅《か》ぎ分《わ》けられるはずです。いくら子どもが相手でも、人間が警戒されずに近づくことなんてできるでしょうか」

「…………」

何事にも動じなかった少女が、そこで初めて眉根《まゆね》を寄せた。「何が言いたいの」と問われる。静句は言葉を呑み込んだ。

犯人が人間とは限らないのではないか。

村人の中を怪しむべきなのではないか。

静句の立場からそれを指摘することは、現時点では踏み込みすぎだろうと思い直した。

それにこれらは可能性にすぎない。ランプもポットも時計もないこの村に銃があるとは確かに思えないし、腕利きの駆除業者《ハンター》ならば奇襲で人狼を撃ち殺すことだってできるかもしれない。痕跡をいっさい残さない点もプロの犯行をうかがわせる。

……痕跡？

ひとつ、奇妙なことに気づいた。

「みなさんは、においだけでなく音にも敏感ですよね」

「人間よりはね」

「毎回、犯行から遅れて死体を発見するようなおっしゃり方でしたが……銃声には気づかなかったのですか？　撃ち殺された瞬間、必ず鳴るはずですが」

疑問は共感されなかった。ノラはカップから口を離し、首をひねった。

「銃声が聞こえたことは一度もないわ。それっておかしなことなの？　音のしない銃だってあるんじゃない？」

「…………」

静句の知る限り、音のしない散弾銃なんてものはまだ発明されていない。

ここが人間の村ならば、たまたま聞き逃すということもあるだろう。だが人狼の村では事情が異なる。聴覚の鋭敏な彼らが誰も気づかなかったならば、銃声は鳴っていないということになる。

銃声のない銃殺事件。

それは犯人探しとは次元の異なる、理屈外れの謎だった。

静句が悩んでいる間にノラがお茶を飲みほし、テーブルに空のカップが三つ並んだ。底に溜まった茶葉はどれも形を成しておらず、ただ混沌だけを暗示していた。

「話は終わり。さあ、村を出ていって」

ノラが言う。

静句はうなずかざるをえなかった。断片的ながら情報は得られたし、居残り続ければ彼女たちに迷惑もかかる。このあたりが潮時だろう。村から出て、森の中で鴉夜様を待つのが得策だ。

静句は椅子から立ち、改めて頭を下げようとした。だが、

「出ていくったって、どう出ていかせんだ？」

「ブルートクラレに捕まるんじゃないかしら」

「……そういえば、そうね。どうしよう」

風向きが変わった。

一口に村を出るといっても簡単ではないらしい。

重ねて事情を聞くとこういうことだった。村とその周辺はブルートクラレが鼻を利かせており、人間が外を歩いていたらすぐに気づかれる。警備網をかいくぐり安全な場所まで行くには、静句を運び込んだときと同じく、どこかの水場で一時的に体のにおいを落とす必要がある。

「水瓶の水で体を拭くだけではいけないでしょうか」

「それじゃ落としきれないと思う。もっとたくさん水がないと」

「そうですか……」

無意識に腕を鼻に近づけてしまう。自分の体臭は自分ではわからない。「シズクはいいにおいよ」とカーヤが言い足してくれたが、嬉しがっていいのかどうか。

「では、もう一度川に向かっては」

「ここは村の西の端で、川には一番近いけど、それでも少し距離がある。たぶん森を抜ける間に気づかれる」

「ブルートクラレというのはそんなに優秀なんですか」

「ええ、村の中でも選《え》りすぐりなの。すごく速くてすごく強い」

「気づかれたら絶対逃げられないわ」

「ノラの脚ならいけるかもだけど……」

「ヴェラ。わたしはギュンターたちを敵に回したくない」

咎めるようにノラが言い、赤毛の少女は首を縮めた。ノラはまた髪に手をやり、金色の紐を編んだ。

「川じゃなくて、東の湖を使うのはどう？　あそこなら村から近いわ」

「え？　でも村の反対側だぞ」

「森を回り込む間に見つかっちゃうわよ」

「回り込まない。村の真ん中を通り抜けるの」少女には一計があるようだった。「シズク、ちょっと待ってて」

15　赤い刺青《いれずみ》の男たち

「いやいやばれるばれる。これはばれるって」

「ヴェラ、おどおどしないで。怪しまれるでしょ」

　ゴトゴトと、規則的に尻の下が揺れる。肩とうなじのくすぐったさに耐えながら、ヴェラとカーヤの頼りない会話を聞きながら、静句はじっと息をひそめる。

　ノラが用意したのは、たっぷりの干し草を載せた荷車だった。

　この中に隠れて村を突っ切り、東の湖へ移動。においを落として森に入り、警備網を突破……という段取りである。子どもじみた作戦だがこれしか手はなさそうだった。干し草の中なら体臭も多少ごまかせるし、ノラが陽動を担うという。

　――嘘をついて西の森にブルートクラレを集めておく。わたし、こう見えて人望が厚いから。

　出発の直前、ノラはそう請け合った。静句が改めて謝意を示すと、少女は初めて口元を緩めた。

――こちらこそ、おいしいお茶をありがとう。もしまた会えたら淹れ方を教えて。

十二歳の少女にふさわしい笑顔だった。

「ノラさん、おひとりで大丈夫でしょうか」

「ノラは完璧《かんぺき》だからなあ」

声に出てしまったらしく、ヴェラの返答が聞こえた。

「あら、かわいいところもあるわよ。お寝坊さんなとことか」

「確かに。いっつも夜遅くに起きるよな。朝寝るのは早いくせに」

「昨日も夜更け過ぎに起きてきて、笑っちゃった」

奇妙な会話を交わす二人。やはり人狼たちは夜行性らしい。

呼吸のため、干し草をわずかに持ち上げる。まだ村の中心部ではないらしく、荷車はひとけのない道を進んでいた。点在する家はどれも背の低い円形の木の小屋で、膨らんだ藁葺き屋根がかぶさっている様は大きなキノコを思わせた。窓がある家とない家はほぼ半々ずつ。人狼にとって家の採光はあまり重要でないからか。柱やドアの周りに北方風《ほっぽう》の文様が描かれているのが印象的だ。軒先に皮を剝いだ肉を干している家や、牛や羊をつないでいる家もあった。

遠くへ目をやると、背の高い木々が村を囲っているのがわかった。その先は霧に呑まれて判然としないが、白い膜の中にうっすらと尖った影が浮かんでいる。窪地に突き出ていいた岩山のひとつだろうか。村の正確な位置をつかむには、もっと高い場所に上る必要がありそうだ。

「窪地の中に、人狼の村はここだけなんですか」

「ここだけ」カーヤが答えた。「ヨーロッパ中探しても、ここ以外にあるのかわからない。少なくとも私たちにはここしかない」

「人里へ行ったりは……」

「え？　行くわけないじゃない」

「人間に殺されちまうよ」

笑い飛ばされた。ホイレンドルフで聞いた〝飢えた人狼たち〟の印象とはずいぶん異なる反応だ。

「それに、村を出たらブルートクラレに連れ戻されるわ。私たち〈巫女《みこ》〉だから」

「巫女……お二人が？」

「村の娘は十三になったらみんな〈巫女〉なの。なった子はときどきレギ婆《ばあ》に呼ばれて、〈血の儀式〉に出なくちゃならない。レギ婆っていうのはここの村長《むらおさ》」

「ノラも来週〈巫女〉になるんだ」

二人は振り向き、各自が提げた首飾りを指さした。山羊の頭のような形の壺を象《かたど》った飾りである。〈巫女〉の証《あかし》なのかもしれない。そういえばノラだけはこれをつけていなかった。

説明をする二人の声にはどこか沈痛な響きがあった。服や食事や生活習慣と同じく宗教も独特であるらしい。もちろん静句も、この村にカトリックや仏教が根付いているとは思っていないが――

「しっ。人が増えてきた」

それを最後に会話は終わった。しばらくすると喧騒《けんそう》が大きくなった。静句は先ほどよりも慎重に干し草を持ち上げ、隙間から外をうかがった。

荷車は大きな広場に差しかかっていた。

円形の広場で、あちこちから放射状に道が伸びている。中央には祭壇だろうか、石造りの少し高くなった台座があり、細部にまであの北方風の装飾があしらわれていた。その周りを、トーガをまとった村人たちが往来している。人里と比べても遜色《そんしょく》ない活気だが、広場を照らすのは太陽ではなく月光である。井戸の前でおしゃべりに興じる年配の女たちと、そこに交じる獣人。狼と一緒に走り回る人間の姿の子どもたち。牛の手綱を引く老人。物々交換でロープやナイフを売っている男もいた。

荷車は車輪を軋ませながら進んでゆく。

ときおり「やあ、カーヤ」「こんにちは、ヴェラ」などと声をかけてくる村人がいた。そのたびカーヤは何食わぬ顔で、ヴェラはやや上ずった声で挨拶を返した。いまのところ誰にも怪しまれてはいないようだ。この調子ならうまくいくかもしれない。

「げ。ギュンター」

半分ほど来たとき、ヴェラが小声でうめいた。

祭壇の前に十人ほどの若い男が固まっていた。地べたに座ったり祭壇に寄りかかったりと思い思いの姿勢でくつろぎ、生肉や果物をかじっている。どの体も細身ながら肉が締まり、肩や腕、頬や剃った頭の横など、ひとりひとり違った場所に例の文様の赤い彫り物が見える。首からは、かぎ爪を象った小さな飾りを提げていた。

ブルートクラレ。

村を護る男たち。

「なんだよ……森に行ってないじゃんか」

「ノラは間に合わなかったのかしら」

急に方向転換すれば逆に怪しまれる、と考えたのだろう。荷車は男たちに近づいてゆく。

中央にいる男がどうやらリーダー格らしかった。短く刈った白髪に薄い眉。はだけた上半身はびっしりと刺青で覆われている。仲間と親しげに話す間も、目だけは笑っていなかった。ギュンターというのはこの男だろうか。

静句は干し草の隙間を閉じ、息を止める。車輪の軋む音と、男たちの話し声が耳に届いた。

「銀のにおいが？　本当か？」

「痕跡だけだが。川の近くだ」

「事件とは何か関係あるかな」

「巡回を強化する必要がある」

「そうだな……よう、カーヤ」

荷車が止まった。

「こ、こんにちはデニス。それにみんなも」

「それ干し草か？　そんなにたくさんどこ持ってくんだ？」

「あー……ソファーを……作ろうと思って。中に詰めるの」

「そうか。手伝おうか？」

「いえ、いいわ。大丈夫。重くないから」

目をつぶって静句は祈る。興味をなくせ。二人を行かせろ。そのまま見逃せ——

「何かいい香りがするな」心臓が止まりそうになった。「カモミール？」

「あ、うん」と、ヴェラ。「えっと、さっきノラの家でお茶したからそれで、うん」

「うちのは少し足りなくなってたな」

「あーそう。じゃあ、あとで分けてもらえば？　それがいいよ、うん」

「それじゃ、また」

荷車が動きだした。どうやらやり過ごせた。静句は息を吐く――

「待った」

乾いた別の声がした。荷車が再び止まった。

「……なあに？　ギュンター」

「その車、やたらと軋むな」

誤算に気づいた。

荷車には干し草に加えて人間がひとり乗っている。その体重の分車輪に負荷がかかり、見た目より軋みが大きくなる。視覚と嗅覚をごまかせばいいと思っていたが、ひとつだけ対策を怠っていた。

人狼は聴覚も鋭敏だ。

「そうかしら？」カーヤの声はまだ冷静だった。「古いからかも。あとで見てみるわね」

「ああ……そのほうがいい」

見逃せ。見逃せ。見逃せ。

「それじゃ」

ゆっくりと、荷車が動きだす。干し草にさえぎられていても、二人の背中を見つめるギュンターの姿がありありと思い描けた。すべてを疑《うたぐ》る狼の目。夜を射抜く冷酷な眼光。

ぎい、ごと。ぎい、ごと。車輪が回る。少しずつ、だが着実に遠ざかっている。あと五回尻の下が揺れたら安堵しようと決めた。ぎい、ごと。ぎい、ごと。もうすぐだ。ぎい、ごと。ぎい、ごと――

ぼき。

不吉な音が鳴った。

世界が傾き、勢いよく地面に投げ出される。干し草の隠れ蓑《かくみの》が剝がれ、静句は月光に晒された。誰かの「あ」という声を最後に、広場から喧騒が消え去った。

身を起こした静句を囲んでいたもの。

片側の車軸が折れた荷車。血の気の引いたヴェラとカーヤ。あっけにとられた村人たち。そして、目を見開いた赤い刺青の男たち。

ギュンターの鼻がぴくりと動き、

「人間だ！」

叫びと同時に、男たちの姿が膨れ上がった。

爪が生え、鼻先が伸び、髪色と同じ銀やブラウンの毛が肌を覆う。〈二本〉の人型から〈三本〉の獣人へ。トーガをまとったその姿は先ほど変身を見せてくれたカーヤと同じだが、男たちのほうがより屈強でより凶暴に思えた。放たれる圧力が天と地ほども違っていた。

静句はすぐさま立ち上がり、逆方向に駆けだした。

子どもたちの間を走り抜け、薪を背負った男を押しのけ、狼の上をまたぎ越す。まだ混乱のさなかにいるのか、ほかの村人が敵意を向けてくることはなかった。静句が近づくと悲鳴まじりにあとずさる者さえいた。だが、背後からは獣のうなり声が迫ってくる。敵の障害物を少しでも増やそうと、ジグザグに進みながら広場の端を目指す。ここにいては目立ちすぎる。一度脇道に逃げ込まねば。

五歩手前で、獣人に行く手をふさがれた。

刺青は毛皮の上にも浮かび上がるらしく、肩口に赤い模様が見えた。咆哮が轟き、静句の顔に唾《つば》がかかる。威嚇された小動物のように進路を変え、すぐそばにあった家の庭に飛び込んだ。中年の女が人間の姿で掃き掃除をしていた。通り過ぎざまに箒《ほうき》を奪い、玄関の戸を蹴破る。

「裏へ回れ」

ギュンターの指示と、応答らしき吠え声が聞こえた。裏からは出られない。反射的に横の窓へ。くぐり抜け、庭に着地する。走りだした直後、横から新たな獣人が襲ってくる。

嚙みつこうと開いた口の中で牙が光る。

静句は杖術《じょうじゅつ》の要領で、その喉奥に箒の柄を突き刺した。

相手は子犬のような声を上げ、喉を押さえて倒れ込んだ。その隙に全力で走る。庭の柵を飛び越えると、また広場に戻ってしまった。脇道は駄目だ、森の中へ——

「無駄だ」

音もなく、巨体が立ちはだかった。

上半身を赤い文様に覆われた、優美な毛並みの白獣であった。ギュンターだ。

頼りない武器を構えた静句は、しかしすぐにそれを下ろした。四方はすでに赤い刺青の獣たちに囲まれていた。

嗅覚。聴覚。速度。連携。

人狼の能力を思い知らされる。

「人間か?」

「人間だ」

「なんでこの村に」

「知るかそんなこと」

「なんでもいいさ」

「殺すしかない」

「そうだな。早く……」

「落ち着け」ギュンターは仲間たちを黙らせてから、「大丈夫か、ファルク」

静句の背後に声を投げた。先ほど倒した一匹が、咳き込みながら立ち上がる。獣人ではなく青年の姿に変わっていた。

「気をづけろ……そいづ、できるぞ」

「もう何もできやしない」

一般の村人も少しずつ集まり、周囲に何重もの輪が形成される。全方位から放たれる無言の敵意が静句に降り注ぐ。

「カーヤ。ヴェラ。どういうことだ」

ギュンターの視線だけは別の場所に向けられていた。輪の中から、二人の娘が進み出る。カーヤの肩は震えており、ヴェラは汗だくだった。静句は唇に力を込めた。

「違うのギュンター。これは……ええと」

「どういうことだと聞いた」

「その、だから……」

「外から来ました。崖の上から」

静句は声を張った。彼女たちを巻き込むわけにはいかない。

「人狼村の噂を聞いて、調べにきました。彼女たちが荷車に干し草を積んでいたので、隙を見て中に。それからずっと隠れていて……」

「その服はこの村の服だ」ギュンターの声は揺るがなかった。「人間のくせに嘘が下手だな。長生きしたければ黙っていろ。カーヤ、もう一度聞く。どういうことだ」

「あの、私たち……」

「なんの騒ぎだい」

しわがれた声がした。

「レギ婆……」「レギ婆だ」と周囲がざわめく。人狼たちの輪が割れる。

杖《つえ》をつきながら、ひとりの女が進み出た。

腰の曲がった老婆だった。年季の入ったトーガの上から奇妙な首飾りを提げている。〈脳〉を象ったらしき木彫りの飾り。その装飾と周囲の反応から、カーヤが話していた長《おさ》だとすぐにわかった。いぼだらけのたるんだ顔が厳格にしかめられている。目は斜視気味で淀《よど》んでいたが、かっと開いた瞳孔《どうこう》は紛うことなき人狼のそれだった。

彼女は静句の前までやって来ると、二度鼻を鳴らし「人間」とつぶやいた。

「しかも、このあたりの者じゃないね。東洋人だ。なぜここに」

「カーヤとヴェラが運んでいた荷車の中から現れた」

ギュンターが言った。レギ婆の首が機械人形のように動き、二人の娘を向いた。

「この人は敵じゃないわ！　たまたま迷い込んだだけなの。すぐに村から出ていくって言ってる」

「そんなことはどうでもいいんだよ、カーヤ」と、レギ婆。「敵も味方も関係ない。人間はこの村にいちゃいけない。それが掟だ。殺しな」

ギュンターが一歩前に出る。すかさずヴェラが割り込んだ。

「川から流れてきたんだ！　それで……それで、ノラが助けた！」

その名が出たとたん、何かが変わった。

ひとつの結論以外ありえなかった流れに、新たな妥協点が生まれた――ように、静句には感じられた。老婆の眉がぴくりと動き、ギュンターはかぎ爪の背で下顎を撫でた。

「確かに、服からはノラのにおいがする」

「あ、あたしたちすぐ殺そうって言ったんだけどノラはちょっと待とうって。どこから来たか話を聞くべきだって。ねえレギ婆、そっちのほうがいいんじゃないかな。だってこのまま何もわからなかったらほら、気持ち悪いしさ」

早口でまくし立てるヴェラ。レギ婆は気にせぬ様子で異邦人を見つめ続ける。静句も無言を貫き、運命に身を委《ゆだ》ねる。

「……いいだろう。聞くだけ聞こうじゃないか」

やがて老婆はうなずき、首飾りがじゃらりと音を立てた。そして杖が、祭壇のほうへ向けられた。

「〈櫓《やぐら》〉を組みな」

16　羊の櫓

現れたのは、櫓と呼ぶにはあまりに無骨な代物だった。

太さも長さもバラバラな数十本の木材が、積み木遊びめいた拙《つたな》さで祭壇上に組み上げられ、アンバランスな小山を形成している。あちこちから余分な木が突き出たシルエットは、毛を逆立《さかだ》たせた獣のように見えた。頂点にはお椀《わん》型の小さな台座が、ちょこんと載せられていた。

獣人姿のギュンターが、鎖で縛られた静句を脇に抱え、その櫓を上ってゆく。足場は一歩ごとにぐらぐらと揺れた。頂点まで来ると、静句は台座に座らされた。

「暴れればすぐに落ちる。それではつまらない。おとなしくしていろ」

「………」

祭壇と櫓を合わせた高さは六、七メートルほどか。そこからの景色は皮肉にも静句が求めていたものだった。

ヴォルフィンヘーレの全景は、ホイレンドルフよりも細かく密集した印象だった。広場を中心として放射状に百戸ほどの屋根が並んでいる。二階建てはひとつもなかった。霧の中の尖った影はやはり岩山らしく、その向こうには世界を囲む黒い壁がぼんやりと浮かんでいる。人界へと続く断崖だ。西側の壁のほうが東側より大きく見える——ということは、ここは窪地の中央よりやや西に位置するようだ。

だがこの発見も、役立てる機会が来るのかどうか。

それ以前に——この村から、生きて出られるのかどうか。

「鎖を緩めてほしいのですが」

「きつく縛る決まりだ。そうすれば喰い込んだ鎖が邪魔をして、罪人は〈三本〉や〈五本〉に変われなくなる」

「私は人間なので、変身はしません」

「そうだな。忘れていた」

背中を押さえられ、鎖が引かれた。締めつけがさらに増し、うめきが漏れる。

「〈羊の櫓《シャーフトゥルム》〉はおまえの罪の重さを量る」ギュンターは耳元で言った。「おまえが嘘をついたり言い淀むたびに、組み木が一本倒される。尋問が終わるまで櫓が持ちこたえれば無罪。途中で崩れれば、有罪だ」

「……嘘かどうかは、どう判断するのですか」

「レギ婆《ばあ》が決める」

ギュンターは眼下へ爪を振った。櫓の真下にはブルートクラレたちが控え、正面にはレギ婆が立っていた。そして祭壇の周りを百人強の村人が囲んでいる。〈二本〉〈三本〉〈五本〉、思い思いの姿を取り、不安や怒りの滲《にじ》んだ顔で静句を見上げている。

ただの私的裁判ではない。静句は人間で、彼らは人狼。櫓から落ちた自分がどうなるかはあまり考えたくなかった。

「おまえが裁かれるのを見るために村人全員が集まっている。〈櫓〉を組むのは久しぶりだ。ローザのとき以来、十三年ぶりか」

「ローザ？」

聞き覚えのある名前だった。だが尋ねるよりも早く、ギュンターは櫓を下りていってしまう。

レギ婆がカツカツと杖を鳴らし、広場が静まり返った。それが開廷の合図だった。

「おまえの名前は？」

「……馳井静句です」

「なぜこの村に現れた？」

「偶然辿り着いただけです」

カツン。

杖が地を打った。ブルートクラレたちが組み木を一本倒した。

——嘘かどうかはレギ婆が決める。

真実を述べても、それが通るとは限らない。

「どうやってこの村に来たんだい？」

「川に流されていたところを、ノラさんに助けられたのです」

「あんたはノラに助けを求めたのかい？」

「いえ。私は気絶していたので……」

「妙じゃないか。なぜノラが人間を助ける？　放っておけばおまえは川下へ流れていくし、そうでなくても死んでいただろう。わざわざこの村に運び込む理由がない」

「それは……」

ノラが静句の正体を知ろうとした最大の理由は、銀の武器を携えていたからだ。だが、ここで武器のことを話せば立場はさらに不利になるだろう。

わずかな躊躇が答えを遅らせた。レギ婆は待っていたように杖を鳴らした。

カツン。

二本目が倒された。尋問はさらに加速する。

「おまえは人狼殺しの専門家、駆除業者《ハンター》という奴だね」

「何を根拠に」

「私らを殺しに来る以外、人間がこの村に来る理由はない」

「決めつけです」

「そうかい？　だがおまえ、第一本で若衆を倒したそうじゃないか。普通の人間にはできないことだ。それに、おまえからは妙な残り香がした。私らとも人間とも違う生き物のにおいだ。そんなにおいをまとえるのは、人外を相手取る仕事だけさ」

カツン。

間髪を容れずに三本目が崩された。

櫓が傾き、台座が揺れた。そうだ！　ハンターよ！　殺すべきだ！　傍聴席から過激な声が上がり始める。

「この村では一年前から事件が起きている。おまえはそれに関わっているかい？」

「無関係です」

「犯人は人間で、おまえも人間だ。犯人は人狼殺しのプロで、おまえもハンターだ」

「私はハンターでは……」

カツン。

四本目。片側が崩れ始め、連鎖する形でさらに二本の組み木が倒れた。静句は必死にバランスを取る。揺れる櫓とリズムを合わせるように、群衆のざわめきが盛り上がっていく。

真下に控えたギュンターが爪を舐めた。

「娘たちを撃ち殺したのはおまえだね？」

「ち、違います！」

静句は必死で否定したが、もはや無駄なあがきだった。レギ婆は杖を振り上げ、それを地面に――

「ノラは犯人じゃないって言ってた！」

少女の声が判決を止めた。

進み出たのはヴェラだった。レギ婆とブルートクラレたちが振り返り、少女は怖気《おじけ》づくように赤面した。

「えーっと、銃の……種類？　が違うとかなんとか。だから犯人じゃないって」

ざわめきの波がさっと引いた。だが、ヴェラの訴えであやまちに気づいたからというわけではなさそうだった。それはより重大な証拠が提示されたことによる、嵐《あらし》の前の静けさだった。

「銃、と言ったかいヴェラ。この人間は銃を持っていたのかい」

「う、うん。でもノラが……」

続く言葉は爆発した群衆にかき消された。レギ婆が静句に向き直る。

「なぜ銃を持っていた？」

「あなたたちを撃つためでは……」

カツン。

とうとう五本目が倒された。連鎖が連鎖を呼び、櫓全体が本格的に揺れ始める。台座はひとときも安定せず、静句は限界を予感した。鎖のせいで両手は使えない。この数の人狼から逃げられるはずもない。落下したらそのときが自分の最後だ。

「待ってレギ婆！」ヴェラの横にカーヤが並んだ。「その人、私たちを助けてくれるって言ったの。犯人を見つけられるかもって」

「そ、そうそう。そいつのご主人がタンテイ？　とかで、謎を解く仕事をしてるんだって。アヤ様って人」

レギ婆は真に受けなかった。ギュンターも長い鼻先をフンと鳴らした。

「犯人はもう見つかってる。おれたちが見上げている女だ。カーヤ、ヴェラ、おまえらは姑息《こそく》な人間に利用されたんだ」

「それにここは人狼《わたしら》の村さ。たとえ探偵でも、人間の力はいらない」

「鴉夜様は人間ではありません！」

静句は叫んだ。

ずきりと胸の奥が痛んだ。喰い込む鎖のせいではない。首だけになる前もなってからも、静句は主を人間扱いしない輩を決して認めず、嫌悪し、ときには断罪してきた。自らそれを口にすることは鴉夜様への最大の不敬だった。

しかし、主のもとへ帰れぬことはさらに大きな不敬である。

そしてここは人狼の村。異端なのは人間側だ。静句は疎まれることしかできないが、鴉夜様ならば寄り添える。

「鴉夜様は不死と呼ばれる生き物です。みなさんと同じ人外……みなさんの味方です。じきにこの村にやって来ます。みなさんをお守りするために。この村はある組織に狙われていて、さらなる危機が迫っています」

揺れる櫓に翻弄《ほんろう》されながら、一息に言いきった。が、反応は芳しくなかった。

嘘に嘘を重ねただけと取られたのかもしれない。眼下の顔はどれもしらけたような無表情だった。ひとりでも賛同者を探そうと、左右に視線を走らせる。

そこで、ふと気づいた。

祭壇を囲った百数匹の人狼。その数はこの村の屋根の数とほぼ一致する。カーヤとヴェラ含め、女と子どもたちの姿もある。ギュンターも「村人全員が集まっている」と言っていた。

なのに――

「ノラさんがいない」

静句がつぶやいた直後、

ドン。

森の向こうから音が聞こえた。

日常を破るようなその音は、静句にとっては耳になじんだものだった。鳥が羽ばたき、葉が揺れる。余韻は夜の中に吸い込まれ、すぐに消えた。

音の方向は静句にはつかめなかったが、人狼たちにはわかったらしい。全員の目が一斉に、西側の森へ向けられた。

「なんだ」

「なんの音?」

「小人岩《こびといわ》のあたりから聞こえたわ」

「初めて聞く音だぞ」

「いや、わしは人里で聞いたことがある。こりゃ……」

「銃声じゃないか?」

いままでとは質の異なるざわめきが、群衆に波及する。

「ねえ、血のにおいがしない?」

「血だ……血のにおいがする」

「ベルント! デニス! 見にいけ」

ギュンターに命じられ、赤い刺青の獣人二匹が駆けだした。誰もが櫓から注意をそらし、固唾《かたず》を飲んで待った。静句も逃げることを忘れ、村の一部になって待った。

二匹は五分ほどで戻ってきた。

「大変だ！　小人岩の前だ。ノラが死んでる――銃で撃ち殺されてる！」

17　余分な銃声

狼たちの残像が、夜の森に赤い尾を引く。

ブルートクラレたちは血のにおいを辿り、現場へと急ぐ。

小柄な獣の姿で駆ける者がほとんどの中、ギュンターだけが獣人のままで、片腕に静句を抱えている。法廷が中断しても被告を逃がすつもりはないらしく、鎖もきつく巻かれたままだ。

だが静句は、すでに痛みを忘れていた。毛むくじゃらの腕の中で、身じろぎもせず前だけを見つめていた。

人狼たちの息は病人のように荒い。

それは疲労ではなく、焦りと緊張のためであった。

村から四、五百メートル離れたところで森が拓け、虫食い穴のような小さな広場に出た。草もまばらな地面の上にぽつぽつと岩が散らばっている。中央にある腰丈《たけ》の岩は、言われてみれば三角帽をかぶった小人にどこか似ている。

その小人の、足元に。

少女の形をしたものが横たわっていた。

姿勢は仰向けで、顔だけが少しこちらを向いている。生前の大人びた雰囲気は消え去り、まどろむ赤子のようなとろんとした表情に変わっていた。薄く開いたまぶたの隙間から、生気を失った緑色の瞳が覗いている。小麦色の豊かな髪は、地面の上に扇のように広がって、降り注ぐ月光と戯れている。

左胸は欠損していた。

まとったトーガごとバラバラに吹き飛び、貫通した穴から下の土が覗いていた。ちぎれかけた左腕が奇妙な角度で投げ出されている。ピンク色の肉の中で、露出した肋骨《ろっこつ》だけが雪のように鮮やかだった。

「ノラ」

ギュンターがつぶやいた。

ブルートクラレから少し遅れて、別の一群が到着した。痩せた狼が一匹、よたよたと進み出て人間の姿に戻った。レギ婆《ばあ》だった。

「ノラ……ああ、ノラ!」

老婆は地面に伏した。

「ああ、ノラ。ノラ……そんな。なぜノラが。もう少しだったのに。そんな……」

威厳《いげん》をかなぐり捨て老婆はむせび泣く。触発されたように周囲からも嘆きの声が上がる。ギュンターの横にカーヤとヴェラが並んだ。信じられないという顔で。気持ちは静句も同じだった。

「雨は降ってない」ギュンターだけが冷静だった。「川からも距離がある。犯人の臭跡が追えるぞ。ベルント、デニス、どうだ」

先遣隊のひとり、ベルントが眉間を歪めた。

「におうのは硝煙と、鉄と、鉛弾……それにノラの体臭。あとノラの血のにおいと……人間っぽい血のにおいもする。犯人も怪我をしたのかもしれない」

「いいぞ、充分だ。硝煙と人間の血はどこへ向かってる？」

「どこにも……どこにも向かってない。ここで途切れてる」

「何？」

ギュンターは鼻をひくつかせ、広場を一周した。部下からの報告が事実であると確かめたらしく、小声でうなる。

「どうなってる？　犯人はどこだ」

「ここだよ。こいつに決まってる！」

レギ婆が顔を上げ、静句に指を突きつけた。

「私が間違ってた。すぐに殺すべきだった。こいつがノラを手にかけたんだ。こいつが！」

「だがレギ婆。この人間は〈櫓〉の上にいて、ずっとおれたちに囲まれていた。こいつに殺せたはずがない」

意外にも、ギュンターが反論した。「そ、そうよ」とカーヤも叫ぶ。

「ノラと別れたあと、私たちずっとシズクといたわ。彼女には絶対に殺せない」

「仲間がいるようなことも言ってたぞ」と、ベルント。「そいつの仲間が殺したのかも」

「なんのためにだよ？　ノラはシズクを助けたんだぞ。殺す理由がないよ！」

ヴェラも訴えかけ、そのあとは誰も意見を出さなかった。少女の死体を囲んだまま、人狼たちは途方に暮れた。レギ婆のすすり泣きだけが断続的に響いた。

やがて意を決したように、カーヤがギュンターの前に進み出た。

「シズク、教えて。探偵ならこういうときどうするの」

「え……」

「私たちを助けて」

「おい、カーヤ」

「静句は犯人じゃない。銃や人間のことにも詳しいし、謎の解き方も私たちより知ってる。シズクなら何かわかるかもしれない」

毅然とした言葉にたじろいだのか、ギュンターが一歩退がる。わずかに揺れる視界の中、静句は自分のすべきことを考えた。内側に熱さと冷たさが同時にあった。毛皮の体温。鎖の冷たさ。混乱した頭の熱。そして、元来自分に備わっている冷静さ。

事件が起きた。

少女がまたひとり殺された。

探偵なら。鴉夜様ならどうする？

鴉夜様はいつも現場から始める。鳥籠を真打津軽に運ばせて――

「私はこのままでかまいません」

首を反らし、頭上のギュンターを見た。

「縛られたままでかまいません。あなたに捕まったままでもいい。その代わり指示を出します。私の言うとおりに動いていただけませんか」

感情を読み取りづらい獣人の目に、明らかな驚きが浮かんだ。しばらく迷ってから、ギュンターは静句をぐっと持ち上げ、頬に獣くさい息をかぶせた。

「役に立てなかったときは、おまえを罪人として扱うぞ」

「かまいません」

折れたように、ギュンターは毛皮と同じ色のため息をついた。

「何をすべきか言え」

「……死体をよく見せてください」

仲間たちを退がらせてから、ギュンターは前に進み出る。探偵不在。警察も不在。人狼とメイドの、手探りのような現場検証が始まった。

静句はまず傷口を観察した。一目で凶器は散弾銃だとわかった。欠損部の周りに細かく銃創が散り、服にも焦げ跡が。真正面、近距離からの一撃。だが、土の上に肉片や血痕はほとんどない。

「ここで撃たれたなら……もっと大量の血が飛び散っているはずです。おそらく現場は別の場所です」

頭から指先までつぶさに調べる。見たところ銃創以外に外傷はない。服も乱れておらず、長く余ったトーガの裾から痩せた両足が覗いていた。血のほかは目立った付着物もない。ただ――肌全体に、薄く水滴がついている。髪もしめっているようだ。

「体が濡れてる……。この近くに水場は?」

「西の川だけだ」ギュンターが答える。「川で殺され、ここまで運ばれたのか?」

「まだなんとも……。ノラさんの服に触っていただけますか」

「ベルント。触れ」

獣人姿ではやりづらいと判断したのか、ギュンターは部下に命じた。〈一本〉に変化したベルントが寄ってきてトーガに触れる。人間時の彼は勤勉そうな色男だった。

「湿っていますか?」

「いや……乾いてる」

体は濡れていて、服は乾いている。そして散弾は、服の上から撃ち込まれている。

「ということは、順番的には」静句は思考を言葉にしていく。「ノラさんはどこかで裸になり、水に浸《つ》かり、上がってから服を着て――直後に銃で撃たれた。そして、ここへ運ばれた……？」

「川で水浴びしたのかも」カーヤがつぶやいた。「あの子、冬でも毎日水浴びしてたから。それを犯人が待ち伏せして……」

「だが妙だぞ」と、ベルント。「水から上がったあと撃たれて、ここまで運ばれたなら、少なくともここから川までは硝煙や血の臭跡を辿れるはずだ。だが、においは途切れてる。どのにおいもこの広場の外からはしない」

口ぶりや態度からうかがうに、彼はブルートクラレの副長的な立場らしい。

「撃ち殺されたあとで水に浸かったっていうなら、ある程度においも消せると思うが……」

「それに、運ばれたってのも変だぜ」デニスが口を挟んだ。「だって銃声はここから聞こえた。みんなも聞いただろ？　絶対ここだった。間違いないよ」

「……もう一度よく探せ。なんでもいいから見つけろ」

隊長の指示は大雑把で、いらだちをぶつけるようだった。ベルントとデニスはまた狼に変わり、狭い広場をぐるぐる回る。

茂みに一歩入ったところで、ベルントが叫んだ。

「ギュンター、これ！」

ギュンターはすぐさまそこへ向かった。もちろん腕の中の静句も一緒に。

副長が見つけたのは太い幹を持つブナの木だった。その幹の、地面から一メートルほど上がえぐれている。周囲は焦げ、幹には細かい鉛弾が食い込んでいた。

散弾銃の弾だ。

地面を見ると、砕けた木片の間に薬莢が落ちていた。静句は「拾ってください」と要請し、人に戻ったベルントがそれを拾って静句に見せた。……二十ゲージ。あまり大きくない弾だが、子どもを殺すならこれで充分だろう。

「木に触っていただけますか」

ベルントは薬莢を置き、ブナの欠落部に触れた。

「まだ少し熱い」

発射されてから、時間は経っていない。

これでひとつ謎が解けた。この場から聞こえた銃声はこの木に撃ち込まれたものだ。だがその事実は、新たな謎を提示していた。

木に撃ち込まれた一発。少女に撃ち込まれた一発。

発射された弾は二発。

なのに、響いた銃声は一発だけ。

もう一発分はどこへ？

いや――と、思い直す。この村で起きている事件は〝銃声のない銃殺事件〟。これまで起きた三つの事件では誰も銃声を聞かなかった。むしろ今回、銃声が鳴ったことのほうが異常なのかもしれない。

なぜ銃声が鳴ったのか。

そしてなぜ、余分な一発がこの木に撃ち込まれたのか。

「どういうことだ」静句と呼応したように、ギュンターがうなる。「いままでの事件と少し違うぞ。天気も、この跡も……。おい人間。わかったことはあるか」

カーヤもヴェラもほかの村人たちも、期待と不安をこめた目で静句を見る。

「……わかりません」

ひどくみじめな気分で静句は答えた。一と二しか出てこない単純な数式なのに、匙を投げるしかなかった。

やはり、鴉夜様のようにはいかない。

「時間を無駄にした」吐き捨ててから、ギュンターは空を見やった。「夜明けが近い。みんな、村に戻ろう。万が一にも襲われないよう何人かで固まって戻れ。ベルントはノラを運んでくれ。葬《とむら》いの準備を始めるぞ」

おずおずと、村人たちが踵を返す。ベルントは〈三本〉に変わり、慎重に死体を持ち上げた。まだすすり泣くレギ婆にデニスが肩を貸す。

「さあ、立ちなよレギ婆。葬儀を仕切ってくれ」

「もう少しじゃったんじゃ。もう少しで……」

「ノラの〈儀式〉のことかい？　いまさら嘆いてもしかたないよ、前を向くしかない」

「ノラが殺されるはずない。あの子が殺されるはずが……」

二人が立ち去ると、小人岩の前にはギュンターと静句だけが残った。空は白み始めていた。

「村はずれに小さな獄舎がある。おまえの家は今日からそこだ。たぶん死ぬまでな」

「……わかりました」

「探偵がこの村に現れると言ったな？」

「鴉夜様なら謎を解けます」

「いいや。もう誰もこの村には入れない」獣人の胸元で、かぎ爪を象った首飾りが揺れた。「侵入者は全員殺す」

18 葬儀

瘡蓋《かさぶた》色の独房だった。

数百年の間に壁や床と同化した、人間の垢《あか》の色だった。寝床がわりの藁束と汚物を溜める木桶、天井近くの小窓。鉄格子の間隔は狭い。鉄はこの村では貴重なはずだが、ふんだんに使われている。罪人を決して逃がさないという決意の表れにも思えた。

「入れ」

見張り役を買って出た二人のブルートクラレのうち、ひとりが静句の鎖を解いた。茶室めいた低い扉をくぐろうとすると、

「待て」もうひとりが言った。「それは脱げ。ノラからもらった服だろう? おまえが着ているべきじゃない」

相棒が含み笑いを漏らす。

静句は無言でトーガを脱ぎ、男たちに渡した。晒された肌の起伏に沿って、鉄格子の影が滑らかな曲線を描いた。牢《ろう》に入るため身をかがめると、尻を突き出す恰好になり、男た

ちはまた笑った。

錆《さ》びついた鍵がカチリと回る。

藁の寝床は家畜用のそれで、あちこちけばだっていた。それをしばらく見つめてから、静句は体の向きを変えた。男たちと向かい合い、床の上に正座する。目をつぶることも前を隠すこともせず、両腕は背中に回した。

明け方の冷気が裸体を刺し、肌をきゅっと収縮させる。胸の先が固くなり、ツンと尖るのがわかった。それでも仏像のような無表情を決め込む。男たちは椅子にかけ、下卑《げび》た目で見世物を観賞する。

「こいつ、銃持ってたって本当か？」

「ヴェラから回収した。いまはベルントの家に」

「ノラ、本当に残念だな」

「ああ……犯人を捕らえたら八つ裂きだ」

「葬儀はどうするって？」

「これからすぐやるそうだ。俺たちは出られそうにない」

「損だな」

「ああ」

会話はうわの空である。視線が肌を這《は》い回《まわ》り、想像の中で嬲《なぶ》られるのを静句は感じた。

けれど姿勢は崩さない。

背に回した手では作業をしていた。

寝床から手探りで藁を抜き、一本ずつより合わせる。徐々に太くし、即席の針に仕上げてゆく。

焦れるような時が過ぎた。右の男が膝を揺らし、左の男は唇を舐めた。突如、張っていた弦が切れたように、片方が立ち上がった。

「見張ってろ」

「おい、いいのかよ」

「俺たちは損してる。ちょっとくらい得したっていいさ」

いいえ——静句は内心で言い返した。近づけば、あなたは片目を損することになる。

牢内は狭く、獣人の姿には変われないだろう。ならばこの武器でも充分だ。

静句は針の強度を確かめ、右手の中にひそませる。男はもどかしげに鍵を探り——

「何してるの、オスカー」

女の声が割り込んだ。

「……カーヤ」

「見張りは私が代わるわ。二人は葬儀の警備に回って」

「あー……でも、おまえはこの人間に入れ込んでるだろ。俺たちのほうが安心……」

「ギュンターの指示よ。警備に人を割《さ》くべきだって。さあ、私たちの村を護って」

隊長の名前が出たとたん男たちの威勢が崩れた。二人はあからさまに舌打ちし、名残惜《なごりお》しく静句をにらんでから去っていった。

カーヤはすぐさま寄ってきて、鉄格子の隙間からトーガを差し出した。静句はそれを受け取り、再び身にまとった。着終わるまでお互い何もしゃべらなかった。

「危ないところだった」

「ええ。助かりました」

助かったのはあの男のほうだけれど。

「怖い思いをさせてごめんなさい。この村の男の人は、なんていうか、みんな……遠慮がなくて」

「どこだってそうです」

そうね、とカーヤは苦笑する。ほかの土地を知っているような反応だ。

「カーヤさんのお生まれは……」

「人間の村よ。ボルドー地方の。正体がばれて、追われて……仲間のにおいを辿ってここに行き着いた。十歳のころに。ここにはそういう村人も何人かいる」

カーヤは次々と名前を挙げる。タビタ、ベルント、ベティーナにローラント。それに
——

「ノラもそうだった。ある日ひとりで現れたの。傷だらけで、一ヵ月くらい寝たきりだった。まだ四つで、言葉もおぼつかなくてね。どこから来たかは覚えてなかったけど、ひどい迫害にあったみたい」

「……もしかして、ノラさんが私を助けたのは」

「ええ、そうね。自分がそうやって助けられたからかも。運び込まれたあなたを見たときは私も驚いたけど、正直ちょっと嬉しかった。女の人だったし、窪地の外のことを知れるかもと思ったから」

静句はうつむき、錆《さび》色の床をにらみつけた。

「ノラさんが殺されたのは私のせいかもしれません。犯人はブルートクラレの警備網をくぐる機会を狙っていたはず。〈櫓〉が組まれて、村人たちが広場に集まったあのときが最大のチャンスでした。それで、ひとりで森にいたノラさんが犠牲に」

そもそもノラが西の森にいた理由だって、ブルートクラレの注意を静句からそらすためだったかもしれない。考えれば考えるほど自分が招いた災厄だった。謎解《なぞと》きを買って出たのが情けなくなる。私さえいなければ、事件は起きなかったのに。

けれどカーヤは責めなかった。

「いまさら言ったってしょうがないわ。村のみんなも悪いの。あんなひどいもの見物したがるなんて」しとやかな眉が小さく歪んだ。「〈櫓〉が組まれたのは十三年ぶり。前は、私が村に来てすぐのときだった」

それを聞き、気になっていたことを思い出した。ギュンターがこぼした、以前〈櫓〉にかけられた罪人の名前。

ローザ。

ホイレンドルフに現れた人狼と、同じ名前だ。

「前の方……ローザさんは、どのような罪を？」

「ここから逃げたの」

「逃げた？　それだけですか」

「この村は来る仲間を拒まない。だけど一度入ったら、去ることは許されない。村を出ることは大きな罪なの。それは〝血〟が途切れるってことだから。最初は南の山脈のほうへ逃げたらしいわ。でもブルートクラレがにおいを追って、すぐに連れ戻した。ローザは〈櫓〉にかけられて……有罪になった」

櫓における有罪とは、つまり私刑《リンチ》だ。

「ローザさんは亡くなられたんですか」

「いいえ。刑の執行中に鎖が緩んで、逃げ出した。ブルートクラレがすぐ追ったけど……消えた」

「消えた？」

「西の森で、唐突に。今度はにおいも辿れなかった。たぶん川に流されたのね。ひどい怪我だったから、どの道すぐに死んじゃったと思う」

いいや、彼女は生きていた。

静句はローザの行方を知っていた。崖の上、人間の村、ホイレンドルフだ。やはりこの村の住民だったのだ。だが、唐突に消えたというのは？　それに大怪我の身で、どうやってあの崖を登ったのだろう――

「葬儀が始まる」

カーヤの声で我に返った。

彼女の目は牢の小窓へ向けられていた。背伸びして覗くと、外は村の北側らしく、そばに小高い丘が見えた。草のない地面に赤茶けた杭《くい》が何本も立っている。墓地、なのだろう。牢と墓地が隣り合っている理由は静句にも容易に想像できた。忌み地は一ヵ所にまとめたほうが合理的だ。

ひとり、またひとりと、丘の上に村人たちが現れる。姿は〈一本〉。皆《みな》トーガの巻き方を変え、フードのように顔を隠していた。

びょいいん、びょいいん……何人かが、弓に似た楽器を弾き始める。原始的な旋律はやがて重なり、陰鬱《いんうつ》なハーモニーとなった。そこにケルト語を思わせる詠唱が加わる。レギ婆《ばあ》の声だった。独特のリズムは祈禱《きとう》というより、仏教の経文に近かった。

手から手へとリレーするように、木の棺《ひつぎ》が運ばれてくる。中身はノラの遺体だろう。以前鴉夜様に聞いた話だが、異形種の死体は腐敗が早いのだという。葬儀を急ぐのはそのせいか。

びょいいん、びょいいん……少しずつ、棺が丘を登る。泣き声は聞こえない。彼らを満たしているのは単純な悲しみではなく、財産を奪われたような喪失感、長年の努力が無駄になったような虚脱感だった。少なくとも静句にはそう見えた。

「ノラが死ぬなんて、想像もしてなかった」カーヤがつぶやく。「彼女は特別だった。神様が遣わした奇跡みたいな子だった」

男たちが〈三本〉に変わり、ざくざくと土を掘り始める。数秒で深い穴が完成したらしく、棺がその中に消えた。土がかぶせられ、杭が打たれる。村人たちは親指の先を噛《か》みちぎり、杭の上に一滴ずつ血を垂らしていく。

「ねえシズク。犯人は誰？　人間なの？　どうして私たちを狙うの。私たち、静かに暮らしてるだけなのに」

「わかりません……ですが、鴉夜様ならきっと」

東の空が薄明を帯び、森の鳥たちが鳴き始める。

「カーヤさん、お願いがあります。鴉夜様はいずれこの村に到着します。私は今夜の出来事をお伝えしたい。できれば、ここに連れてきてくださいませんか」

「……わかった。ヴェラと協力してみる。アヤってどんな人？　特徴を教えて」

「首から下がありません。鳥籠に収まっていて、にやけた青髪の男に運ばれています」

「それ本気で言ってる？」

「お会いになればわかります」

鉄格子に指を這わすと、カーヤの指先に触れた。話し込むうちにお互い近づいていたらしく、いつの間か彼女の顔が目の前にあった。ノラの家で目覚めたときのように。

カーヤは目をつぶり、すうっと鼻で息を吸う。

「いいにおいがする」

「……鴉夜様の香りだと思います。私はいつもおそばにいるから」

「ううん。たぶんこれはシズクのにおい。お茶の葉と、石鹸《せっけん》と、ミルクが少し。私、あなたのにおいが好き」

鉄格子越しに微笑むカーヤ。

静句は笑い返さずに――右手で針を握りしめていた。

いまなら彼女の目を刺せる。ひるんだ隙に髪をつかみ、額を鉄格子にぶつけ、気絶させる。椅子に放置されている鍵に手を伸ばし、脱獄。葬儀が終わるまで村はがら空きだし、先ほどの男らの会話から『絶景《たちかげ》』のありかもつかんだ。手早く回収し、村から逃げる。そして――

そして、鴉夜様になんと言う？

馬鹿馬鹿《ばかばか》しい。こんな不義理なやり方は鴉夜様も望まない。

一歩、鉄格子からあとずさる。カーヤも役目を思い出したように椅子に座った。

静句は小窓へと目を戻す。儀式は次の段階に移っていた。血を垂らす工程が終わり、村人たちのシルエットが変わる。狼になった人狼たちは、次々に遠吠えを上げ始めた。どんな鎮魂歌よりも悲愴にまみれた輪唱だった。

丘の上はもう明るく、霧の隙間から光の帯が差していた。

夜明けだ。

「事件だらけの夜だったわ」

「ええ……本当に」

藁の上に横たわると、静句は目を閉じた。

主の身を案じながら、眠りの中に落ちていった。

ホイレンドルフ
N
S

【窪地周辺　概略図】

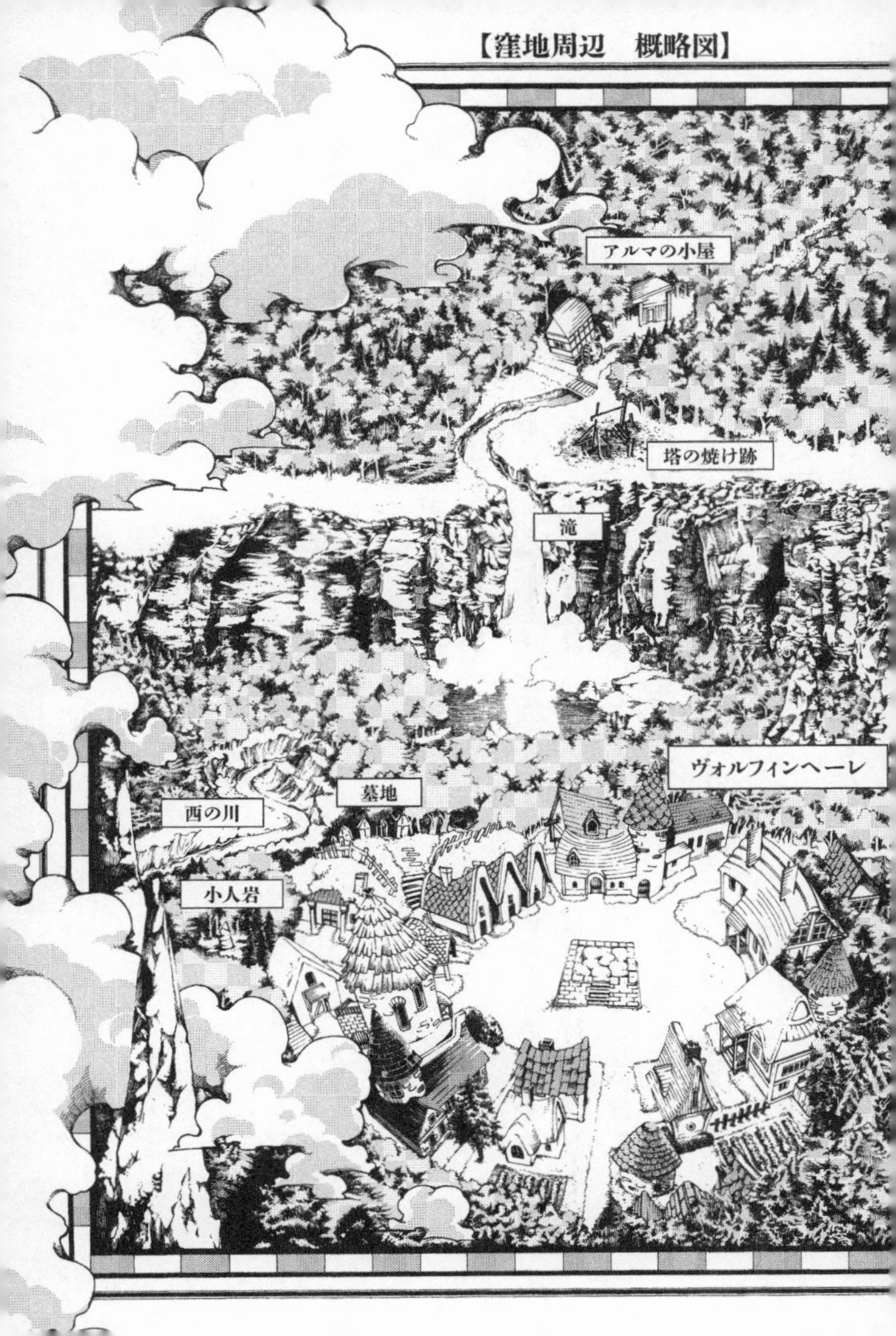
アルマの小屋
塔の焼け跡
滝
ヴォルフィンヘーレ
墓地
西の川
小人岩

挿話 3

カツン。

杖《つえ》が鳴り、六本目の木が倒される。

〈櫓《やぐら》〉が揺れ、視界が揺れ、心が揺れる。百人分の罵声《ばせい》によって空気もまた揺れている。

それでも女は、恐怖を見せまいと努力する。

巻かれた鎖の内側で、膨《ふく》らみ始めた腹にそっと手をあて、胎児の耳をふさいでやる。ごめんね、騒がしくて。でも大丈夫、あなたはちゃんと護《まも》るから。自分を連行したブルートクラレたちの目は節穴だった。赤子を宿していることにはまだ気づかれていないはずだ。

「ローザ、もう一度聞くよ」レギ婆《ばあ》が叫ぶ。「なぜ逃げた？　なぜ掟《おきて》を破ったんだい？」

「ねえ、レギ婆」女も声を張った。「私がなぜ逃げたか、本当にわからないの？　本当に想像できない？」

「おまえがやったことは罪だ」

「逃げたって罪にはならないわ。私にはなんの役目もないし、なんの責務も負ってない」

「役目ならある。おまえは〈巫女《みこ》〉だ！」

「その巫女に、私は一度もなりたがってない！」

カツン！

杖に怒りがぶつけられ、七本目が倒される。

〈櫓〉のふもとではブルートクラレの隊長、ルディガーが削《そ》げた片耳をひっかいている。その後ろで顔を高揚《こうよう》させている白髪の少年はギュンターだ。怯《おび》えたように肩を縮ませたカーヤの姿もあった。彼女は村に来てまだ一年ちょっと。あの子の目に、この光景はどう映っているのだろう。あの子も数年後、首から〈壺《つぼ》〉をぶらさげるのだろうか。

レギ婆が唾《つば》を飛ばす。

「おまえは血を途絶えさせようとした！　それは大罪だ」

「途絶えはしないわ。私はどこでだって生きられる。ただこの村にいたくなかっただけ」

「私らは人狼《じんろう》だ。私らにはこの村しかない！」

「だとしたら、私たちなんて滅びるべきなんだわ。私は――」

言葉なかばで、女は空に投げ出される。

限界を迎えた〈櫓〉は最後に大きく身をよじり、横に倒れるような崩れ方をした。お腹《なか》をかばったため肩と頭をしたたかにぶつけ、女の意識がぼやけた。

いくつもの興奮した声が重なり合い、やがて意味をなさなくなる。人ならざる獣の吠《ほ》え声だった。土煙の中、かぎ爪《づめ》と両眼を光らせた雄《おす》たちの影が迫ってくる。

生き延びることはできるだろうか。

いや——生き延びなければならない。何があっても。この子のために。

再び山へ？　それはだめだ。きっとまた追いつかれるし、うまく逃げられたとしても怪《け》我《が》を癒《い》やせず死んでしまう。なら滝の上、人間の村へ行くしかない。彼女は行き方を知っていたが、その道を選ぶのは正直怖かった。人間は残虐だ、ここ以上の地獄が待っているかもしれない。

もう一度腹をさする。

けれどどんな地獄でも、私はこの子を育てなければならない。この子にはなんの罪もないのだから。

土煙の中から最初に現れたのは、山吹色の獣人。ルディガー。

腹の赤子の父親だった。

ばね仕掛けの人形のように、いっさいの躊躇《ちゅうちょ》も逡巡《しゅんじゅん》もなく、たくましい腕が振るわれる。鋭利な爪が風を切り、迫る。それを眺《なが》めながら、彼女は穏《おだ》やかに考えていた。

この子の名前は何にしよう？

19　濃霧ときどき人造人間

「まるでおまえの小噺《こばなし》みたいじゃないか」

「言うだろうなと思ってましたよ余計なお世話です」

岩肌はどこも湿っていて、つるつると危なっかしく滑《すべ》る。

どうにか死なずに済みそうなつかみ方を決め、ぐっと体重を預け、牛ののろさで一歩。それから次の足場を見極め、別の岩をつかみ、また一歩。道は肩幅より狭い。靴のすぐ横には真っ白な虚空が口を開け、旅人の脱落をいまかいまかと待ち受けている。

ホイレンドルフに別れを告げ、断崖《だんがい》の攻略にかかってから数時間。津軽《つがる》たちは突き出た足場をジグザグとなぞるように降下中だった。目指すは人狼のひそむ〈霧の窪地《ネーベルムルデ》〉。崖《がけ》の頂上は濃霧に呑《の》まれ、顔を上げてももう見えない。下に関しても同じである。だいぶ降りてきたはずだが、地上まではまだ四、五十メートルあるだろうか。

「てめーの小噺がどうしたって?」

一歩あとに続く金髪少女、アリスが言う。滝の音に負けぬよういちいち大声になる。

「すっごく面白いって話をしてたんです」

「へえ。何かやってみろよ」

「ある男の家にお坊さんがやって来て、『おまえの罪を懺悔《ざんげ》しなさい』『いいぇ、おいらは悪事なんて何も。盗みだって殺生だってしたこたぁございません。しいて言やあただ一度、牛を殺して食べたくらい。牛にゃあ悪いことをしました』『ふむ。その牛はどんな味がした』『飼い犬によく似ておりました』」

「……礼を言うぜ。てめーを殺したい理由が増えた」

「いいから早く進んでよぉ」

アリスのさらに後ろから、黒人の巨漢が津軽を急《せ》かした。カイルだ。常人にはかなりきついルートのはずだが、さすが《ロイズ》というべきか、エージェントたちは平気でついてくる。まあ案内役に続くだけなので楽なのだろう。先頭を行く津軽は毎度安全な足場を探し、それを自分で確かめねばならない。しかも片脚を怪我しており、片手は鳥籠《とりかご》でふさがっているときた。

「あっぶね」

アリスの足元で岩が欠けた。欠片《かけら》は崖をはね返りながら、霧の中に消えてゆく。

「ったく……。前のクソはここを登ってきたってことか?」

「前のクソたぁこれまた妙な、クソが出るのは大抵後ろで」

「黙れ。十三年前村に来たっつう人狼だ、村長のジジイから聞いた。そいつ窪地《くぼち》から来たんだろ？」

「ですかねえ」

「……ハァン」

眉《まゆ》をひそめるアリス。人狼の労力を馬鹿《ばか》にしているようにも、賞賛しているようにも見えた。いや賞賛はないか、怪物根絶を目指す彼女らに限っては。

ちょうどいい機会なので、たわむれに尋《たず》ねてみる。

「お二人ともどうして怪物がお嫌いなんです？　やっぱり潔癖症ですか」

「レイノルドのクソ病気と一緒にすんなよ。バケモン殺すのに理由なんていらねーだろバケモンなんだからよ」

「あたしはね、美しさ至上主義なの」紅を引いた唇《くちびる》でカイルが笑う。「怪物は醜《みにく》いから、嫌い」

「さいですか」

小噺を連発したほうがまだましだったかもしれない。

一行は崖を降り続ける。水気を吸ったコートが重く感じる。「柵《さく》が錆《さ》びるなあ」と鴉夜《あや》の呑気《のんき》な声。次に進んだ岩はやや大きく、座れそうなくらいの広さがあった。

「ちょいとひと休みしませんか」

「私は疲れてない」

「とっと行け」

「時間が惜しいわ」

「……はあい」

三連続で否定され、津軽は天を仰ぐ。濃霧の中、太陽の輪郭《りんかく》だけが見えた。

そういえば昨日、ルイーゼの部屋から出たとき。珍しく師匠にほめられて、明日の天気は荒れるなと思った。この予報には自信があったのだが、いまのところ雨の気配はない。

あてがはずれたかしら──

そんなことを考えた矢先。

霧の中から、特大の異物が降ってきた。

＊

ずゝ、うん。

足場に大きなひびが入る。

現れたそれは探偵たちと《ロイズ》の間に着地し、巨体がアリスの視界をふさいだ。風圧に金の毛先が舞う刹那《せつな》、彼女は相手の姿を捉《とら》えた。

異常発達した筋肉。傷だらけの顔面。死体の瞳孔《どうこう》。

一目見るだけで明らかな、それは——

「がおー」

冗談めかした声とともに。

巨腕の一振りが、少女を虚空にはね飛ばした。

「……ッ！」

こだましたのは悲鳴ではなく、二発の発砲音だった。

天地逆転。霧の中。猛スピードのきりもみ回転。そのさなかの、両手射撃。

埒外《らちがい》の精度によってアリスの弾丸は敵を射抜く。腿《もも》への一発が動きを止め、胸への一発が致命傷を与える。

「アリス！」

断崖から光が伸びた。カイルの放った鎖である。銀の触手は片脚に絡み、少女を死の淵《ふち》から救った。落下が止まり、引き戻された体が大きく弧を描く。アリスはつば反り帽《キャトルマンハット》を押さえる。

サーカスめいた空中滑走の間も、彼女は怪物から目を切らない。

獲物は死んでいなかった。よろけてさえいない。銃撃をものともせず、次の動きを取ろうとしている。

——目玉と脳だ。

思考と同時にシリンダーが回った。

だが、防がれる。

怪物の取った防御は究極的に単純だった。顔に左腕をかざす。それだけ。

右手で真打津軽《しんうち》の腰をつかみ、かばうように抱き込むと、それは跳躍した。

衝撃で足場が完全に崩れ、カイルが素早く身を退いた。怪物は図体《ずうたい》からは予想もできぬほど俊敏だった。岩から岩へと飛び移りながら、あるいはぶつかりながら、ほとんど転がり落ちるように霧の底へと消えていく。鳥籠から外れたレースの覆《おお》いが、風に流されひらひらと舞う。

「……クッソ!」

アリスは崖下に銃口を向けた。だが撃たない。彼女は馬鹿な無駄撃ちはしない。

アリスの踵《かかと》が再び岩に接したころには、すべてが終わっていた。

滝の音だけが変わらず騒がしいままだった。

カイルがスキンヘッドをなでる。

「いまのってたぶん、人造人間……《夜宴《バンケット》》の連中ね」

「クソが! おい、なんでオレを助けた! てめーの仕事は人助けか? あ? ちげぇだろ怪物駆除だろ!」

カイルがアリスに時間を割《さ》かなければ、結果も変わったかもしれない。彼の鎖ならおそらく人造人間にも対処できた。

「何よぅ、お礼くらい言いなさいよ」あくまでマイペースに、カイルは崖下を覗《のぞ》く。「《鳥籠使い》、連れ去られた……のかしら」

「にしちゃ青髪がおとなしすぎた。段取られてたのかもしれねぇ」

「もとから組んでたってこと？」

「さあな。クソ、やられたぜ……」

怪物を信用したのが間違いだった。こちら側の失態だ。人狼村への案内役は消え去った。

「どうする、アリス？」

どうするもこうするも、この状況では二つにひとつだ。崖を下り、窪地内をやみくもに探すか。もしくはホイレンドルフに引き返し、仕切り直すか。

アリスは銃口で耳の裏をかいた。

父は伝説のガンマンだった。〈早撃ち〉の異名を取り、西部の誰よりも恐れられた。最強だったはずの父はある日山で羚羊鬼《デルゲット》の生き残りに出会い、あっけなく喰《く》われて死んだ。

アリスは復讐《ふくしゅう》のために《ロイズ》にいる。父から受け継いだ銃で怪物を殺し続ける。

父の強さの秘密はなんだったかと問われれば、技術ではないと答える。

親父《おやじ》は勘が鋭かった。酒場を三軒隔《へだ》てても敵の数を言い当てた。危機を察知し突破口を拓《ひら》く、理屈外れの才があった。

アリスの中にも、先ほどから妙なひりつきがある。

前のクソ。断崖。重傷。身重——探偵のような理路整然とした推理ではない。

だがそれは、賭《か》ける価値のある勘に思えた。

「おい」少女は部下の脛《すね》を蹴《け》った。「ホイレンドルフに戻るぞ」

*

崖の下ではあらゆるものが叫んでいた。落ちる水と、打たれる岩と、しぶきにはたかれる葉が。滝壺で渦巻いた激流は、怒りの余韻を残したまま四本に枝分かれし、窪地を覆う森の中へと流れ込んでいた。

しぶきが少ない場所まで移動し、ヴィクターは探偵を放り出す。津軽はころんと地べたに転げ、生首の少女も鳥籠の中でひっくり返った。

「師匠、ご無事で?」

「ううぅ目が回るきぼちわるい」

「へそに梅干しを貼《は》るといいそうですよ」

「へそがない場合どうすれば」

「こりゃ一本取られました」

はははは、ふふふふ、と笑い合う二人。どうやら通常営業のようだ。弟子に首の向きを直させ、鴉夜はヴィクターに微笑《ほほえ》みかける。

「やあヴィクター君久しぶり。ロンドン以来だね」

「遅かったじゃないですか、もう少し早く来ていただけると思ってましたが」

「ああ」

ぞんざいに応《こた》えつつ、自身を検分する。数ヵ所損傷しているが動かない部位はない。ならば問題ない。死体から生まれた人造人間は無痛と無限の体力を誇る。頭を潰《つぶ》されたり腕をちぎられたりせぬ限り、怪我は怪我として数えない。

「で、なんでまた急に降って湧《わ》いたのかな」

「保険屋にくっつかれて困ってるだろうと思ったのさ」

「なるほど気が利く。さすが！　助かりました。そいじゃあたくしどもはこれで」

「タダで助けたと思うか？」

コートの裾《すそ》をつまんでやると、津軽は大げさにつんのめった。

「人狼村の場所を教えろ」

「みなさん同じことおっしゃいますねえ」

「教えたっていいが、条件を出したいな」と、鴉夜。「事態はちょっと入り組んでいてね。私たちがここへ来た本来の目的は君らと戦うためだったが、もうそれだけじゃなくなってきたんだよ。まず私たちは、ホイレンドルフで起きた事件に興味がある。謎《なぞ》を完全に解くためには人狼村で捜査する必要があると思っている。君たちに人狼村で暴《あば》れられると、私たちはちょっと困るわけだ。捜査に支障を来すからね。それに……」

「メイドが流されたんだろ。騒ぎを見てた」

「なら話が早いな。静句《しずく》と合流するための時間もほしい。だから条件としては……」

「安心しろ、こっちにはカーミラがいる。意味はわかるな？」

鴉夜はすぐさま察したようで、ちょっと唇をすぼめた。

主戦力が吸血鬼である以上、仮に人狼村に辿《たど》り着《つ》いても、《夜宴《バンケット》》側は日没まで行動を起こすことができない。まだ朝の早い時間である。つまり探偵側にはあと十時間程度、自由に動く猶予がある。

「言っておくが、この交渉はおまえらのためのサービスだ。本来なら《ロイズ》と同じく無理やりついていくほうが確実だからな。だが、そんな旅路はいやだろ？」

「あたくし別段かまいませんが」

「おれはいやなんだよ……」

追う側と追われる側が仲よく戦地に向かうなど、笑劇《ファルス》にしたって質が悪い。

「津軽、教えてやれ」

結局、鴉夜が決断した。津軽はヴィクターに耳打ちする。西から四番目の岩山のふもと。聞いてしまえばあっけない情報だった。

「〈最後から二番目の夜〉をよこせ」

「え？」

「情報が偽だった場合の担保だ。人狼村でまた会ったら返してやる」

「ちゃっかりしてるなあ」

津軽からダイヤを受け取る。実をいうと、これはアレイスターの発案だった。

「そいじゃどうも」

鳥籠を持ち上げ、ひらひらと手を振り、森の中へ入っていく津軽。慣れない交渉だったがうまくいったようだ。ヴィクターは川のほとりに腰を下ろし——

「おい」聞き流していた一言に気づいた。「さっき、来るのが遅いと言ったか」

「あら言いましたっけ気のせいじゃないかな」

「どういうことだ。おれの襲撃を予想していたのか」

「さあ、鳥頭だもんで忘れっちまいました」

「…………」

昨日《鳥籠使い》は《ロイズ》と衝突し、人狼村への案内を条件に停戦協定を結んだ。

だが考えてみると、これは分の悪い取引だ。人狼村に到着すれば保険屋は無差別に駆除を始めるはず、かき回されれば探偵側には不利益しかない。彼らは《ロイズ》をどうするつもりだったのか。

衝突前——たとえば初めて焼け跡に立った時点で、津軽が《夜宴《バンケット》》からの監視に気づいていたとしよう。《ロイズ》はすべての怪物の敵。保険機構の人狼村到達を阻止すればヴィクターたちにも大きなメリットがある。《鳥籠使い》に貸しを作れば人狼村の位置がわかるというボーナスまでついてくる。

自分たちから《ロイズ》を引き剝《は》がすため、ヴィクターたちが動いてくれるだろう——と、津軽が予想していたとしたら。最初から、それを見越した停戦協定だったとしたら。

縫い跡だらけの口元が緩《ゆる》む。振り返った半人半鬼も、にんまりと笑顔を見せていた。

「おれたちを操ったな」

「口先だけが取り柄なもんで」

三下のように言い残し、男は森の中に消える。

ヴィクターは頭の後ろで両手を組み、ごろりとその場に寝転んだ。ピクニックに来た少年みたいに。そして鼻先で舞う蝶《ちょう》を眺めながら、別ルートで降りてくる仲間二人の到着を待った。

20　流れの交わる場所

「ヤレサーーァァ　ここはァどこじゃとィナァァ　船頭衆にゃェ　とォえばァァ」

「津軽」

「ヤレェーー　ここは枚方《ひらかた》ァァエ　鍵屋浦《かぎやうら》ェ　ヤレサァァ　ヨイィイイ　ヨイヨォ」

「津軽」

「なんです」

「静かに歩けんのかおまえは」

「退屈なんですよ」

「なんで淀川《よどがわ》三十石船舟唄《ふなうた》なんだ」

「だって川があるから」

日が中天を越えても、津軽は歩き続けていた。

道らしき道も見当たらないので、蛇行《だこう》する川に沿ってひたすら進んでいる。霧が濃いのは滝の周辺だけらしく、奥まで来てしまえば存外視界は良好だった。

森の植生は崖上とそう変わらないが、人の手が入っていない分どの樹木も背が高く、生《は》え方は鬱蒼《うっそう》としている。隣木に巻きつくツル、落雷で裂けた幹、苔《こけ》に覆われた岩。足音すら吸い込まれそうな、緑黒《りょくこく》と静寂の樹海である。ときどき兎《うさぎ》や狐《きつね》と出くわすが、客人に手を振られたとたん、彼らは茂みへ駆け戻ってしまう。

狼《おおかみ》とは、まだ顔を合わせていない。

「なかなか着きませんねえ。帰りましょうか」

「もう少しがんばれ。子曰《いわ》く、若いとき旅を致さねば年寄ってからの物語なし」

「師匠はもう年寄ってるでしょ……。着いたら何を調べるんです？　逃げたアルマさんでも探しますか」

「とりあえず十三年前のローザの件だ。どこから来たのか確かめておきたい」

「関係ありますか今回の事件と」

「私はあると思っている」

また野生の紫蘇《サルビア》を見かけた。津軽は葉を一枚ちぎり、ポケットにしまう。一時間ほど前からそれを繰り返している。

「静句さんはどう拾います？　生きてたらの話ですが」

「生きてるよ。ひとまず村で拠点を作って、探すのはそれからだな。案外人狼村でくつろいでるかもしれんぞ」

「お気楽な推理ですねえ」

「おまえにお気楽とか言われたくないな」

「食べられちゃってるんじゃないですか狼に。こう、かぎ爪でバラッバラに八つ裂きにされて……おや」

あるものに目が留まり、津軽は立ち止まった。

木の枝の先端に、何かがひっかかっている。

周囲とは明らかに異質な人工物――布の端切《はぎ》れだった。女ものの衣服の一部らしい。色や柄《がら》に見覚えがある。

「師匠、これ静句さんの寝間着じゃないですか？　ほら昨日着てた」

「似ているな」

「そのものですよ。あ、こっちにも！」

数メートル先、別の木の枝にも、破れた布がひっかかっていた。

「ほらほらやっぱり静句さんのだ」

津軽の頭を妄想がよぎる。グヘへよいではないかと笑いながら服をひんむく人狼。あーれーお助けと言いながら目尻《めじり》を濡《ぬ》らす静句。

服だけならけっこうだが、体のほうまで切り裂かれていたら一大事だ。

切《き》れ端《はし》は点々と森の中へ続いている。津軽はそれを追い始める。五枚、六枚と見つけるに連れ、だんだん妙に思い始めた。いくら必死で逃げたって、こんなにあちこちひっかかるだろうか。これじゃまるで、誰かが誘導しているみたいだ。津軽たちの到着を見越し、静句の服を目印に――

視界が開けた。

獣道をふさぐように、朽ちた大木が横たわっている。幹の上には生き物の姿があった。

赤毛の狼だ。布をまとい、背中を丸め、すうすう寝息を立てている。

津軽が近づくと、狼は目を覚まし、「うお」と声を上げた。そして人語を発した。

「ま、マジでうまくいった……。どうしよ」

「いやぁどうもこんにちは、いいお日柄《ひがら》ですね」

とりあえず挨拶《あいさつ》してみる。狼は幹から飛び下り、着地するころには十四、五歳の少女に変身していた。顔には警戒心があらわだった。

「青髪……鳥籠……生首……うわ、ま、マジで生首だ。あんた、アヤ様？」

「いかにも私が鴉夜様だ」

首から下があればきっと腰に手をあてていただろう。

「えっと、あたし……ヴェラ。待ってたんだ、あんたらのこと。来るならたぶん川上からだってカーヤが言ったから。それで、ほら、こっから先って危ないから。下手に行くとギュンターたちの網にひっかかるんだ。だからその……」

要領を得ぬことをまくし立ててから、ヴェラは声をひそめ、

「案内する。村まで」

「村ってえと、ひょっとして人狼の」

「うん。ヴォルフィンヘーレ。あたしらの村。これ着て。におい、少しごまかせるから」

ぼろいマントを手渡される。そわそわと落ち着かなげだが、どうやら敵ではないようだ。こちらの名を知っており、生首を見ても驚かず、ネグリジェを目印に使っていた。ということは――

「あたくしらが来るってこと、どなたから聞きました？」

「シズクだよ。これから会わせる」

周囲に気を配りつつ、ヴェラは答えた。それから突如、つんけんしていた顔立ちに、幼児のような弱さが浮かんだ。

「アヤ様、タンテイ……なんだよね。謎を解いてくれる人。そうだよね？」

鴉夜はきょとんと目を丸め、すべてを察したように、自信に満ちた笑みを返した。

「ああ、全部解くよ。お姉さんに任せておけ」

「お姉さん？」

「津軽はちょっと黙ってなさい」

ヴォルフィンヘーレというその集落は、人間の村よりいくらか原始的だった。吹けば飛びそうな藁葺《わらぶ》き屋根に、叩《たた》けば割れそうな板の壁。だが住人は子豚でなく狼なのだから、それで問題ないのだろう。静まり返っているのは日中が〝夜〟にあたるからだという。招かれざる客にとってはありがたい。

目当ての獄舎は北のはずれにあり、森から簡単に侵入できた。中に入ると、見張り番らしき女性がこちらを向き、次いで、正座していた囚人が弾《はじ》かれたように立ち上がった。

「鴉夜様！」

「やあ静句。怪我はないか」

「ございません。鴉夜様は」

「首から下がない以外は問題ない」

鉄格子にすがりつき、大きく安堵《あんど》の息を吐《は》く静句。そして不本意そうに、鳥籠の運び手をねぎらう。

「……あなたにしてはよい仕事です」

「そいつぁどうも」津軽は牢《ろう》に頬《ほお》を寄せ、「ごほうびをくれてもいいですよ」

「どうぞ」

「痛い！」

突き刺されたのは藁の針だった。危なっかしい囚人だ。

鴉夜は慣れた調子で話を進める。

「さてと……道すがらだいたいの事情は聞いたが、波乱万丈だったようだな。調査結果を教えてくれ」

薄暗い獄舎の中。鳥籠に囚《とら》われた生首の少女と、牢に囚われた従者の美女が、情報交換を始めた。

鏡映しの事件について。人間村で取り逃がした人狼と、《夜宴《バンケット》》からの手助けについて。村を追われたローザについて。昨日新たに起きた殺人について。奇妙な捜査会議の間、カーヤと名乗った見張り番はじっと壁に背をつけており、ヴェラは何度も外を気にし、津軽は床に寝転がっていた。

「よくやってくれたな。ありがとう静句」

「……はい」

その一言ですべてが報《むく》われたように、静句は薄く頰を染めた。

「しかし銃声のない銃殺事件たぁ、これまた面妖《めんよう》な」

「いいや、むしろ辻褄が合う」師匠の目は一筋の光を捉えていた。「カーヤ君、ノラって子は左胸だけ吹き飛んでいたのかい？　ほかの子は顔だけ？」

「ええ」

「で、静句の見つけた薬莢《やっきょう》が二十ゲージと……。じゃあやはりその銃が凶器だな。もっと大きな弾で至近距離から子どもを撃ったら、もっと広範囲が吹き飛ぶはずだ」

想像してしまったのか、カーヤが唾を飲んだ。津軽は「そうそう」と彼女に尋ねる。

「カーヤさん、アルマって女の人狼を知ってます？　ぼさぼさの金髪にそばかす顔でたぶん同《おな》い歳《どし》くらいなんですが。あと絵がお上手です」

カーヤはヴェラと顔を見合わせ、かぶりを振った。

「そういう人は村にはいないわ」

「だろうね」最初からわかりきっているように、鴉夜が言った。「さて、と。静句はここから逃げてはまずいかな」

「だ、だめよ！」カーヤが叫ぶ。「ときどきブルートクラレが確認に来るの。気づかれちゃう」

「ブルートクラレという連中は強いのかい」

「強いわ。村の精鋭なの。絶対勝てない」

鴉夜が試すように津軽を見る。津軽は寝返りを打ち、返答を避けた。

「わかった。じゃあ悪いが、静句はもう少しこの中にいてくれ。いずれ助ける。私と津軽はその小人岩《こびといわ》とやらに向かおう。現場検証だ」

「もうちょっと休んできません？」

「連中、鼻が利くんだろ？　もうすぐ私たちも気づかれる。時間との勝負だ」

「へーい。あ、そうだ静句さんこれ」

持ってきたメイド服を鉄格子の隙間《すきま》から渡した。静句は軽くチェックする。

「靴まで全部そろってますよ、どうですあたくしの粋《いき》な計らい」

「……下穿《したば》きは」

「あっいけねぇ！　忘れました」

「…………」

期待した私が馬鹿だった、という顔で彼女は服を寝床に隠した。

「『絶景《たちかげ》』も奪われました。ベルントという人狼の家にあります。あまり期待しませんが、もし覚えていれば回収お願いします」

「なるたけやってみます。そいじゃどうも」

鳥籠を持ち、腰を上げる津軽。静句は一歩さがって正座に戻る。再会があっけなく終わったからか、人狼の娘たちは戸惑いがちだった。ただでさえ陰気な見た目の一座なのだ、津軽としてはこのくらいからっとした間柄《あいだがら》が望ましいと思う。そもそも利害が合うから一緒に旅しているだけで、絆《きずな》やら情やらで結ばれているわけじゃない。

「あ、そうそうカーヤさんヴェラさん。ブルートクラレ？　とかいう人たちに気をつけるよう伝えてもらえませんか。たぶん夜になると悪党どもが襲ってくるんです。あたくしどももやり合うつもりですが被害が出るかもしれないので」

「悪党……誰？　人間？」

「いいや」鴉夜が答えた。「もっと悪い連中だ」

獄舎を出て、森へ向かう。横の丘には赤茶けた杭《くい》が不規則に並んでいる。真新しい何本かは殺された娘たちの墓だろうか。

「問題は、つながっているかどうかだ」鴉夜がつぶやく。「それをまず調べないとな」

「向こうの事件とこっちの事件ですか。確かにずいぶん似てますね。なんか関連ありますかね？」

「そういう意味もあるがそうじゃない。私が気にしてるのはもっと……」

「おい」

声をかけられた。

振り返った先には、若い男の姿があった。津軽は男の頬に刻まれた赤い刺青《いれずみ》を見、男は鳥籠に入った少女の生首を見た。

「「あ」」

覆いを崖でなくしたため、鴉夜の姿は遠くからも丸見えである。そして静句から情報を得ていたカーヤやヴェラと違い、男は部外者の正体を聞かされていなかった。それが明暗を分けた。

相手は数秒硬直し、津軽は男に向かって駆けだした。

距離を詰め、ポケットから手を抜くと、黒い塊《かたまり》を顔面に叩きつける。

「うぁっ……げえっ！　ごほっ！」

その場にうずくまる男。津軽は踵《きびす》を返し、森の中へ。

「何ぶつけたんだ」

「シソの葉です。揉《も》み込むと臭《にお》うでしょ。道すがら集めといたんです」

嗅覚《きゅうかく》が鋭い相手にとっては、多少の時間稼ぎになる。

だが効果は短かった。すぐに背後で遠吠《とおぼ》えが聞こえた。仲間に招集をかけたのだろう。

「もう見つかっちゃいましたよ！　どうします？」

「予定は変えない。小人岩だ」

「ええっ？　どっかに隠れたほうが」

「私は師匠。おまえは弟子」

「へいへい」津軽は速度を上げた。「ちょいと揺れますよ！」

＊

デニスからの遠吠えは〝会敵《かいてき》〟を意味する吠え方で、場所は墓地からだった。

ギュンターが到着すると仲間たちもそろい始めており、デニスは〈二本〉姿で咳《せ》き込《こ》んでいた。

「青髪で、群青《ぐんじょう》色の服の、男だった……な、生首みたいなのを持ってた。一瞬だから、見間違いかもしれないが」

「あの女が言ってた仲間って奴《やつ》か？」ベルントが〈五本〉姿で言う。「森は見張ってたのに。どうやって俺らの網を抜けた？」

ギュンターは背後をにらんだ。獄舎の戸口にカーヤとヴェラが立っている。

「カーヤ。奴らは囚人に近づいたか？」

「……ええ」うなずくまでは間があった。「ごめんなさい。脅されて……助けを呼べなかったの」

ギュンターは〈五本〉のまま鼻をひくつかせた。女はまだ牢の中にいる。奴らが自由に動けたなら、なぜ仲間を助けない？　脅されたというのは嘘《うそ》だ、カーヤたちが招き入れたのだろう。彼女を見張りにつかせたのは囚人の懐柔を期待してのものだったが、采配《さいはい》が裏目に出たか……。

だが、追及はあとでいい。

「カーヤ、ヴェラ。おまえたちは家に戻れ。見張りはデニスに代わらせる」

「……わかった」

「ね、ねえあいつらが言ってたんだけど」ヴェラが口を開いた。「今夜、村に悪者が来るんだって。だからあたしたち……」

「悪者ならもう来てる」

ギュンターは西の森へ鼻先を向けた。

侵入者の臭跡はそちらへ続いている。藺草《いぐさ》と木綿と酒粕《さけかす》、そこに野性味が加わった、異国風の男のにおい。瑞々《みずみず》しい果実と煮詰めた糖蜜《とうみつ》を合わせたような、世にもかぐわしい少女のにおい。どちらもギュンターの知る〝人間〟のそれとは異なった、嗅《か》ぎ覚えのない香りだった。

関係ない。

相手が人間でも怪物でも、よそ者はよそ者。

この村に入っていい者はただ一種、人狼だけ。それ以外は排除対象だ。

獣の眼《め》を光らせると、彼は仲間にうなずきかけた。

「追うぞ」

＊

津軽は森の中を駆ける。治りきってない片脛が痛むが、必死に両脚を動かす。

息を切らす弟子に対し、師匠は平気の平左である。

「津軽、蠟燭《ろうそく》は持ってるか？」

「オイルランプでしたらちっちゃいのがポケットに」

「ならいい」

「火でびびらせようって魂胆ですか？」

「そういうわけじゃないが……お、着いたかな」

少し開けた場所に出た。

中央に節くれだった腰丈《たけ》の岩。地面には薄く血が残っている。昨夜、少女の死体が見つかった現場。月下ではミステリアスに見えたかもしれないが、太陽の下ではなんてことない空き地だった。

「さてと……村からは五百メートルくらい離れてるかな。まあ人狼的には近所か。お、銃で撃たれた木というのはあれか？　ふむふむ。津軽、血痕《けっこん》を見せてくれ」

「え、調べるんですか」

「探偵だからな」

「逃げたほうがよくないですか、敵さんすぐに来ちゃいますよ」

「だったら早く動きなさい」

岩に近づき、血痕の上に鳥籠をかざす。

鴉夜の観察を待つ間、半人半鬼の聴覚を森の中に集中すると、

——ざざざざざっ。

ただでさえ青白い顔から血の気が引いた。

「師匠師匠、近づいてますって。いっぱいいますって」

「周囲にほかに血痕はなし……。岩の周りをぐるっと回れ」

「やばいですって来ちゃってますよ」

「まあまあ」

不死身だからって余裕すぎだ。津軽は泣く泣く言いつけに従う。音はみるみる接近してくる。とんでもない速度である。

「岩の下のほう見せてもらえるか。そうそう、ちょっとずつずれながら」

「やばいやばい来ますってもう来ちゃいますって」

「そこ触ってみろ。いやもっと右、ちょっと色が違うとこ」

「いやほんとにもう……あら？」

＊

小人岩の広場に出たところで、ブルートクラレたちは疾走をやめた。

静かだ。動くものひとつない。聞こえるのは百舌《もず》の鳴き声と、遠くの川の水音だけ。

ギュンターは鼻先を地面に近づける。強い臭跡が感じ取れた。ほんの一瞬前まで、奴らはこの場にいたはずだ。

だが――においはぷつりと途切れていた。

四方を嗅ぎ回るが、どこにも感じない。移動した方向がわからない。昨夜の犯人と同じく、魔法のように臭跡が絶たれている。

喉奥《のど》から絞り出すように、ギュンターは獣特有のうなりを発した。

「……どこへ消えた」

＊

手探りでマッチを擦り、ランプに明かりを灯《とも》す。

それを前方にかざしてから、津軽は「ほほお」と息をついた。

「師匠、知ってたんですか」

「推理だよ。銃声が鳴らなかったということは、少女たちはどこか密閉された場所で殺され、森の中に運ばれたということだ。運ばれてきたならその過程で臭跡が残るはずだが、昨日の事件では晴天にもかかわらず、人狼たちは犯人のにおいを辿《たど》れなかった。では、問題の場所はどこにあるのか？　銃声が響かず、死体発見現場のすぐそばで、人狼たちにも感知できない場所。ここしかない。当然の帰結だ」

「たいしたもんです」

「長生きしてるからな。だが」声が軽やかになる。「こう面白い仕掛けは久々に見たぞ」

津軽たちが見つけた場所。魔の手を逃れ、間一髪で逃げ込んだ空間。

小人岩の真下に隠れていたそれは、蛇の腹めいた地下洞窟《どうくつ》だった。

21　斑蛾《まだらが》の道

「人狼たちが気づかないのも無理ないな。五感ですべてを知覚できるがゆえに、知覚できない領域に対しては想像の幅が狭まる。連中にとっては盲点だ」

灯台下暗しという言葉は、今日のために作られたのだろう。

見つけ方は存外簡単だった。岩の根元を探っていると、一ヵ所だけ奥に押し込める箇所があった。押しながらちょっと力をかけると、碾《ひ》き臼《うす》のように岩全体が横にずれ、下にぽっかりと穴が現れた。

岩の底面には錆びた取っ手もついており、穴の内側から岩を戻せるようになっていた。そもそも岩自体、軽すぎるのでおそらく偽物。穴に潜ると二十段ほどの階段が掘られていて、下りた先が洞窟だった。

自然にできたものではありえない。

津軽はブラックダイヤにまつわる伝説を思い出す。かつてこの地に、もう一種の人外が蠢《うごめ》いていた。彼らは人狼に滅ぼされたが、岩を友とし地中を家とし、製鉄や採掘において人を凌駕《りょうが》する技術を誇った。小人《ドワーフ》。

壁の幅は縦横三メートル程度。階段の背後は行き止まりで、洞窟は前方のみに延びている。ランプの明かりでは十歩先までしか照らせず、その先は闇《やみ》が口を開けている。

「奥まで続いてそうですが……行ってみますか？」

「その前にちょっと足元を照らしてくれ」

地面に赤い滴が垂れていた。

血だ。二、三メートルおきにぽつぽつと、昔話のパン屑《くず》めいて規則的に続いている。振り返って確認すると、階段にも数段おきについていた。

「どなたの血でしょう？」

「辿ってみるしかなさそうだな。頼んだぞ津軽」

「あたくし一応脚を怪我してんですけどね」

「私は首から下がない」

「へいへい、負けました」

津軽は歩き始め——二十歩もいかぬうちに、すぐ立ち止まった。

そこだけ壁が左右に膨らみ、小さなホールができていた。床に、大きな血だまりが三つ。壁際には汚れた布がたたんである。布のそばには散弾銃が一丁立てかけられていた。

「垂れてる血より古いもんですね」

血の状態なら昔の仕事柄見慣れている。垂れているほうの血は比較的新鮮な色だが、こちらは古い。乾き方から察するにどれも数ヵ月以上前のものか。布を広げると、内側に同じ乾き方の血がびっしりこびりついていた。

「撃ち殺された女の子、ノラさんのほかに三人でしたっけ」

「ああ。ここが殺害現場なのだろうな。犯人に連れ込まれ、撃ち殺され、また外に運び出された。布はその運搬用かな。そして凶器が、その銃だ」

鳥籠を銃に近づけてやる。鴉夜は楽しげに観察する。

「口径は二十ゲージ。年季の入った単発式。銃床《ストック》に三角の傷……おお、やっと見つけた。グスタフ君の盗まれた銃だ」

「グスタフさん。ホイレンドルフの？　なんでそれがここに？」

「まあ進んでみればわかるだろう」

新しいほうの血痕はさらに奥へと続いている。津軽は右手に鳥籠を、左手にランプを構え、本格的に歩き始めた。

「先に言っておくが、唄《うた》を歌ったりはするなよ。絶対するなよ」

「そう言われると歌いたくなります」

「ほんとにやめろ。犯人が潜んでるかもしれないんだぞ」

……確かにそれは言える。

何が飛び出てもかまわぬよう、警戒しつつ進む。道はまっすぐだが足元はかなり凹凸《おうとつ》が激しく、ときおり転びそうになる。一からすべて掘ったわけじゃなく、自然にあった洞穴を利用した道なのかもしれない。しかし血の滴を残した者は歩き慣れていると見え、血痕は間が開くことも途切れることもなく、規則的に垂れている。

二百歩ばかり行ったところで、

「うわっ」

思わぬ襲撃を受けた。

頭上からである。斑《まだら》模様をばっさばっさと上下させ、鱗粉《りんぷん》をまき散らしながら視界を飛《と》び交《か》う生き物――蛾だった。

ランプを掲げてみると、いまいる地点から奥にかけて、天井にびっしりと蛾が控《ひか》えていた。千や二千は下らぬだろう。猛禽《もうきん》の双眸《そうぼう》に似た羽模様を青緑に光らせる様は、物好きな津軽の目にも不気味に映った。

「斑蛾か。青い羽は珍しいなあ。新種かな」

「よく見たけりゃお好きなだけどうぞ」

「うわやめろ上げるなおい、やだ籠《かご》ん中入ってきた取って取って！」

歳《とし》に似合わぬ悲鳴が上がった。

手で追い払ってみても蛾はしつこくまとわりついてくる。光に吸い寄せられるのだろう。しかたなく我慢して進む。

各個体には行動範囲のようなものがあるらしく、しばらくつきまとうと名残惜《なごりお》しそうに天井へ戻る。だがそうするころには新たな一群が、またばっさばっさと下りてくる。歌舞《かぶ》伎《き》役者にでもなった気分だった。花道を行く主役が津軽。拍手しまくるお客が蛾。

足場は変わらずゴツゴツで、血は規則的に垂れている。

五分か、十分か。歩き続けていると、蛾の襲撃がふいに終わった。ナワバリを抜けたらしい。ふうと息をついたものの、洞窟も血もまだまだ続いている。

予想よりもずっと長い洞窟だ。だんだん不安になってくる。いまのところ一本道だが、もし枝分かれに出くわしたら？　食料を持参するべきだったかも。師匠はここで遭難しても無限に生きられるだろうけど――

不安が後悔に変わり、さらに退屈に変わり始めたころ、広い場所に出た。

地下空洞だった。ちょっとした神社の境内《けいだい》くらいはあるだろうか、ランプで照らしきれぬほど大きい。天井の高さもいままでの二倍近くある。鍾乳石《しょうにゅうせき》や石筍《せきじゅん》が点在し、ちょろちょろと水の音が聞こえる。油と、炭と――ほのかな血のにおい。

「終点ですかね」

「いや……まだ先がある」

奥へ光をかざすと、確かに道が続いているようだった。化物の体内にいるとすれば、さしずめここは胃袋か。

足元を照らす。血の滴はゆるくカーブを描き、左側へ延びていた。水音と同じ方向だ。

「血を追ってくれ」と指示を受け、津軽はそちらへ向かう。

小さな地底湖が現れた。

大きさは溜め池《たいけ》くらいで、壁に沿った半円形。壁の隙間から出た地下水がちょろちょろと流れ込んでいる。岸周辺の水深は浅く、水は澄んでいた。

湖のほとりには大きな血だまりがあり、血痕はそこで終わっていた。いや、そこから始まっていたというべきか。そばには何か落ちていて、明かりを反射してきらりと光った。

二十ゲージの薬莢だった。

「ここだ」確信とともに鴉夜が言った。「昨日の死体はここで作られたんだ。体が濡れていたのはこの湖に浸《つ》かったから。水から上がって服を着たあと撃ち殺され、そのまま外に運ばれた」

「ちょいと血の形が違うようですが」

入口付近で見つけた血痕はどれも扇形に飛び散っていたが、こちらは放射状だ。

「この被害者は立っていたのではなく、地面に寝ていたようだ。真上から銃で撃てば血痕はこういう形になる」

「なぁるほど……あれ？　でも銃は入口にありましたよ」

「忘れたのか、犯人は外の木に一発撃ち込んでいる。死体と一緒に銃も持っていき、死体を置いたあとで適当な木を撃ったということだ」

「なんだってそんな面倒なことを」

「おまえと同じで目立ちたがり屋なのかも」

「撃ったあとはどこへ？」

「また地下に隠れたんだろう」

「来る途中にゃ出くわしませんでしたが」

「いまは留守のようだ……おい、津軽。湖の横！　照らせ」

鴉夜が何かに気づいた。津軽はランプをずらし――乾いた笑いを漏らした。

血だの銃だのが馬鹿馬鹿しくなるほど、面白い見世物が並んでいた。

かびくさいマットレスと毛布。高そうなクッション。たき火の跡、マッチと蠟燭、ランプ、薪と小枝の束《たば》、食事の跡らしき動物の骨の山、十数冊の小説、木桶《きおけ》、タオル、ポット、包丁と小さなフライパン、皿やらフォークやら――

それらすべてが、湖のすぐそばにまとまっていた。壁沿いに一番大きいマットレスが置かれ、ほかの小物はそれを囲むように半径五十センチ圏内に配置されている。すべて床の上に直《じか》置き。世界一悪趣味なおままごと、世界一客の来ない露天商めいた光景だった。

「確かにいまは留守みたいですね」

津軽が皮肉を返したが、鴉夜は別の場所を見つめている。

「壁を照らしてくれ」

ランプを上げる。石で書いたのだろうか、岩壁に大量の何かが刻まれていた。

四本の縦線を一本の横線で貫《つらぬ》いた、魚の骨に似たシンボル。その骨が壁の一部を埋めていた。幅はマットレスの端《はし》から端まで、高さは床から津軽の腿のあたりまで。横に広がる形で不規則に、だがびっしりと隙間なく刻まれている。一番上、津軽の腰の高さには〈Bewährung〉と書いてあった。

「〈執行猶予《ベヴァールング》〉……？」

「日付だ」と、鴉夜。「五日ごとに一塊《ひとかたまり》」

「五百日分くらいありますかね」

「五百五十日だ。たぶんな」

数えたわけでもなかろうに、鴉夜は具体的な数字を答える。日付を残した誰かと対話するように、彼女はしばらく壁を眺めていた。

「師匠？　もしもし？」

「うん……よし、進もう」

時計回りにぐるりと回ってみたが、空洞内にはほかに何もなかった。津軽たちは消化されることなく怪物の胃袋をあとにする。

そこから先は拍子抜《ひようしぬ》けで、一本道が延々と続くだけだった。血痕も、落とし物も、虫の襲撃もなし。道も平坦《へいたん》になってきたので津軽は足を速める。

面白いものに出くわしたのは、一時間後のことだった。

女だ。

道の真ん中に大の字で仰向けに倒れている。素《す》っ裸《ぱだか》だがそれほど色っぽくはない。肌が青白すぎるし、息もしていない。

津軽は屈《かが》み込《こ》み、顔を確認する。

「こいつぁどうも、お久しぶりで」

後ろでまとめたぼさぼさの金髪。そばかすに、ずれた丸眼鏡《めがね》。見間違いようもない。ホイレンドルフから消えたあの女性――絵描きのアルマだった。

かつて好奇心にあふれ、何色もの絵の具と戯《たわむ》れていた目が、いまは黒一色の岩肌を見上げている。喉から胸にかけて四本の深い裂傷があり、どうもそれが死因のようだ。

「かわいそうに。君の絵は好きだったのに」

死体の登場を予測していたような口ぶりで、鴉夜が言った。

「血はほとんど流れ出てるな。周りを見せてくれ……うん、やはり血痕は少ない。ここで殺されたわけじゃない」

「じゃ、なんでこんなとこに？　それに誰にやられたんでしょう？　そんな簡単に殺されそうなタマにゃ見えませんでしたが」

「どうやら二つの事件がつながったようだ」

師匠の目は、さらに先を見据えていた。

死体の数歩先で道が終わっている。かわりに現れたのは、岩の階段だった。

いよいよ出口だろうか。津軽は死体を迂回《うかい》し、一段目に足をかける。

長い階段だった。十数段ごとに折り返し、上へ上へと続いている。天井からはぽたぽたと水滴が垂れ、風の音なのかなんなのか、どどう……とも、ごごう……ともつかぬわずかな異音が壁越しに聞こえる。

五十段を過ぎたあたりで首をひねった。入口の階段はこんなに長くなかったし、道中の高低差もほぼなかった。ならばもう地上に出るはず。だが、階段には終わりが見えない。

「……あたくしらが追ってるのって人狼ですよね。狸《たぬき》じゃなくて」

「そうだよ」

「どうも化かされてる気がしますが」

「いいから進め」

六十段、七十段……百段。二百、三百……四百。何度も折り返す。何段も上がる。

さすがにくたびれ始めたころ、ようやく階段が途切れた。頭上に木製のはね上げ戸らしきものがある。

戸はたいした重さもなく持ち上がり、津軽はお日さまと再会した。

穴から這《は》い出《で》て、新鮮な空気を吸い込む。花と、炭のにおいがした。どこに出たかと首を巡らすと——黒焦《くろこ》げの木の残骸《ざんがい》に囲まれていた。

見覚えのある焼け跡である。前方には森。横からは豪快な滝の音。

振り向けば背後は崖っぷちで、眼下には広大な窪地が広がっていた。

「……おやまあ」

獄舎から出たあとの、師匠の言葉を思い出す。

——問題は、つながっているかどうかだ。

「これにも気づいてたんですか」

「十三年前の人狼だよ。ローザは妊娠中のうえに大怪我を負っていた。そんな状態で崖を登ったと考えるのはいくら人狼でも現実的じゃない。どこかに抜け道があるかもしれないと思っていた。人狼村に入る前はただの推測だったが、銃声の鳴らない事件と関連づけた時点でほぼ確信に変わった。……ところで津軽、おまえ蛾の鱗粉まみれだぞ」

よく見ると、群青色だったはずのコートがどぎつい水色に変わっていた。かく言う鴉夜も鳥籠から髪の毛まで水色に染まっている。はたいてやると盛大に粉が舞い、師匠の姿が一瞬隠れた。また現れたとき、彼女はくしゃみを呑み下すような顔をしていた。

自分のコートもはたいたが、なかなか落ちきらなかったので途中であきらめる。鴉夜の表情はその間も神妙だった。粉煙の中で紫水晶《アメジスト》色の瞳《ひとみ》が万華鏡のように瞬《またた》いていた。

「ああ、浅草観音《あさくさかんのん》参りだ」

「なんです？」

「いや……。とりあえず出口を閉じてくれ。見られるとまずい」

はね上げ戸の外側には草や土が貼りつけられ、巧妙に偽装されていた。大きめの石もくっついていて、どうやらこれが取っ手を担うようだ。閉じるとほとんど地面と同化し、注視してもわからなくなった。人狼よけのための見張り塔が人狼村に通じていたとは。皮肉な結果なのか、それとも言い伝えが歪《ゆが》んで伝わった結果なのか。

「行きの道は八時間くらい歩きましたが、こっちはすぐでしたね。たぶん二時間とかかってませんよ」

「最短距離を一直線でつないでるんだろうな。崖を上り下りする手間もはぶけるし」

「昨日来たときよく探しときゃよかったですねえ」

「いや、これはなかなか見つけられんだろう。存在を知らない限り気づきようがない。たとえ村に長く住んでいても……」

「おまえら、ここで何してる？」

男の声が飛んできた。

村長の息子、助役のブルーノだった。幸い、出口を閉じる場面は見られなかったようだ。彼はがに股《また》で近づいてくると、どんよりした目で津軽たちをにらんだ。

「窪地に下りたって聞いたが、おまえらも戻ってきたんか？」

「クルミのヌガーが恋しくなりまして」津軽はしれっと答える。「待った。おまえら〝も〟ってえと？」

「保険機構の連中だ。人狼どもを殺してくれると思っとったが、頼りない奴らだで……」

「ブルーノ！　ブルーノ！　大変だ！」

村のほうから初老の男が走ってきた。

ハイネマン医師だ。津軽たちを見てきょとんとし、ずれた眼鏡を押し上げる。

「君たち、ここで何してる？」

「ちょっと調べ忘れたことがありましてね。ところで何かあったんですか」

鴉夜が尋ねると、彼は森の中を指さした。初めて会ったときと同じように、怯えきった顔だった。

「ルイーゼの……ルイーゼの、死体が見つかった」

22　帰ってきた少女

枯れ枝を踏む音が爆《は》ぜるたき火に似て響く。村医者に先導され、津軽たちは森の中を行く。

「見つかったのはついさっきだ。鍛冶屋《かじや》のフリッツが見つけた。森のかなり奥、死角になった場所で……昨日の捜索でも見過ごされていた」ハイネマンはこちらを振り返り、「君たちも覚悟してくれ。死体はかなりひどい状態だ」

「でも私ほどじゃないでしょ？」

涼しい顔で生首の少女が言う。笑ったのは津軽だけだった。

水車小屋とアルマの家を過ぎ、しばらく川を上っていくと、発見現場についた。

三メートルほど高低差がある場所で、崖の斜面が内側にえぐれ、天然のひさしができている。その日陰《ひかげ》の中に、十数人の村人が集まっていた。ホルガー村長と技師のクヌートもいる。グスタフと妻は輪の内側で、土の上に膝《ひざ》をつき、突っ伏すように背を丸めていた。まるで何かの礼拝みたいに。

「ごめんなすって」と、村人たちの隙間を抜ける。

日陰の奥に、少女の食べかすが捨てられていた。

ホイレンドルフから連れ去られ、そして、帰ってきた少女。

ルイーゼ。

昨日見た絵画と同じ顔で、けれど少し成長している。そう、顔は無事だ。苦しみの少ない、まどろんだような死に様。

小麦色の長髪が土の上で渦を描き、まぶたの隙間から翡翠《ひすい》色の瞳が覗いていた。首から下は確かにひどい有り様で、白い肌のほとんどすべてを、血か、泥か、狼の歯形が覆っていた。心臓を中心に体の左側がほとんどなくなり、もげた左腕が道化のポーズめいて腰の横に転がっている。嚙《か》みちぎられた箇所からはけばだった骨と肉が顔を出し、犯人の食事マナーの粗雑さを発見者たちに知らせていた。

少女は裸同然で、青白く痩《や》せた体の数ヵ所に、茶色い寝間着の切れ端がぱらぱらとくっついているだけだった。一度も大地を踏みしめることなく生涯を終えた両脚は、筋肉が削げ、鳥類のようにか細かった。

「はじめましてルイーゼ。会いたかったよ」ふざけた調子は少しもにおわさず、探偵が言った。「津軽、周りを見せてくれ」

津軽は日陰を一周する。村人たちは皆無言で、突っ伏した母親のすすり泣きだけが聞こえた。

「わずかだが狼の足跡が残っているな。だが、周りに血痕はない……」

「アルマの家の地下室に大量の血が」と、ハイネマン。「あそこで全部流れ出たんだろう。そして……そして、ここに捨てられたんだ」

「その血なら私も見ました。ハイネマンさん、医師としての見立てはどうです？　致命傷となった傷は？　死亡推定時刻は？」

「この損傷では正直なんとも……。確実に言えることは、死後半日から二日程度。歯形は一連の事件と一致する」

「そのようですね」

少女に刻まれた歯形は、津軽の脚についたそれと完全に同じだった。

「グスタフ君。この亡骸《なきがら》、ルイーゼさん本人で間違いないかい？」

「ちくしょう！」

返事のかわりに、猟師は拳《こぶし》で地面を叩いた。

「ちくしょう！　くそっ……おまえら何してる！　さっさと窪地に行け！　アルマをとっつかまえろ！　奴らをぶち殺してこい！　なんでこの子が……なんで……くそっ！」

「これはルイーゼ本人だ」いたたまれぬ顔で村医者が答える。「損傷が激しいが、そこは間違いない。右の脇腹《わきばら》に痣《あざ》があるだろ？　生まれつきのもので、カルテにも記してある」

「津軽、見せてくれ……ああ本当だ。確かにありますね」

「近づくなァ！　怪物ども！　この子に近づくな！　ちくしょう！」

グスタフが腕を振り回し、津軽を追い払う。デボラはまだ背を丸め、許しを乞《こ》うように泣いている。

「一匹殺すだけじゃ、だめだ」何かを読み上げるように、ブルーノが言った。「滅ぼさねえと。根絶やしにしねえと。そうしなきゃ、おれたちはみんな喰われちまう」

「……そうじゃな。ここまで来りゃ、しかたあるまい」

ホルガー村長がうなずき、ほかの村人たちも静かな同意を返す。グスタフとは対照的に誰も激昂《げきこう》していなかった。四人目の犠牲者を目の当たりにしたとたん、村の護り神を失った瞬間、それは議題に上るまでもなく村の決定事項となった。回覧板でも回し読むような円滑さで、ある意味純粋なひとつの想《おも》いが、村全体に共有された。

人狼への憎悪と殺意。憤怒《ふんぬ》すら通り越した生理的嫌悪。

だが、津軽には滑稽《こっけい》な一幕に思える。

何しろ怨嗟《えんさ》の矛先は、死体となって地下道に転がっているのだから。

「ここを離れたほうがよさそうだ」ハイネマンが耳打ちした。「《ロイズ》の二人が来るかもしれない。君たち、顔を合わせたら都合が悪いんじゃないか」

助言に従うことにする。

輪の外へ出つつ、津軽は鳥籠を覗いた。鴉夜は考え込んでいたが、めまぐるしく推理を働かせている――というわけではなく、ただ食器棚か何か整理しているだけのように見えた。

「師匠どうです？　捜査の具合は」

「ひとつ確認することがある。それですべて解ける」

「確認？」

「グスタフ君、デボラさん。ちょっと来ていただけますか。娘さんのことで質問が」

鴉夜は呼びかけたが、夫婦は動こうとしない。

「プライベートな話ですから、大声で聞かないほうがいいと思うんですが」

それが脅しとなったのか、グスタフが妻の腕を引き、こちらへ寄ってきた。鴉夜の指示を受け、津軽は森の中に入る。夫婦ものろのろとついてくる。グスタフの目には怒りと怯えがにじんでいた。

「なんだ」

「ルイーゼちゃんのこと、四歳までどう扱っていた？」

怯えが、確信を持った恐怖に変わった。

「あ、あの子は村の護り神だ。誰よりも大事にされて……」

「うん、人狼を退治してからはね。その前は？　四歳以前はどんな扱いを？」

父は答えられず、母は両手で顔を覆った。鴉夜はさらに踏み込む。

「足が悪く歩けない幼女をホイレンドルフは持て余していた。村長も、村民も、君たちも。表向きは優しいふりをしながら、その実ルイーゼをお荷物のように扱っていた。違うかな」

「罰なのよ」デボラが膝をつく。「やっぱりそうなのよ。罰なのよ」

おい、と夫がたしなめるが、決壊は止められなかった。デボラは両手の間からうめくような声を漏らした。

「私ら、あの子を捨てようとしたんです！　八年前……祭りの前日に。花摘みに乗じて、あの子を北の森まで連れてきました。車椅子《くるまいす》から下ろして、そんで、置き去りに……。は、はぐれたことにして、厄介払いしようって思ったんです。そうすりゃ暮らしが楽になる、って……。でも夕方、ユッテが私らのとこに駆けてきました。『森でルイーゼを見つけて、連れてきてあげた』って言われました。あの子、ユッテと一緒に戻ってきたんです！　そんで私ら……」

「おれたちは助けにいった」夫が素早く言う。「ルイーゼを助けた！　あの子に謝って、ちゃんと後悔した」

「でも一度は捨てたじゃない！　私ら罪を犯したんです。ルイーゼも気づかないふりしてましたが、きっと感じ取ってたはずです。自分は口減らしにあったたって……」

「おれたちそのあと、ちゃんと育てたろ？　あの子を大事にした。だから何も悪かあ……」

「八年前の祭りの前日ということは」探偵の声が割り込んだ。「ルイーゼがユッテを告発したのは、その日の夜ですね」

デボラは震えながらうなずいた。鴉夜が「どうも」と言うと、グスタフは逃げるように妻を立たせた。そして一度だけ、生首の少女を見据えた。

「人狼だ。悪いのは全部あいつらだ」

「娘さんを早く埋葬してあげなさい」

立ち去る夫婦の背中は弱々しく、狼どころか子栗鼠《こりす》も殺せなそうだった。

「いまのが確認したかったことですか」

「いや、いまのはオマケだ。さっきふと思いついたんだが予想どおりだった。よし、ヴォルフィンヘーレに戻ろう」

さっきってのはいつのことだ？　思いついたって、何をきっかけに？　首をひねりつつ、津軽は森を歩きだす。

「しかしこの村の人たちにゃあ人情ってもんがなくていけません」

「まあよくある話だ。笑劇《ファルス》としては中の下だな」

「あら？　でもそうなると、ルイーゼちゃんを助けたのがユッテちゃんで、ユッテちゃんを告発したのがルイーゼちゃん？」

「そうなる。ルイーゼはユッテに助けてもらう過程で彼女の秘密を知ったんだろう」

「ユッテちゃんのお母さんが見間違えたって話もありましたが」

「あれはおそらくルイーゼの嘘だ。だいたい間違えるわけがないんだよ。人狼は視覚だけでものを見てるわけじゃない。他人と娘ではにおいが違う。それにルイーゼは常時車椅子に乗っていたはずで、普通どうやったって見間違えない」

本当のことを話したら、自分が捨てられかけたこともばれてしまうから……というわけか。

「ルイーゼは賢い子だ」鴉夜は感嘆まじりに言った。「捨てられかけたあと、彼女は生存戦略を必死に練ったんだろう。両親の罪を告発したところで意味はない。彼女はまだ幼《おさな》くてひとりじゃ生きていけないからな。生き抜くためには、村における自分の扱いを根本的に変えねばならなかった。自分が役に立つことを、村人全員の前で示す必要があった」

だから彼女は告発をした。

ローザとユッテを犠牲にし、村の護り神という地位を得た。

なるほどそういう事情なら、恩を仇《あだ》で返すようなルイーゼのやり方も、一概に不義理とは言えぬかもしれない。それに——と、津軽は昨日の師匠の一言を引っぱった。

「子どもってなぁ、無邪気な顔でなんでもやりますからね」

川に出たところでハイネマンが待っていた。しぶきを上げる急流を背に、彼は戸惑いがちに聞いてきた。

「君たちは……これからどこへ？」

「来た道を戻ります」と、鴉夜。「この村での調べものは済んだので」

「ま、待ってくれ。教えてくれ。我々はどうすればいい？」

「どうとは」

「村は……村はもう、限界だ。ルイーゼの死体で完全に火がついた。《ロイズ》が来たことで戦力も得てしまった……みんな、窪地に攻め入ろうとしている」

「ここは巨大なゲーム盤です。あなたたちはカードを配られ、手札をもとに最善手を作ろうとしている。何も間違っていないし、私に止める権利はありません。私たちは異端者で異《い》形《ぎょう》種で異邦人ですから」

「だが……私たちが作る手は、本当に最善なのだろうか」

「問題はそこじゃなく」不死の少女は諭《さと》すように言った。「問題は——カードが配られた以上は、配った者が必ずいるということです。それでは」

師匠のかわりに会釈し、津軽は横を通り過ぎる。立ち尽くす村医者は捨てられた四歳児のようだった。

陽は傾き、西の山際へ落ちつつある。津軽は自然と早足になる。

「どうも今回の事件は、だいぶこんがらがってるようで」

「いいや、単純明快だ。重要な手がかりはひとつしかない」

「なんです？」

「昨日も言っただろ。ルイーゼの部屋の、窓だよ」

焼け跡に戻ると、意外な光景に出くわした。

閉じたはずの隠し戸が、開いている。

津軽は仰天したが、師匠のほうは澄まし顔だったので、そのまま穴の中に入った。ランプをつけ、長い階段を下りていく。

階段の下に辿り着くと、アルマの死体が消えていた。

「……これでもまだ単純ですか」

「もちろん」

師匠は涼しい声で返した。

帰り道にはほかにも異変が生じていた。胃袋の広間は空っぽになっており、入口付近では散弾銃が消えていた。だが小人岩の下から這い出るころには、津軽も「まあそういうこともあるだろう」という顔になっていた。

道すがら、師匠の推理を聞かせてもらったから。

津軽の好きなある噺《はなし》に似て、なんとも愉快な真相だった。

*

勘とはすなわち本能の警告で、本能とはすなわち野性である。

それに頼った時点で自分はもはや人を捨て、怪物側に踏み込んでしまったのかもしれない。いや逆か？　勘とは実は理性の結露で、意識下における推論が脳の表層に――ま、どっちでもいいか。

アリスの中にこだわりはない。

クソどもに復讐できるなら、自分自身が異形だっていい。

《鳥籠使い》をそこで見たという話を村の助役から聞き、塔の焼け跡に駆けつけた。茂みからそっとうかがうと、ちょうど地面に潜っていく群青コートの背中が見えた。銃は撃たなかった。もう殺したも同然だからだ。《鳥籠使い》も人狼どもも、いつでも好きなときに一掃できる。

「昔出たっていう人狼も、あそこを通ってきたのかしら」

「ああ。賭けに勝ったぜ」

父譲りの勘は正しかった。この村には〝抜け道〟があった。

向こうから来られるのなら——当然、こちらからだって行ける。

「カイル」

可憐《かれん》な顔を残忍に歪め、金髪の怪物は相棒に命じた。

「村の連中、全員集めろ」

挿話　4

明るいうちに森にはいるのって、はじめてかもしれない。

いつもは夜で、お母さんといっしょにはいる。それで走りかたとか、変身のしかたとか、エサのつかまえかたをならう。見えるものは夜とおなじだけど、鳥の声や土のにおいがちょっとちがって、おもしろい。〈二本〉のまま森を歩くのもへんな感じで、わくわくする。

きょうは〝花つみ〟の日。あしたのお祭りのために、お花がいっぱいいるんだって。

さっきまではみんなの声で森がうるさかったけど、いまはしずかだ。村からだいぶはなれたみたい。お母さんにもだまって来てしまった。でも、こっちからオキナグサのにおいがするから。めずらしいお花だし、ジュースみたいな赤紫がわたしのお気にいりだった。かえったら、お母さんにはおこられるかもしれないけど、でもおこられたあとで、ほめてくれるかも——

まって。

声がきこえる。

鳥とも虫ともちがう。人の声。女の子の、泣き声。

これは……ルイーゼだ。右のほう、三百歩くらい先。

泣いてるだけじゃない。ちっちゃい声でなにかいってる。わたしは耳をすます。

たすけて――だれか、きて。

気づくとわたしは、〈五本〉になって駆けだしていた。

服をきたまま〈五本〉になるのもはじめてだった。ちょっときゅうくつだったし、走るたびスカートが土とこすれる。汚しちゃうかな、っておもったけど止まらなかった。

ルイーゼはわたしとおない年で、足がわるくて、あるけない。ころんだりしてたらたいへんだ。

こまってる人がいたら、たすけなきゃだめ。お母さんにいつも言われていた。

ついた。

まわりよりもくらい場所、こかげの中にルイーゼがいた。地べたにねそべるみたいにすわってる。いつも乗ってる車のついた椅子はどこにもなかった。クヌートさんがつくったかっこいい椅子。ルイーゼはあれがないと動けないのに、どうやってここに来たんだろう?

「ルイーゼ、どうしたの。だいじょぶ?」

話しかける。ルイーゼはもう泣いてなかった。泣いてたことなんて忘れちゃったみたいに、びっくりした顔でわたしを見ていた。

「その声……ユッテ？」

ひゅう——と音がした。

わたしが息を吸いこんだ音。

やっちゃった。〈二本〉にもどるのを忘れてた。狼のまま話しかけちゃった。

ぜったい誰にも見せちゃだめって、お母さんに言われてたのに……。

わたしは〈二本〉にもどって、スカートをはらう。もちろんもうおそい。

「人狼なの？」ルイーゼの声はふるえてた。「そうだったの？」

「う、うん……」

「お母さんは？　ローザさんも人狼？」

「うん……で、でも、たべたりしないよ」

わたしはぼそぼそしゃべる。したを向いて、髪をつまむ。どうしよう。どうしよう。

でも、

「すごい」

それを聞いて、またまえを向いた。ルイーゼはぜんぜんこわがってなかった。わたしとよく似たみどり色の目が、きらきら輝いてる。

「誰にも言わないわ。私、誰にも言わない。だからねえ、たすけて」

「あ……うん！」

ほっとして、ルイーゼにちかづく。けがはしてないみたいだった。

「えっと、おとなのひと呼んでこようか」

「でも……もう独《ひと》りにしてほしくない」

「じゃ、村まではこんであげる。わたし大きくもなれるの」

わたしは服をぬいで、〈三本〉にかわる。ルイーゼはぽかんと口を開けて、「わあ」と言った。……こわがらせちゃったかな。わたしはあごをきゅっと閉じて、歯をかくす。

右手でそっとルイーゼをかかえる。服もちゃんと持ってから、駆けだした。

「いつでも変身できるの？」

「うん。でもわたし、まだへたで。びっくりしたときとか、お耳が出ちゃう」

「びっくりしたとき？」

「おっきな音がしたときとか、くさいお花かいだとき。ヤマユリがきらいなの」

「そう……ねえ、村の近くまで行ったら、人にもどったほうがいいと思う。見られちゃうから」

「あ、うん。そうだね」

「それで、私のパパとママを呼んできて。ううん、呼ぶだけじゃだめ。ちゃんと手を引いて、連れてくるの。いい？」

「わかった！」

「ユッテ……ありがとう」

ルイーゼはおひめさまみたいに、わたしの首に手をまわす。わたしは胸がどきどきした。なんだかとてもうれしかった。

あしたはお祭りだから。お母さんの言いつけどおり、ひとだすけをしたから。ううん、それだけじゃない。ルイーゼがいるからだ。わたしのことを「すごい」って言ってくれた。誰にも言わないって約束してくれた。

ルイーゼとはきっと、ともだちになれる。

わたしの、はじめてのともだち。

23 黄昏《たそがれ》どきの怪物たち

寝床から起き上がると、カーヤは瓶《かめ》に溜《た》めた水で顔を洗い、口をすすいだ。髪を梳《す》き、トーガを巻き、首飾りをつけて家の外へ出る。まだ日が落ちきっていないため、村の中は静かだった。

空は紫混じりの朱色に染まっている。昨日間近で見た、爆ぜた内臓の色だった。吐《は》き気《け》がこみ上げ、目を背ける。獄舎へと続く分かれ道にさしかかり、少し迷ってから、まっすぐ進んだ。これ以上ギュンターたちには逆らえない。

見張りの交替を命じられたあと、おとなしく家に戻ったが、たいして眠れはしなかった。牢のシズクが気がかりだ。それに、探偵の捜査がどうなったかも。

アヤ様。本当に生首で、なのにとても美しかった。涼やかな声が心地よく、髪は黒曜色に艶《つや》めいて、月光を固めたような神秘の香りがした。運び手の男のほうはずいぶんシズクに嫌われていたが、なんだか見ていて面白かった。ブルートクラレたちに追われ、森で忽《こつ》然《ぜん》と消えたのだという。魔法使いだと言われてもカーヤは驚かない。だって本当に、おかしな人たちなんだもの。おかしくて――そして、怪しい人たち。

彼らが事件の犯人という可能性は？　違うと思いたい。けれどカーヤは信じきれない。以前いた人間の村でもそうやって裏切られたから。だけど、シズクは。だけど……。

考えるのをやめる。

村を護るのは自分の仕事じゃない。それはブルートクラレの仕事。自分の仕事は、娘たちの仕事は、生活を営むこと。そして〈巫女〉を務めること。

それがヴォルフィンヘーレという名の、この群れの掟だ。

鴉《からす》と椋鳥《むくどり》が鳴き始める。夕焼けのにおいがした。日光浴を終えた土と植物が放つ、温かな空気のにおい。カーヤは機織《はたお》り小屋に到着し、戸を開けた。今日は服や敷物《しきもの》に使われる布を織る日。娘たちの仕事のひとつだ。ノラという希望が消えても、生活は続く。

中にはすでに同世代の娘が三人いて、〈二本〉姿で織り機に座っていた。レオナとマリー、それにフローラ。おはようカーヤ。おはようみんな。早いのね。

「カーヤ、気分はどう？　よく眠れた？」

「ええ、平気。ありがとう」

聞く側も答える側も、嘘だとわかっている。

カーヤは四つ目の織り機に座り、慣れた手つきで糸をかけた。木製の杼《ひ》を腰に当て、紡織作業を始める。

いつもは姦《かしま》しく話しながら手を動かすが、今日交《か》わされる会話は少ない。「……ベルントが言ってたけど、侵入者を逃がしたって」「生首を持った男の人らしいわ」「何それ」「私たち、大丈夫なの？」「大丈夫よ。牢には人質が」「あの女の人？」「ええ」「そうね……」トントン、タンタン。沈黙を埋めるように筬《おさ》と杼の音が鳴る。

縦糸がなくなった。糸束は糊付《のりづ》けまで済ませた状態で、外の物置に保管してある。補充のために立ち上がったところで、カーヤはふと気づいた。

「ねえ、何か香らない？」

三人は顔を見合わせ、「何も」と答えた。カーヤは裏に回り、物置に入る。

気のせいだろうか。機織り小屋では綿と羊毛のにおいが充満し、鼻がにぶる。でも確かに感じたのだ。シズクともアヤとも違う妙なにおいを。腐りかけた桃のような甘さと、香油めいた濃密さを秘めたにおい。下腹部が熱くなるような、どこか、はしたない――

北の森から遠吠えが聞こえた。

ブルートクラレの一員、ハネスの声だった。仲間に招集をかけている。何かあったのかしら……。カーヤはそそくさと糸束を取り、機織り小屋の中に戻る。

そしてすぐに、糸束を落とす。

三人が床に倒れていた。

視線を上げる。完成済みの布の山に、傘をさした女が座り、優雅に脚を組んでいる。

見たこともないほど豪華なドレスと、見たこともないほど白い肌。冷たい蛇のような瞳。

気がついたときにはその瞳が間近にある。唇を柔らかな感触が押し、ぬらつく何かが隙間を割った。はしたない香りが形を持ち、カーヤの中に入ってくる。

「あたしの〝毒〟ってあなたたちにも効くのかしら」

口元を拭《ぬぐ》いながら女がつぶやく。膝の力が抜け、カーヤはその場に崩れ落ちた。すぐそばにレオナがいた。喘《あえ》いでいるが、苦しんではいない。彼女の目をうるませているのは恍《こう》惚《こつ》と快楽だった。

「ああよかった。効いたみたい。ねえ、獣に変わったりしないでね？　食欲なくなっちゃうから」

トーガがはだけられ、肩と胸が外気に触れる。それでも体は熱いままだった。女は悠々とカーヤに覆いかぶさり、密着した肌から押し出されたように、汗まじりの媚香《びこう》が小屋に舞った。指が体を這《は》い下りてゆく。拒《こば》みたくないと思う自分に戸惑う。いやだ、たすけて。誰か。ヴェラ。ノラ――

シズク。

カーヤの声は声にならない。

思考が塗《ぬ》り潰《つぶ》され、女の牙《きば》が首に触れるころには、夢の中に堕《お》ちている。

＊

「何が起きた!?」

北の森の中。集合した仲間たちに向かい、ギュンターは唾を飛ばした。ノラの死体を見たとき以上に荒ぶっていた。

足元にはこと切れた巨体がある。

持ち場についていたファルクが、何者かに殺されていた。周囲に戦闘の形跡はなく、ほぼ無抵抗でやられたことがわかる。自慢のかぎ爪が砕《くだ》け散《ち》り、首も真横に折られている。

──獣人の姿のままで。

〈三本〉時の人狼が力負けを？　ありえない話だった。想像すらしたことない。

「ノ、ノラをやったのと同じ奴か？」

「でも、いままでとは殺し方が……。人間にこんなこと、できんのか？」

「黙れ！」

囁《ささや》き合う仲間を一喝する。周囲には刺激臭が漂っている。強い酸のにおい。それも四方から。臭跡をかき消すため、何かの薬品が撒《ま》かれている。ずるがしこい人間のやり方だ。

けれど殺し方は人間じゃない。

あの探偵たちのしわざか？　だが、薬品を撒けるなら最初からそうするはずだ。奴らは昼間西の森で忽然と消えたが、そのときは小細工の痕跡《こんせき》すら確認できなかった。何かが噛《か》み合《あ》わない。

「ギュンター！」

さらに災厄がたたみかける。村のほうから駆けてきた仲間は、デニスだった。獄舎で見張りについていたはずだが。

「す、すまない。女に逃げられた！」

「何？」

「ちょっと目を離した隙《すき》に。回収した武器も消えてて……ど、どうもヴェラが協力したみたいで……」

「ベルント！」ギュンターはすぐさま副長へ叫ぶ。「奴らのにおいは！」

「ここじゃ嗅げない。少し待ってろ」

副長は〈五本〉に変わり、素早く茂みの中に消えた。刺激臭の範囲外へ出たのだろう。しばらくすると帰ってきて、冷静な顔に皺《しわ》を寄せた。

「確かににおうな、あの青髪の奴らだ。一度消えたがまた戻ってきてる。西の森だ。それとは別に、嗅いだことのないにおいもいくつか。こっちは村の北東側……。ギュンター、どうする？」

ギュンターはファルクの死体に目を戻した。まだ若く、去年ブルートクラレに選ばれたばかりだった。食いしばった牙の隙間から小刻みに息が漏れる。殺しと脱獄、重なったのは偶然か？　誘導？　囮《おとり》？　だがやはり、この殺し方は……。疾風のように思考が流れ、ふと、静句とヴェラの言葉を思い出した。

——この村はある組織に狙《ねら》われていて。

——今夜、村に悪者が来るんだって。

侵入者は探偵だけじゃない。

もう一組いる。

ギュンターは空に向かって吠えた。指令のための遠吠えではなく、無意味な怒りの叫びだった。その残響が消えるころ、彼は鉄の指揮官に戻っていた。

「三班に分かれる。ベルント、ハネス、フィンはこのままファルクの殺害犯を探せ。おれとビョルン、デニスは西の森だ。探偵どもを見つけて、殺す。残りは村の警備にあたれ。この村の〈牙〉はおれたちだ、それを忘れるな」

全員が狼に変身し、三方向に駆けだした。太陽は山際に隠れ、月が輝き始めている。それがギュンターの決意を後押しした。もう、誰もこの村で好きにはさせない。ここから先はおれたちの時間だ。

彼らはまだ知らない。

夜は彼らだけのものではないことを。

＊

「さあて、どうしたもんでしょ」

その数分前。ヴォルフィンヘーレの北西で、真打津軽は木陰《こかげ》から獄舎をうかがっていた。

地下道を通り人狼村に戻ってくると、すでに空は黄昏色で、残された猶予はわずかだった。追いかけっこを覚悟していたが、幸い狼たちは西の森におらず、獄舎まではするりと辿り着けた。問題はここからだ、獄中の静句をどう助けるか？

鴉と椋鳥の鳴き声がし、村からも生活音が聞こえ始める。夜——人狼たちにとっての朝——が近づきつつある。

「これ以上引き延ばすと面倒が増える」と、鴉夜。「強行突破しかないな」

「ほっとくってわけにゃいきませんかね」

「殴らせるぞ。静句に」

「はあい」

脚の腱《けん》を伸ばし、木陰から飛び出そうとしたとき、

「デニス、大変だよ！」

聞き覚えのあるハスキーな声がした。

獄舎の戸口に赤毛の少女が立っている。ヴェラだ。

「銃がなくなった！ ベルントの家から！ 盗まれたみたい！ ギュンターたちは北の森に集まってるしさ、デニスしかいないんだよ。ちょっと来てよ！」

「何？ でも俺は……」

「急いでよ！ 牢はあたしが見とくから。早くしないと、誰か撃たれちゃうかも」

「わ、わかった」

狼に変わったデニスが村へ駆けていく。それを見送ってから、ヴェラはむすっとした顔でこちらを向いた。

「何やってんだよ！ バレバレだよ、馬鹿」

「こいつぁどうも」

津軽はのこのこ森から出た。ヴェラは一度獄舎へ入り、解放した静句とともに戻ってくる。静句は昼に手渡したメイド服に着替えていた。津軽が「下穿きはどうしました」と聞くと腰に容赦ない蹴りを喰らい、元気であることがわかった。

ヴェラはさらに獄舎の裏へ行き、隠していた得物を持ってくる。布を巻いた『絶景《たちかげ》』だ。盗まれたというのは本当で、どうも盗《ぬす》っ人《と》は彼女自身らしい。

「ほ、ほら。これも要るんだろ？」

「ヴェラさん……」

「べ、別におまえらのためじゃないからな！　あたしは犯人が知りたくて……それにシズクには、その、お茶の借りがあるから」

「本当に、ありがとうございます」

深く頭を下げるメイドと、気まずそうに肩を揺らす少女。受け取った武器をエプロンの結び目に差すと、静句はようやく本来の姿に戻った。

「お礼はたっぷりさせてもらうよ」鴉夜が言った。「だが、君もちょっとまずい立場になったな。ひとまず身を隠そう」

一行は森の中に入る。日の光はもう、木々の下までは届いていなかった。

「ブルートクラレたち、北の森に集まってるって言ったかい？　どうして」

「わかんない。でもさっき、集合の合図が聞こえたから……なんかあったんだと思う」

「どうします？　また穴ぐらに隠れますか」

「いや。隙を見てもう一度村に戻る」

えっ？　津軽とヴェラが同時に叫ぶ。鴉夜の目は真剣だった。

「最後にひとつ、やらなきゃいけない作業がある。それで全部解ける。そうそうヴェラ君、ちょっと尋ねたいんだが。この村の住民たちは朝眠りにつき、夜起きる。確かだね？」

「そ、そうだよ」

「村人の多くはひとり暮らし。これも確か？」

「う、うん。赤ん坊のころはみんなで育てるけど、五歳くらいからはひとりで暮らすんだ。村全体が家族みたいなもんだから……それが何？」

北の森から遠吠えが聞こえた。ブルートクラレの隊長だろうか。脱獄がばれたせいか、ずいぶんお怒りの様子だ。

「あの連中はどうします？　何匹かこっちに来そうですが」

「作業の邪魔をされたくないな。津軽、倒せるか？」

「ええっ？」今度叫んだのはヴェラだけだった。「倒すってギュンターたちを？　む、むむ無理だよあたしらだって勝てないんだ。殺されちゃうよ」

「大変けっこうなことです」と、静句。

「津軽なら勝てるさ。なあ？」

「まあやれって言われりゃやりますが」

「やれ」言われてしまった。「連中の裏をかこう。私たちは村の近くで待機。追っ手は津軽が引きつける」

「おやさしい師匠を持ってあたくし幸せ者です」

「そうだろう？　帰ってきたら頭を撫《な》でてやるからな」

「どうやって撫でるんです？」

「これは一本取られたな」

鳥籠の柵を挟んで師弟は笑顔を交わす。弟子のほうの笑みはひきつっていた。

静句に鳥籠を渡すと、津軽は単身離脱した。足を速め、暗い森の奥へ分け入る。

進むにつれてひきつりが緩み、顔に浮かぶのは心底からの笑みに変わった。小判を拾うため崖を下り、そのまま帰れなくなった『愛宕山《あたごやま》』の主人公になった気分だった。

「狼が出るなんてのは、こりゃいけませんよ」津軽は軽やかに引用する。「狼にゃヨイショが効かないんだから」

そして大声で、淀川三十石船舟唄を歌いだした。

＊

「……何か、妙な歌が聞こえるな」

人造人間の額で、縫い傷だらけの眉がひん曲がった。西の森のほうからだ。人狼蠢くこの窪地で、目立ちたがる馬鹿がいるとは思えないが。

いや、馬鹿ばかりかもしれない。すぐ横からは口笛が聞こえる。観劇に赴くような出《い》で立《た》ちの自称魔術師が、タイを結び直している。

「カーミラはどうした」

「先に行っちゃいました。本番前に食事がしたいって言って」

「ここはピカデリーサーカスじゃないんだぞ」

「確かにこの歌はピカデリー向きじゃありませんね」

その評価を受け入れたように、歌がやむ。直後、狼たちの遠吠えが聞こえた。これも劇場街ではウケが悪そうだ。

「まあいい。おれたちも行こう」

視線の先、木々の間には人狼の村が見える。先ほど殺した一匹の死体も見つかる頃合いだ、いつまでも隠れてはいられない。

「どう動く?」

「僕らこっちから行くんでヴィクターさんは南から。見た感じ戦闘員と非戦闘員が分かれてるみたいです。非戦闘員は村の反対側に逃げるでしょうからそれを挟み撃ちってことで。いちいち捕まえてると面倒なので、適当に暴れたあと息があるのを四、五匹拾ってさっき決めた場所で落ち合いましょう」

「問題が生じたら?」

「解決しましょう」

「すばらしくよくできた計画だな」

皮肉りつつもヴィクターは承諾した。前菜からデザートまでコースがしっかり決まった夜宴は自分たち向きじゃない。それにいくら詰めたところで、想定外はどうせ起こる。

アレイスターは音もなく立ち上がり、ヴィクターは南に迂回するため森を歩きだす。日が完全に沈み、黒い絵の具を乗せた筆が、襲撃者たちの影と周囲の景色とをかき混ぜた。

窪地に、夜が訪れた。

24　人狼対鬼殺し

ブルートクラレたちの遠吠えには二つの目的があった。

味方同士で位置情報を交わし索敵範囲を狭めていくことと、もうひとつは、獲物を恐怖させること。人狼の遠吠えをひとたび聞けば、まともな神経の持ち主なら、逃げ場のなさを思い知り、震えて捕食を待つばかりになる。迫りくる死に平静を失い、その場を一歩も動けなくなる。

この森には、狩る者と狩られる者がいる。

「ひい、ふう、みい」

ぶらぶらと歩きながら、真打津軽は耳をすました。数えるとともに指を動かし、遠吠えの方向を確認した。

敵はどうやら、三匹。

鬼の血を混ぜられ半人半鬼と化したあと、津軽はしばらく東京の見世物小屋で暮らしていた。毎夜金網で囲われた舞台に上がり、下衆《げす》な罵声と歓声を浴び、あてがわれる百鬼夜行を鬼の力で殺してきた。

だが今宵《こよい》は、芸人風のやり方ではだめだ。

一対一で、よういドンで始まる勝負ではない。森の中の奇襲戦である。数も地の利も敵が圧倒的で、しかも連中には鬼の膂力《りょりょく》が通じない。

活《い》かすなら、もうひとつ前の仕事。

人間だったころに就いていた仕事だ。

川岸に出ると、月光が青い髪を照らした。流れは緩く蛇行していて、こちら側に河原ができている。砂利の中にぽつぽつと、屈《かが》んだ大人程度の岩が点在している。

振り返る。二時の方向に大木が数本。三メートルほどの高さから太く丈夫そうな枝が突き出ている。その先はぐっと木々の密度が高まり、抜けにくそうな森が待っていた。

「うん、ここにしよう」

おあつらえ向きだ。

また遠吠えが響いた。先ほどより近づいている。十時の方向、ひとつは近くから。二つはやや遠くから。おそらく一、二体ずつ時間差でここに来る。

舟唄が功を奏し、うまく津軽に的を絞ってくれたようだ。一口に鋭い嗅覚といっても、連中が犬だとすれば得意なのは〝嗅《か》ぎ分《わ》け〟だ。ひとつのにおいに狙いを定め、数千種類の中から判別する能力。津軽のにおいに集中させれば静句たちは〝その他〟に紛《まぎ》れる。

靴底で砂利を散らし、足元の滑りをよくしておく。敵を待ちながら、津軽は河原で屈伸を始めた。そして、酒くさい息とともに発された師匠の教えを思い出した。

鴉夜ではない。

先代の師匠——人間だったころに出会った男だ。

＊

荒屋苦楽《あばらやくらく》は酒癖《さけぐせ》のよい男だった。

逆にいえば、酒癖以外はまるでよくない男だった。

おそらく病《やまい》のたぐいだったのだろう。常に酒を飲んでいた。飲んでいないと手が震え、足がもつれ、語りも支離滅裂になった。小汚く、荒っぽく、忘れっぽくて屁《へ》がくさかった。

本当にどうしようもない男で、部下たちも不満たらたらだったが、彼が隊長であることそれ自体に異議を持つ者は誰もいなかった。苦楽は六人の中で一番経験豊富だったし、何より一番強かった。それに隊ははぐれの寄せ集めで、どうしようもなさにかけては全員似たようなものだった。

明治政府農商務省山林局怪奇一掃特設隊第六班。

通称《鬼殺し》、六番隊。

「切った張ったで化物が殺《や》れりゃ苦労しねぇわな」

その夜も瓢箪《ひょうたん》を傾けながら、乏《とぼ》しい肴《さかな》の代わりのように苦楽は語り始めた。洞窟内には味噌《みそ》の香りが漂い、津軽たちは思い思いの姿勢でたき火を囲んでいた。

「海外《そと》の連中なら武器と火薬で一発だが、おれらには金も人手もねぇ。だから工夫がいる。生き物の仕組みや化物の弱みや周りのもんを利用する。おいザザ、蕗《ふき》はよけてくれよ」

ヘッヘ、と、元盗賊の座々丸《ざざまる》が陰気に笑いながら煮汁を配る。結局蕗はよけなかった。

「抽象論は聞き飽きましたわ」

大鉈《おおなた》を磨《みが》きながらぼやいた娘は火沙《ひさ》だ。珍妙な出自のせいで、山姥《やまうば》めいた襤褸《ぼろ》着にそぐわぬ雅《みやび》な喋《しゃべ》り方をする。

「じゃ具体的にいこう。山ん中。敵は今日やった化け猫みてえな獣型。おめえらはひとりで、武器もない。仲間もみんな死んだとする」

「仲間、どう死んだ？」黄狐《おうこ》が細かいことを気にした。「津軽、ひどい死に方したな？」

「そうだな」苦楽がうなずく。「頭から喰われて、口ん中でもしばらく喋ってた」

「そいつぁ心外ですね、あたくし胃の腑《ふ》ん中でも喋ります」

「はは。だろうな」

「副長は？」と、火沙。「真っ二つがいいですわ」

「よし、鈍重郎《どんじゅうろう》は唐竹割り。自慢のマゲが台無しだ。おれも善戦したが華々しく散った」

「旦那《だんな》はきっと坂で転げたんでさあ」

座々丸が勝ちをさらった。笑い声が聞こえたからか、入口で見張りに立つ鈍重郎が洞窟内を振り返る。苦楽は話題を戻す。

「で、だ。山ん中ひとりっきりとする。そら化物が来た。おめえらどうする？」

津軽、火沙、黄狐——若手の三人は顔を見合わせた。苦楽はきゅぽん、と音を立てて酒を一口飲んだ。

「大事なのは一撃で倒すことだ。群れで来られると勝ち目がねえからな、一匹ずつ素早く仕留める。場所や地形によって変わるがやり方はいくつかある。たとえば」

＊

予想どおり、十時の方向から狼が飛び出した。

月から魔力を得たようにその身体《からだ》が瞬時に膨らみ、獣人へと変化する。かぎ爪を光らせた巨体が最短距離で獲物に迫る——ところまでは、目では確認しなかった。

津軽もすでに駆けだしていた。まっすぐ、獣人へ向かって。

ぐっと姿勢を落とし、事前に砂利を掃いておいた場所に、右足のかかとから滑《すべ》り込《こ》む。

一手先を読んだ動きが人狼の速度と嚙み合い、津軽はちょうど、巨体の股座《またぐら》に潜り込む形になる。

子どもじみた不意打ちは当然のように失敗する。敵はすぐさま回避行動を取り、縦に跳躍した。彼らの反射神経ならそれができたし、そうするのが最適解だった。攻撃から脚と急所を護るため。獲物を再び視野に入れるため。距離を取って仕切り直すため。跳躍せざるをえなかった。

脚と急所。

津軽の狙いはどちらでもない。

遠ざかる人狼に手を伸ばし、津軽はいとも簡単に、細く柔らかなその部位をつかむ。

「えっ……」

相手の戸惑い声が聞こえた。

素早く身を起こし、つかんだそれを肩に背負い、滑走の勢いを乗せたままぐいっと前に引き倒す。要領は柔術と同じだが、この技は人にはかけられない。

何せ人には、尻尾《しっぽ》がないから。

二メートルをゆうに超す巨軀《きょく》が、月をなぞるような弧を描いた。

空中では飛びすさるすべもなく、後ろが見えねば反応もできず——いとも簡単に投げられた敵は、河原に突き出た岩のひとつに後頭部から落下した。尻尾は頭から最も遠い部位である。紐《ひも》に結わえた石を振り回すとき、紐が長ければ長いほど、石が重ければ重いほど、先端にかかる力は大きくなる。

膨大な自重と遠心力をすべて乗せた一撃は、鋼《はがね》の毛皮にもかろうじて通った。血みどろ惨劇とまではいかないが脳震盪《のうしんとう》を起こしたらしい。敵は四肢を投げ出し、白目を剝《む》いたまま動かなくなる。

まず一匹。

「デニス!」

ほっとしたのもつかの間、すぐに次の二匹が現れた。後ろ側の一匹は全身に赤い模様を入れた白狼で、静句の言っていたギュンターという隊長だとわかった。一匹目と同じくどちらも獣人に変わり、津軽に飛びかかってくる。

津軽はすぐさま踵を返した。一目散に森へ逃げ込む。追ってくる音がするが、振り向かない。事前に目をつけておいた大木を目指し全力で駆ける。

辿りつくと同時に、気配が背後に迫った。

跳躍の直後、靴のすぐ下をかぎ爪が通り過ぎた。目の前の幹を蹴って方向を変え、隣の幹をもう一蹴り。三角跳びで上昇すると、狙いどおりの位置に座席があり、津軽はそこに陣取った。

追ってきた人狼の肩の上、首の真後ろに。

あぐらをかくように両脚を絡め、首を固める。敵の頸部《けいぶ》は太く頑丈、これだけではどうあがいても折ることはできない。だが肩車された津軽のすぐ頭上には、同じくらい太く頑丈な大木の枝が突き出ている。

両手はすでにその枝をつかんでいた。あっけにとられた敵が次の動きを取るより早く、つかんだ枝を支点にして、津軽は腰をひねり上げた。

ごきゅっ。

景気の悪い音が鳴り、人狼は地に崩れ落ちた。

二匹目。

着地したとたん、鼓膜を破るような咆哮《ほうこう》が背を打つ。三匹目、ギュンターだ。ずいぶんお怒りの様子だが確認している暇はない、津軽はさらに疾走する。一歩でも多く、森の奥へ。

木々の隙間が狭まったところで、初めて体ごと振り向いた。ギュンターはすぐ後ろに迫り、攻撃態勢に入っていた。猛スピードで巨大な口が覆いかぶさってくる。今朝方のあの眺めとよく似た、鋭利な牙が津軽を狙う――

＊

「ほかに徒手で瞬殺できる技はおれの知る限り二つだな。ひとつは高野山《こうやさん》の連中が使う

〈場律《ばりつ》〉。だがこいつは頭の出来がよくねえと無理だ。もうひとつは〈酔月《すいげつ》〉っつって、こいつはおれの独自技だ」

「そんなら頭が悪くても使えますね」

「うるせーよ」

つむじに拳を食らう津軽。戯れでもいちいち痛い。火沙が大鉈を脇《わき》に置く。

「どんな技ですの」

「和中《わちゅう》折衷っつうか、合わせ技っつうか……まあ系統的には寸勁《すんけい》だな。大陸拳法《けんぽう》の内部破壊の技。鎧通《よろいどお》しだ」

「寸勁なら試したよ。いっぱい」中国との混血である黄狐が言う。「効かないよ。怪物《ガイウー》、肉硬い。中まで硬い。力、通らない」

片言で喋る間も火沙の胸元をちらちらと気にしている。彼はこの中で一番若い。

「おれのやり方なら通るんだよ」苦楽の顔はすでに赤らみ、肩はだらりと傾いている。「ただこいつを出すにゃ条件がある。相手が正面から噛みついてくるってのが前提だ。腕を振り回せねえような狭い場所に誘い込んで……ん」

　洞窟の外に異変が生じた。

　石をひっかくような奇声が、三つ。昼間取り逃がした猫又《ねこまた》の残りだとすぐにわかった。見張りの副長が応戦し、岩壁に映る痩せた影が揺らめく。斬撃音《ざんげきおん》。座々丸は弓を取り、火沙は大鉈に手を伸ばし、黄狐と津軽が立ち上がった。

「一四、入ります！」

副長の声の直後、ばかでかい猫が中に駆け込んできた。熊《くま》をしのぐ背と二本の尾。仲間を殺され激怒しているらしく、全身の毛が逆立《さかだ》っている。

のそりと動いた苦楽が、四人の前に進み出た。

名残惜しそうに瓢箪を捨て、灰色の総髪をかき上げる。眼帯で隠れていないほうの右目が、壁の幅を確認するように左右に動いた。迫りくる妖《あやかし》は意に介さず、彼は背後へ声を投げた。

「見てな」

津軽は一目で〈酔月〉を気に入った。

どこまでも合理的で、どこまでも滑稽な技だった。

＊

牙の猛威が間近に迫った、その瞬間。

津軽は敵めがけて自ら跳躍し、拳を握った左腕を、人狼の口にぶちこんだ。

それは西洋では絶対に使われることのない日本古来の技術。捨て身と狂気が生み出した対人外の制圧法。

〝根止め〟と呼ばれている。

熊の、獅子《しし》の、あるいは狼の口内に、自ら拳を突き込む。喉奥まで異物を詰め込まれた生物は本能的に顎《あご》を閉じることができなくなる。

驚愕《きょうがく》に染まった黄土色の眼と、月を転写したような青色の眼が交錯した。津軽は次の手順に移っている。力が逃げぬよう喉奥の拳を強く固め、右手で肩口の毛皮をつかみ、ぐっと相手を引きつける。

噛みつくために前傾した巨獣と、その頭に飛びついた津軽と、両者の体格差。しつらえたように、津軽の靴の先には敵の水月《みぞおち》があった。

「〈酔月〉」

これは、怪物の強く硬い肉に鎧通しを通すための技。

八塩折酒《ヤシオリさけ》の伝説のように化物を脱力させ、一撃で倒すための技。

ギュンターの顎は津軽の腕という異物によって大きく開いた状態にある。人でも獣でも怪物でも――歯を喰いしばることなく全身に力を込められる生物は、存在しない。

飛びかかってきた相手の速度と、それをこちらに引きつける力と、自分の跳躍の勢いをそのまま乗せ、杭を突き込むように、両足で蹴った。

派手な音は鳴らず、ただ鈍《にぶ》いどぷん、という音だけが鳴った。

ギュンターの目が再び見開き、まどろむように弛緩《しかん》する。腕をひっこ抜いた口から血がこぼれ、津軽はそれを頭にかぶる。

村の守護神は酔っ払いめいてひっくり返り、周囲の草花が笑うように揺れた。

「三匹目」

この森には、狩る者と狩られる者がいる。

*

こいつら助けないほうがよかったかも……と、ヴェラは思い始めていた。

静句は木の陰《かげ》から村の様子をうかがっている。目の前にあるのは小高い墓地。あろうことか探偵は、逃げ込んだのと同じ場所に戻りたがったのだ。

「遠吠えが聞こえなくなったな」と、鴉夜。「津軽がうまくやったようだ」

「殺されたときだって聞こえなくなるけど……」

「殺されていることを望みます」

「よし、行こう」

指示を受け、静句は忍び足で墓地のほうへ向かう。ヴェラもしかたなくついていく。念のため周辺のにおいを嗅ぎ――

ぎょっとして、立ち止まった。

静句が振り返り、鴉夜に「どうした？」と聞かれるが、言葉を返せない。

西の森……いや、村の西側？　森と村の境目のあたり。

そこから、嗅いだことのない何種類ものにおいが漂っていた。

＊

村の西端。

早起きしたヴォルフィンヘーレの住人たちは、木桶や手ぬぐいを持ったまま一様に硬直し、森を見つめていた。

木々の間と茂みから。初めて見る人影が、ひとつ、二つ、三つ――次から次に現れる。

先頭に立っていたのは、金髪の少女と黒い肌の大男だった。少女は自前のつば反り帽《キャトルマンハット》から水色の鱗粉を払うと、一歩目を刻むと同時に、銀色の銃を引き抜いた。

「とうちゃーく」

25　進軍

銃声。悲鳴。巨体が地面に沈む音。怒号。咆哮。じゃらじゃらと鳴る鎖。血反吐《ちへど》まじりの断末魔《だんまつま》。規則的な靴の足音。散らばってゆく裸足《はだし》の足音。松明《たいまつ》が爆ぜる音。泣き声。吠え声。助けを求める声。怒りの叫び。恐怖の叫び。おたけび。銃声。悲鳴。

静寂。

村に入って十歩目には、五匹の駆除を終えている。アリスは背後に指示を飛ばす。

「息がある奴にはとどめ刺せ。家には火ぃつけろ、片っ端《かたっぱし》からだ。一匹も逃がすな」

「毛皮はいくら狙っても駄目よ。目か口を……って、言うまでもないわね」

村人たちはもう動いていた。人狼駆除に関しては《ロイズ》に並ぶ専門家のようだ。倒れた人狼を数人で囲み、握った鎌《かま》や手製の槍《やり》で、適切な箇所を突き刺していく。息のあるなしは二の次だった。

とりわけ威勢がいいのは猟師に粉挽《ひ》き、村の助役。身内を奪われた連中だ。ナディア！　リタ！　ルイーゼ！　目を血走らせ、愛娘《まなむすめ》の名を叫びながら何度も刺す。何度も何度も。武器が眼窩《がんか》と口腔《こうこう》を貫通し、頭蓋《ずがい》が内側からひしゃげ、死体が熟れすぎた南瓜《かぼちゃ》のようになるまで。

「頼もしいじゃねーか」

前方に顔を戻すアリス。襲ってきた人狼は一部だけで、大部分は文字どおり尻尾を巻いて逃げてしまった。意外と張り合いがない。

「けっこう広れー村だな。逃げ足も速《は》えーし面倒そうだ。二手に分かれっか」

「OK。あたし右《ひ》の道に行くわ。アリスは左ね。ひとりで平気?」

「おめーからぶっ殺してやろうか」

うわあああ! 村人たちの声が上がる。彼らはすっかり祭りに夢中だ。ひとりの男が油を撒き、もうひとりが松明を投げる。民家が炎上した。ある一軒から獣人が飛び出し、油係の喉が裂かれ、ちょっとしたパニックが起こる。なんてめでたい連中だろう、反撃されないとでも思ってたのか?

アリスは引《ひ》き鉄《がね》を引く。

当然のような正確さで、弾は獣の片目を捉えた。とたんに人間たちの報復が始まる。火に照らされた長い影は、謝肉祭の幻灯芝居のようだった。

「神様」

か細い声が聞こえた。《鳥籠使い》を家に上げていた村医者だった。銃を持った手をだらりと垂らし、まだ村に踏み込めないでいる。助役に背負われここまでやって来た村長も呆《ほう》け顔を晒《さら》している。だがグスタフたちに呼びかけられると、見えない糸に引かれたように、ふらふらと歩きだすのだった。

「ハッハ」

アリスは軽快に笑い、左の道へ進路を取る。カイルも右の道へ。村人はひとりも率いなかった。そもそも、いてもいなくてもいい連中だ。連れてきたのは駆除に役立つと思ったからだが、戦力に数えたわけではない。

連中はいい陽動になるだろう。

＊

長らく水気と無縁だった肌に、玉の汗が浮かんでいる。

どのくらい前から村の〝脳〟を司《つかさど》っているか、レギ婆《ばあ》は覚えていない。そうなった過程も、きっかけも。それくらい大昔からまとめ役をこなしてきた。三十年前の寒波も、二十年前の疫病《えきびょう》も、十三年前のローザの事件も、眉ひとつ動かさず収めてきた。

だがいま、杖を持つ手が震えている。

ノラが殺された。ロミーも、エッダも、クラリッサも。囚人は獄舎から逃げ、回収した武器も盗まれ、北の森にはファルクの死体が。現れた探偵は忽然と消え、まだ消息がつかめない。

そしてまた、若衆が悪い知らせを運んでくる。今度は二人いっぺんに。

「レギ婆！　北と南に侵入者が。ヤバいにおいがする奴らだ。村人を襲ってる。もう何人かやられた！」

「西にも人間が……何十人も！　松明と武器を持ってる」

「何十人も？　崖の上の連中かい？　馬鹿な、どうやってここに来られたっていうんだい」

疑念を口にするが、寄合所の外に出たとたん、正しい情報だと思い知る。西の空が赤く染まっていた。血のにおい。硝煙と藁の焼けるにおい。三方から村人たちの悲鳴。災厄はすでに始まっていた。

なぜこんな仕打ちを？　我々がなんの罪を犯したと？　レギ婆は目を閉じ、心の中で問いかけた。己に流れる人狼の血に。彼女たちは神を信じない。血を信じる。血のために生き、血のために死ぬ。

罪なら犯した。

ノラを失ったこと。この村の何よりも護るべき存在を喪失したこと。

だが、自分たちが罰を受けるのは間違っている。やったのは人間だ。娘たちを殺したのも、村に介入したのも、戦争を仕掛けてきたのも、すべて人間どもだ。

杖を持つ手はまだ震えている。

恐怖のためではなく、怒りのためだった。

「村人を広場に集めな。ひとりでも多く」レギ婆は若衆に指示した。「個々で暴れたって駄目だよ、群れで動くのが私らだ。——崖上の連中を、根絶やしにしてやろう」

＊

耳をふさぎたいという衝動に、ヴェラは必死に抗《あらが》っていた。あちこちから聞こえる戦乱の音は、一日の始まりにふさわしいものではまったくなかった。

「な、なんかやばいよ。知らない声が何十個も……人間のにおいもいっぱい」

「《ロイズ》が来たんだ」と、鴉夜。「たぶんホイレンドルフの者たちも一緒に。あの地下道を発見したんだ」

ヴェラにはその言葉の意味がよくわからなかったが、村が襲われていることは確かだ。もちろん村にはブルートクラレがいる。でもこんなにたくさん、倒せるだろうか？ 村のみんなは……カーヤは無事？ 心臓が早鐘を打つ。静句もじっと、村のほうを見つめている。

「静句。おまえが世話になった娘、カーヤといったか？　彼女を助けに行ってやれ。ここは私とヴェラ君でやるから」

心を読んだように鴉夜が言った。静句はとんでもないとでも言いたげに、鳥籠を胸に押しつける。

「いけません。鴉夜様をお護りします」

「私なら大丈夫。ここは村はずれだから、しばらくは戦乱も届かないはずだ。それに優秀な臨時助手もいるしな」

「ですが」

「命令だ。行きなさい」

「……はい」

メイドはヴェラのほうを向き、「どうかお願いします」と鳥籠を手渡した。真鍮《しんちゅう》はまだ温かく、静句のぬくもりを感じた。

「カーヤはたぶん機織り小屋にいるよ。今日は当番の日なんだ」

行き方を教えると、静句は丁寧に頭を下げた。そして〈三本〉になった人狼みたいに戦闘用の空気をまとい、機織り小屋のほうへ駆けていった。

「……アヤ様、優しいんだね」

「そうだろう？　よく言われるよ」

「りんじょしゅ、って何？」

「私の代わりに手足を動かしてくれる親切なお嬢さんという意味さ。さあ、始めよう」

鴉夜はヴェラのすべきことを説明する。臨時助手の反応は「えぇっ⁉」だった。

「む、むむむ無理無理。それだけは無理」

「やらなきゃいけない。そうしなきゃ、この事件は止められない」

鴉夜の顔は真剣だった。やっぱり優しくない。

自分がこれから犯す行為と、いま起きている事件。二つの恐怖を秤《はかり》にかける。ふうっと決意の息を吐くと、ヴェラは〈三本〉姿に変わった。目的の場所まで移動すると、鳥籠をかたわらにそっと置き、作業に取りかかった。

誰かに見られている気がしたのは、後ろめたさのせいだろう。

*

飛びかかってきた獣人へ、ヴィクターは雑に腕を振るう。

相手のかぎ爪が折れ、手首がひしゃげた。ぽかんとした頭を片手でつかみ、ねじる。漏れた声は女性のものだった。獣人姿だと歳も性別も見分けがつかない。

九十度傾いた口から血を垂らし、彼女は動かなくなる。自分たちの目的は〝標本《サンプル》〟の採集、殺さぬほうが望ましいのだが、加減が難しい。まあ候補ならまだいくらでもいる。獣人を足元に横たえてから、ヴィクターは村の通りを進む。

死体を増やすことに同情はない。そもそも自身も死体の寄せ集めだ。だが、楽しい作業かと聞かれればまったくそうは思わない。胃の底に不快な何かが溜まっていた。《鳥籠使い》はどこで何をしている？　おれたちを止めに来なくていいのか？

ふと、異変に気づく。

道端《みちばた》に人狼たちが倒れている。獣人姿のままで。首がへし折れ、手足がねじれた状態で。ヴィクターにとっては見慣れた光景だが、問題がひとつ。

その光景が広がっているのはいま進んできた後方ではなく――これから進む前方だった。

じゃら、じゃら、じゃら。

何かを引きずる音が聞こえ、民家の陰から、黒い肌の大男が現れた。

「あらぁ？」

剃《そ》った頭。唇にひいた紅。カソック風の白服に、腰から垂らした四本の鎖――《ロイズ》第四エージェント、カイル・チェーンテイル。

「《夜宴《バンケット》》、来てたのね。今朝はどうも」

「こいつらおまえがやったのか」

「まあね。やだ、ちょっと、あんまり見つめないで！」カイルは手で顔を覆い、「吐き気がするから。ほんと、見れば見るほど醜いわね、あなた」

嘲《あざけ》るように笑った。ヴィクターは真顔のままだ。

「ずいぶん力自慢みたいだが、おれとやるのは分が悪いぞ」

警告は無駄に終わった。カイルは口角を持ち上げたまま、腰の鎖に手を這わす。ヴィクターは予備動作を取らなかった。この程度の距離ならば一歩踏むだけで詰められる。こと膂力と脚力に関し、彼にはあらゆる常識が通じない。

それを教えてやるとしよう。

地面が爆ぜるほどの勢いで、巨体が動いた。

＊

軒先に布が積まれていて、それが機織り小屋だとすぐにわかった。

静句は中に駆け込む。暗かった。四つの織り機の影だけがかろうじて見える。

感じたのは、熱気とにおい。

火薬の熱さや血の臭気ではない。夜伽《よとぎ》を終えた寝具の中のような、むせ返りそうな空気。機織り小屋からも戦場からも絶対に漂うはずのないものだった。いやな予感がした。

「カーヤさん？」

呼びかけるが返事はなかった。繊維が飛散するためか、ほかの家と違い壁に大きめの窓がある。近づき、麻のカーテンを剝《は》ぐ。

月光が差し、そして、女たちが姿を現した。

一人が壁にもたれかかり、のけぞらせた顎を痙攣《けいれん》するように震わせている。二人目がその肩にすがりつき、胸にぎゅっと埋めた顔から低いあえぎを漏らしている。三人目は彼女の鼠径《そけい》部を枕《まくら》にして横たわり、一人目の腿に脚を絡め、いびつな三角形を結んでいる。全員が人の姿のまま犬のように息をし、トーガを大きくはだけ、肌を赤く火照《ほて》らせていた。

少し離れた場所には四人目が倒れており、流れるような黒髪が、汗だくの背中に張りついていた。

「……カーヤさん！」

駆け寄り、抱き起こす。焦点の合わぬ目がメイドを捉える。

「シズク……」

その声は助けを求めるたぐいのものではなく、とろけきった、饗宴《きょうえん》に誘い込もうとするような声だった。だが、静句はろくに聞いていなかった。カーヤの首筋に並んだ、二つの小さな傷痕《きずあと》に気を取られていた。

「あなた、好みね」

小屋の裏手から、聞き覚えのある女の声がした。

＊

狼が二匹、アリスの喉笛《のどぶえ》を狙ってくる。

どちらも体に赤い模様が入っていた。左右から飛び出し、ジグザグに走ってくる。照準が定まらぬよう訓練された動きだった。訓練されすぎていた。

銃士にとって、規則的に動く的ほど狙いやすいものはない。

両手で同時に抜き、同時に撃つ。神が定めた摂理のように、二匹の眼球が同時に潰れた。

一匹は弾が脳まで届いたらしく、疾走の勢いを残したまま地面を滑る。もう一匹は滑稽なダンスを踊ったあと道端に倒れ、ロンドンに転がる野良犬の死骸《しがい》と同じになった。

「たいしたことねーな」

弾丸を装塡《そうてん》し、アリスは散歩を再開する。襲撃の情報はもう回っているらしく、道は静まり返っていた。思いのほか対応が早い。

通り過ぎたある家は機織り小屋か何かだろうか、開けっぱなしの物置から棚に並んだ糸束が見える。別の家の庭には木彫りの羊が飾られていた。むしょうに腹が立ち、アリスはそれを蹴倒《けたお》した。クソどものくせに、いっちょまえに——

「んん?」

奇妙な生物が近づいてくる。

そいつもダンスを踊っていて、やたらとまぶしく、騒がしかった。炎をまとった獣人だ。ホイレンドルフの連中がつけ回っている赤い火ではない。化学燃料による青白い炎。獣人はふらふらとこちらに寄ってきて、数歩前で力尽きた。火のついた毛が大量に散り、冷めた地面の上でジュッと音を立てた。

アリスは仏頂面でそのショーを眺めていたが、闇の中から現れたもうひとりの姿を認めると、嬉《うれ》しそうに破顔した。

シルクハットに深緑のコート。アスコットタイに、うすら寒いハンサム顔。

「アレイスタァァァ・クロウリィィィ」

「おや、どうもこんばんは」

ロンドンの街角めいた気楽さで、男は帽子のつばを上げた。《夜宴《バンケット》》のメンバー。自称魔術師のクソ野郎。なるほど、こいつらも暴れだしたから人狼どもの逃げ足が速まったわけだ。

「獲物横取りすんじゃねーよ」

「やだな、先に着いたのは僕らですよ。ていうかよく来られましたね。分断させたと思ったんだけどなあ」

アレイスターは立ち止まる。コルト・サンダラーの射程の一歩外、計ったような正確さだった。報告によれば奴も飛び道具使い——指弾で、毒針やら鉛玉やら燃料入りのカプセルなんかを飛ばしてくるらしい。アリスはすでに銃を抜いているが、奴もポケットに手を入れている。目を細め、間合いを探る。

「あなた、好みね」

背後で声。視線を流すと、さっき羊を蹴倒した家の屋根の上に女が立っていた。焦げ茶《こ ちゃ》のロングヘア、はしたないドレス、かたわらに日傘——吸血鬼カーミラ。少女を見下ろし、煽情的《せんじょうてき》に笑っている。アリスもますます笑みを強めた。

「オレの銃も二丁だ。ちょうど数があったな」

本当は四丁だが、クソどもに教える義理はない。

素早く戦略を立てる。まずは吸血鬼からだ。魔術師の攻撃に対してはそこで燃え尽きてるデカブツを盾に使う。両手の指が引き鉄に触れると、カーミラも日傘に手をかけた。死骸がぷすぷすとくすぶり、不快な臭気を漂わせる。

アリスが動こうとした瞬間。

どかっ。

機織り小屋の壁をぶち破り、何かが飛び出した。

狼――ではなかった。黒いショートヘアが残像を引き、エプロンドレスの裾がはためく。剝ぎ取られた布が宙に舞い、奇妙な銃刀が月光を映した。

「……カァミラァァァァァ‼」

「……しぃずぅくぅぅぅぅぅ‼」

恋人を寝取った男と両親を殺した仇に同時に出会ったような顔で、馳井《はせい》静句が絶叫し。最高級のケーキと寄生虫入りスープを同時に出されたような顔で、カーミラも叫んだ。

静句はカーミラが立つ屋根を目指し、一直線に道を横断する。あっけにとられつつもアリスは好機を逃さなかった。駆け抜けるメイドの横顔を狙い、三発の弾丸を放つ。

「あぁ⁉」

だが、ふせがれた。

アリスが撃つと同時に。静句は自身の身長とほぼ同じ丈の銃刀を、身体の側面、右側の体軸に沿うようにぴたりと当てていた。アリスは一秒先の静句の位置を予測し、スカートで体が隠れていない上半身に的を絞り、最も命中率が高く、かつ最も深手を与えやすい中心線を狙って撃った。正確に放たれた弾丸は正確でありすぎたがゆえに、銃身と刀身に弾かれた。

銃士の心理を読みきった絶技――ではない。

逆だ。

静句はアリスを気にしていなかった。撃たれることすらどうでもよかった。武器を体に当てたのは、怪我を最小に抑えたいというただそれだけの理由で、多少の被弾は覚悟のうえだったのだろう。その証拠に、彼女はアリスに一瞥《いちべつ》すら投げない。ただまっすぐ、吸血鬼だけをにらんでいる。

カーミラも、静句だけをにらんでいた。

道を駆け抜けた女は跳躍し、藁葺き屋根に足をかける。待ち受ける女は傘の持ち手をひねり、仕込み剣を抜く。

二人の刃が交わった。

アリスは口を開けてそれを眺めた。銃撃を防がれた悔《くや》しさ、存在を無視された怒りよりも、あきれが勝っていた。

「……《鳥籠》の連中は全員イカれてんのかよ」

直後、父譲りの勘が閃《ひらめ》く。

振り向くと、アレイスターがコートから右手を抜いていた。パチン——指を鳴らす音と、銃声が同時に響き、それ以上何も起こらなかった。

エージェントの弾丸は、魔術師の親指が弾《はじ》いた礫《つぶて》を撃ち落としていた。

「うわぁすごい」

「よーし、まずはてめーからだ」

吸血鬼とメイドは放っておけば潰し合うだろう。アリスは愛銃をくるりと回した。最初の余裕はどこへやら、援護を失ったアレイスターにはあせりが見えた。

「僕とやるのは時間の無駄じゃないかなあ、怪物を殺しに来たんでしょ？　僕一応人間ですし、優先順位低めだと思いません？」

「てめーみてーなのは人間とは呼ばねーよ」

「そうそうあなたの相棒さん、あの怪力自慢の。さっき戦って倒したんですよ。まだ息があると思うから行って助けてあげたほうがいいんじゃないかな」

「ハッ。かますならもっとましなブラフにしろ低能」

実際、聞いた瞬間に嘘だとわかった。怪力自慢？　傑作だ。

「カイルはなあ……」

26　怪物のとりえ

みし、ぎぎぎぃ、ぼぎ。

生まれて半年足らずのヴィクターだが、この音ならよく知っている。何度も鳴らしたことがある。専門の演奏家だといってもいい。

しかしその音が、自分の体から聞こえたのは初めてだった。

気づいたときには、成人の腰回りほどもある左腕が、明後日《あさって》のほうへ曲がっている。尺骨の先が肘《ひじ》から飛び出し、裂けた縫合痕《こん》から紫色の血が染み出《しで》る。ヴィクターは信じられないという顔で、意志の通じなくなった腕を見つめた。

折れた。

いや、折られた。

保険機構のエージェントに。彼が操る銀色の蛇に。

「痛みを感じないってのは本当みたいね」

ヴィクターは右こぶしを握り、渾身《こんしん》の力で振るう。

カイルは鎖の先端を握り、ほんの少しの力で引く。

鉄扉を破砕し巨岩を貫き人狼の首をも小枝と化す、防御不能の一撃が、止まる。

腕に巻きついた鎖はたったの二本。だが、ちぎることができない。そもそも力を込められない。動かそうとしているのは腕なのに、軋《きし》むのは背骨と大腿骨《だいたい》だった。人体と物理を知り尽くした金属のあやとりが、運動エネルギーを完璧《かんぺき》に分散させている。

人造人間の巨体が、マリオネットになり果てている。

「反撃はそれだけ？　馬鹿みたい」

カイルが腕を振ると、鎖に波が伝わり、先端が意志を持った。じゃらじゃらという音は嘲り笑いのようだった。二匹の蛇がヴィクターの右脚に襲いかかり、膝裏で交差する。一匹がくるぶしに噛みつき、もう一匹は驚くべき精密さで右腕の仲間と連結する。対応はまるで間に合わない。

蛇の飼い主が腕を引くと、右脚が断末魔を叫び、いとも簡単にへし折れた。

ヴィクターは無様《ぶざま》に倒れ込む。カイルの靴が頭を踏む。

「意味がないわ。本当に意味がない。あんたも人狼も。あんたたちは機関車で、あたしは解体業者。理解できる？　バラす手順さえ知ってれば、ただの部品の集まり」

——見誤った。

この男は腕力家ではない。腕力を封じる専門家だった。

人狼たちは力任せに破壊されたのではなかった。磨き抜かれた技術によって、美しく丁寧に分解されたのだった。

鎖の尻尾《チェーンテイル》。

関節破壊のエキスパート《サブミッション》。

「無痛と怪力。とりえはそれだけ。馬鹿な木偶《でく》の坊《ぼう》。醜い怪物」

歌うような声が降る。じゃらじゃらじゃら。蛇たちが笑う。左脚に鎖が絡み、軋み、また折れた。これでどうあがいても立ち上がることは不可能となった。

残るは右腕と、首だけ。痛みはない。頰にくっつく地べたの冷たささえ彼は感じない。それでも首を折られれば、死体だったころに戻るだろう。

終わるのか。

半年生きて、ここで終わりか。こんなあっけなく、こんな相手に。

悔しさよりも虚《むな》しさが勝った。寝床で毛布を引き寄せる老人のように、ヴィクターは細い息を吐いた。カイルは四本の鎖を手元に戻し、残虐な勝者の笑みを浮かべる。右腕に狙いを定め——

青い塊が飛んできた。

何かと思った次の瞬間、塊は手足のばねを解放し、人の形を成している。両足で脇腹を蹴り抜かれ、カイルの巨体が吹き飛ばされる。

着地から少し遅れて、群青色のコートがはためいた。

「昼間の借りがあるからなあ」

真打津軽は満身創痍《そうい》のヴィクターを見下ろし、苦笑まじりにつぶやいた。

「ま、お返ししますよ」

＊

「……いっ……たいわねえ！」

カイルは身を起こし、闖入者《ちんにゅう》をにらむ。

ふざけた青髪、顔に走る青線、つぎはぎだらけのぼろコート。半人半鬼、真打津軽。見れば見るほど美学に反する。人造人間と友達のように話しているのも許しがたい。

「気をつけろ。そいつの鎖は……」

「見てました。宍戸梅軒《ししどばいけん》みたいな人ですね」

ウォームアップめいて、その場でぴょんぴょん跳ねる津軽。カイルも鎖の先端を回し、敵の接近に備える。両者の距離は十数メートル離れている。まったく、ずいぶん飛ばしてくれたじゃない。

津軽が駆けだす――と同時に。

カイルは鎖を一気に振るった。

数メートル先の地面がえぐれ、土煙が立つ。カイルは怪力馬鹿ではないが、かといって怪力を使わぬわけでもない。

視界がふさがれたことと、足を取られかねない障害ができたことで、半人半鬼の速度が緩んだ。

そこから先はもう、コックのジャガイモ剝きと同じだ。

体に染みついた作業。目をつぶったってできる手順。

左右の腕に操られ、四本の鎖が一斉に伸びる。一本目がたすき掛けに絡み、二本目は股《また》をくぐって背後から左腿に。津軽はたじろがず、さらに前進する。臆《おく》することなく接近すれば、鎖をたわませて抜け出す隙間を作ることができる。賢い選択だ。

だが、カイルはそれも読んでいる。

待ち受けていた残り二本が頭上から津軽に襲いかかる。生じた隙間が仇となった。精緻《せいち》を極めた先端操作によって、二本はすでに巻きついている鎖の内側を通り、強固な結び目が形成される。あとは鎖を引くだけだった。カイルに届く一歩手前で、敵は蛇ににらまれた。手も足も、もう動かない。

「ば、梅軒よりすごい」

津軽の顔にあせりが浮かぶ。バイケンというのが誰か知らないが、きっと鎖の達人なのだろう。カイルは笑った。

「不意打ち、悪手だったわね」

膂力のほどを知れたことで、結び目の強さを調整できた。

褐色の指先が鎖を手繰《たぐ》り分ける。一本目を引けば肩が外れる。二本目を引けば左脚が折れる。すばしこい敵だ、脚から行こう。

「はあい、さよな――」

側頭部で爆弾がはじけた。

クリケットのバットで振り抜かれたような、脳髄《のうずい》まで響く衝撃だった。思わず鎖を手放してしまう。わけがわからなかった。津軽は囚われたままだし、人造人間も無力化済みなのに。新たな敵？　必死に横を向き、攻撃の正体を確認する。

見えたのは、縫い跡だらけの巨大な拳。

人造人間ははるか遠くに倒れたままで――左腕が欠損していた。

「わるいな」

怪力と、無痛。

「これくらいしかとりえがないんだ」

唯一動く右腕で、折れた左腕を引きちぎり、投擲《とうてき》――

ぐちゅ。

股間《こかん》でいやな音が鳴り、思考が塗り潰された。

「おや」と、津軽の声。「ついてましたか」

「……ッ！」

脂汗を飛び散らし、カイルは身を屈めた。頭の位置が下がり、高身長の有利が消える。それを待っていたように。半人半鬼の後ろ回《まわ》し蹴《げ》りが、黒い禿頭《とくとう》を射抜いた。

気の毒なエージェントは蹴り飛ばされたきり、もう立ち上がらなかった。

鎖を肩に巻きつけたまま、津軽はちぎれたヴィクターの腕を拾い、こちらに歩いてきて手を振った。自分ではなくヴィクターの手を。

「どうも。文字どおりの手助けでしたね」

「やり返すチャンスと思っただけだ」

「そういやダイヤを返してもらうお約束でした。いいですか？」

「がめついな……」

右手でポケットを探り、預かっていたダイヤを返す。津軽は月に透かしてからそれをしまい、ヴィクターに目を戻す。

「大丈夫ですか」

「大丈夫そうに見えるか？」

「まあうちの師匠よりは」

笑えぬジョークのバリエーションならこいつらは世界一かもしれない。

「頼みがある。アレイスター・クロウリーを呼んできてくれないか。村の北側にいるはずだ。奴ならおれの手足を修理できる」

「あたくし顔を知りません」

「シルクハットに顎ひげのにやけた調子のいい男だ」

「胡散《うさん》くさそうな人ですね」

「おれはおまえに似てると思う」

津軽は思案するように顎を撫でた。

「タダってわけにゃどうも」

「タダじゃない。いま、おれが手助けしたろ。新たに貸しがひとつで、呼んでくれれば貸し借りなしだ」

「いえいえ、だってもともと敵同士でしょ。おたくはいま動けませんから、あたくしがここでぶっ殺してもいいわけだ。見逃す時点で手助け分の借りを返して、貸し借りなし。お仲間を呼んだらさらにこちらの貸しひとつ。こりゃ見返りをいただかなきゃ割が合わないなあ」

怪物は低くうめいた。口先では敵《かな》わない。

「どうしてほしいんだ」

「ちょいとお聞きしたいことが」

「情報か……。答えられる範囲でなら話す」

「旅行にゃ何人でいらっしゃいました？」

「おれ、アレイスター、カーミラ。教授とジャックは留守番だ」

「あらそうでしたか。教授たち、いまどこに隠れてんです？」

「それは言えない」

「じゃ、こっちを聞きます」ぐっと津軽の顔が近づき、「師匠の首から下ですけどね、まだ無事ですか？」

「……無事だ。教授が保管してる。仮死状態らしいが腐敗も劣化もないそうだし、体も切り刻まれたりはしてないはずだ」

「研究に使われてるって話でしたが」

「首の断面から抜いた血を分析してる程度だろう。そもそもメスで切ろうが注射針で刺そうが治っちまうんだからな、傷つけようがない。おれはそのへんはよく知らんが」

津軽はベンチから次の選手を選ぶように、視線を動かした。

「もうひとつ。ジャックさんて……」

「もう店じまいだ。早く行け」唯一動く右腕で、しっしっと追いやる。「ああそうだ、アレイスターに会ったら『アップルパイ』と言え」

「あっぷる?」

「おまえの言葉が本当かどうか向こうには判断できないだろ。こういうときのために決めておいた符丁だ。あいつの得意料理なんだ」

「洒落《しゃれ》たセンスをお持ちのようで」

肩をすくめてから、津軽は歩きだす。飄々《ひょうひょう》と揺れる背中。よく見るとコートにも髪にも血がついている。すでにどこかで一戦交えたのかもしれない。

「ロンドンだ」ヴィクターは馬鹿な気まぐれを起こした。「おれたちの拠点はロンドンにある。待っててやるから、取り戻しにこい」

津軽はひょいと振り向き、礼のかわりに笑顔を返した。

寝返りを打ち、ヴィクターは夜空を見上げる。村は戦の真っただ中で、一分おきに人が死に、家が次々燃えている。道端には手足のねじれた人狼たちと玉を潰された男が転がり、自分は両脚が折れたうえ、引きちぎった片腕から紫の体液が漏れ出ている。これ以上ないほど最悪な状況。

なのに不思議と、胃の不快感が消えていた。

27　静句とカーミラ

月光が降り注ぐ藁葺き屋根の上で、二人の女が対峙《たいじ》していた。

銃刀を構えた黒髪のメイドと、仕込み剣を抜いたドレスの令嬢。地上では刻々と戦火が広がり、銃声と悲鳴と遠吠えが響く。しかし二人には、もう何も聞こえていない。目の前の女しか見えていない。

カーミラは細く息を吸う。静句と戦うのは二度目だ。前回はただの人間の小娘、デザート代わりの餌《えさ》と侮っていた。あの武器『絶景《たちかげ》』も見かけ倒しだと思っていた。いまは違う。この娘は自分を傷つけた数少ない宿敵、今夜一番のごちそうだ。

たいらげるためには、戦略を立てる必要がある。

「ずいぶん怖い顔で走ってきたけど……あたしがつまんだ子たちの中に、お友達でもいたのかしら？」

カーミラは饒舌《じょうぜつ》に喋りだす。煽《あお》るためではなく、反応をうかがうためだった。

「大丈夫よ、血はちょっとずつしか吸ってないから。人狼の血を吸ったのって初めてだけど味は人間と変わらないのね。もうがっかり」

確認したいことがあった。

前回の戦いと異なる点が、実はもうひとつ。カーミラの媚毒についてだ。

最古参の吸血鬼であるカーミラの体液には、彼女だけが持つ固有の毒が含まれている。女たちから力と理性と反抗心を奪い去る媚毒。わずか数滴で作用を発揮する強力なものだが、この毒にはひとつだけ弱点があった。

一度克服すると免疫がつくのだ。

流感と同じで、二度目からは格段に効きが落ちる。長く口づけしたり全身を舐《な》め回したりしない限り、目に見えた効果が出なくなる。しもべを再び愛すときなら実際にそうすればいい。だが戦闘中ではそうもいかない。前回と同じような戦い方はもうできない。

問題は――静句がそれに、気づいているかどうか。

「でも面白かった。あの子たち媚毒をまぶしてもけっこう動くんだもの、攻めたり攻められたりしたのは久しぶり。人間の女の子ならぜんぜん動けなくなるはずなんだけど。ねえ静句、静句はよく知ってるわよね。あなたにもたっくさんまぶしたものね？」

銃刀を握った手に力がこもるが、静句の反応はそれだけだった。腹立たしいほどの無表情。やはり会話からは探れそうにない。

それでもカーミラは舌を回す。時間を稼ぎ、戦略を練る。

「こないだ戦ったあとはどうしたの？　何日も疼《うず》いてしかたなかったでしょう？　誰に慰めてもらったのかしら。うらやましいわぁ、本当はあたしがしてあげたかったのに」

媚毒を警戒しているか否か、確認するための方法は？　確実なのは静句に近づき、媚毒をまぶすふりをして反応を見ること。そもそも距離を取れば『絶景』の銃口に狙われる。カーミラにとっては近接戦が最善手だ。

だが裏を返せば、静句にとっては近接戦が悪手ということ。カーミラが近づけば距離を取ろうとするだろう。その場合、銃を撃つためと媚毒を避けるため、どちらの意図で離れたのか判別がつかず、媚毒を警戒しているという確証にはつながらない。

銃撃の選択肢を封じたうえで接近したい。

「そうだ。あの子たちもまだ満足してないはずだから、今日はみんなでしましょう。動けないあなたに五人で群がるのよ、興奮しない？」

『絶景』の小銃部分。ベースはおそらくスペンサー騎兵銃。前回は発砲後、レバーを引いて銃身を折り、薬莢の排出を行っていた。一発ごとに排莢《はいきょう》が必要なのだろう。

――一発、わざと撃たせる。

撃たせたあと、排莢の隙を与えずに接近する。

「あの子たちけっこううまいのよぉ。やっぱり犬だからかしら、舌でぺちゃぺちゃ舐めてきて……」

方針を決めた直後、静句が動いた。

初撃は予想よりはるかに大胆だった。『絶景』を両手で振りかぶり、真上から打ち込んでくる。

大振りなので対処も容易《たやす》い。カーミラは寝かせた剣を頭上にかざし、打ち込みを防いだ。静句は想定済みのように、そのままぐっと体重をかけてくる。

カーミラの両足が、屋根の中にめり込んだ。

「……ッ」

足場はもろい藁葺き。もとからこれが狙いか。

静句は『絶景』を短く持ち替え、踊るように身を回す。銀の刃が足首へ迫る。

カーミラは右足を振り上げた。

吸血鬼の脚力は足枷《あしかせ》をものともしなかった。どばっと周囲が持ち上がり、ひっくり返したテーブルめいて、藁と木材が夜空に舞う。

静句は後ろに飛びすさり、カーミラは家の中へ落下する。降り立った場所は暖炉《だんろ》の前だった。正面に開けっぱなしの戸口があり、静句の着地する姿が見えた。

距離は開けさせない。

カーミラは外に駆け出る。静句が繰り出してきた突きを刀身でいなした。刃は火花を散らしながら滑り、静句の持ち手の指を狙う。静句はそれを弾き、勢いを乗せたまま身を屈め、先ほどと同じように回る。地面すれすれを刃が駆ける。

カーミラは退かなかった。足刀の要領で右足を突き出す。

ハイヒールのトウとヒールの隙間が刃を捉え、『絶景』を地面に押さえつけた。わずかに動揺する静句。カーミラはさらに剣を振るう。

断たれたのは首ではなく、翻《ひるがえ》ったスカートの一部。

静句もまた退かなかった。素早く体を転がし、肩と頰を地面につける。押さえつけられた武器を動かそうとするのではなく、あえてその高さに目線を合わせ、引き鉄に指をかける。

右足に武器を踏まれたままでも、狙える場所がひとつだけある。

――まずい。

飛び上がった直後、左足のあった場所を銀の弾丸が通り過ぎた。

銃声の残響は夜をかき回すほかの音に吞まれ、すぐに消えた。弾は庭に転がっていた木彫りの羊に当たり、頭部を粉々に破砕した。カーミラは一歩後ろで構え直し、静句も素早く身を起こした。

「ずいぶんぬるぬる動くじゃない」

「知り合いの真似《まね》をしただけです」

カーミラは再び斬《き》りかかる。想定外ではあったが一発撃たせた。チャンスだ。静句は銃刀の刀部分で応戦。猛攻を受けつつ、じりじりと後退する。

真後ろには家の戸口があった。

気づいたときにはもう遅く、静句は中に踏み込んでいた。人がおらず、窓がなく、暖炉もついていない真っ暗な家の中に。

キイン、という音を最後に攻防が終わる。

静句は家の中で唯一、月光に照らされた場所——先ほどカーミラが壊した屋根の下まで飛びすさっており。カーミラは闇の中に佇《たたず》んだまま、会心の笑みを浮かべていた。

カーミラにとっては最高の、静句にとっては最悪の位置取りだった。静句は闇に囲まれており、その中にはカーミラが潜んでいる。暗闇《くらやみ》で人間が吸血鬼に勝てるはずもなく、静句は月光の下から一歩も動けない。銃を撃とうにも薬莢を排出する必要があり、敵の攻撃のタイミングがつかめぬ以上その余裕はない。対するカーミラは全方位から、いつでも獲物に襲いかかることができる。

さあて、どうするの？ カーミラは内心で嘲るように問いかけた。声は出さない。位置を知らせるような真似はしない。

静句は左右に目を走らせながら退がり、壁を背に立った。両手の間隔を縦に開き、『絶景』の銃床部を握ると——切っ先を下に向け、床につけた。

それきり動かなくなる。

「……？」

下段の構えとも違う。剣を突き立てた騎士めいた姿。降参の証《あかし》だろうか？

ともかくチャンスは続いている。

カーミラは右方向から襲いかかった。かっと牙を剝き、あえて顔を突き出すような前傾姿勢で、月光の下に踏み込む。

静句の両足が床を離れた。

壁を蹴り、突き立てた『絶景』を軸に華奢《きゃしゃ》な体が回転する。

カーミラの視界に飛び込んだのは、スカートの裏地と、裸のお尻《しり》と――一組の靴底。

両足で顔面を蹴り抜かれ、無敵の吸血鬼は壁際まで吹き飛ばされた。

うめいたカーミラの前を影が横切る。折れた鼻が癒えるころには、静句はもう外に出ていて、薬莢の排出を済ませていた。

「なぁんで下着つけてないのよ」

「言いたくありません」

屈辱的な蹴りを喰らっても、カーミラはまだ上機嫌だった。

いまの一撃は明らかに顔面を狙ったものだった。吸血鬼の接吻《せっぷん》を過度に恐れたものだった。そして隙があったにもかかわらず、敵は追撃よりも逃走を選んだ。

両者がともに「有利を得た」と思った。

静句は危機を脱出し、カーミラは疑念の確証をつかんだ。

――静句は媚毒を警戒している。

となれば、嬲《なぶ》りようはいくらでもある。

カーミラは剣の握り方を変えた。切っ先を斜め下に向け、前に突き出すように軽く構える。人間の貴族たちの決闘術に似たスタイル。静句の眉がぴくりと動く。

開いた距離が再び詰まった。

風にざわめく柳のように、刃と刃が連続して交わる。カーミラは静句の下半身を狙い、細かく剣撃を刻んでいった。媚毒を警戒中ということは、常に意識の一部をカーミラの唇に割いているということだ。腰から下を狙えば上下で注意が分散し、隙が増える。

狙いは当たった。静句は明らかに防戦一方になった。『絶景』を短く持って剣を受けつつ、また一歩ずつあとずさる。吸血鬼の刃はメイドのエプロンを何度もかすめ、スカートの裂け目を増やしていく。

月よりもまぶしい美脚が徐々に晒される。パリのカンカンショーでも眺めている気分になり、カーミラはぺろりと唇を舐めた。それが注意を引いたように、静句の防御に空隙《くうげき》が生じた。

体重を乗せ、突き込む。

静句は大きく後ろに跳び、機織り小屋のすぐ前で膝をついた。その太ももにすっと線が走り、カーミラが世界で一番好きな赤い液体がこぼれ落ちた。骨までは断てなかったようだが、もう素早くは動けまい。

「あたしの勝ちね」

吸血鬼が言うと、静句は顔を上げた。薄く汗のにじむ額。黒く冷たく燃えるまなざし。まだ、戦意を残している。

出血にはかまわず、東洋の女は立ち上がった。足を開き、ぐっと肩を張り――

そして、構えを変えた。

『絶景』を頭上に振りかぶり、武器の丈をめいっぱい使うように、銃床の最後部を両手で持つ。重心の置き方も変えたらしく、先ほどまでの身軽な印象が消え、華奢な体の足元にどっしりとした根が張った。

剣術とも槍術《そうじゅつ》とも違う、薙刀術《なぎなた》を思わせる構え。

「〝厳島《いつくしま》〟」

ぶおん、と風がうなった。

静句は振り上げた『絶景』をダイナミックに回し始めた。切っ先は半径二メートルの空間を薙《な》ぎ、地面をかすめ、また頭上へ。大きな8の字軌道を描きだす。一旋ごとに勢いが強まり、周囲の砂が舞い上がる。

カーミラにとっては笑い草だった。追い詰められた獣の最後の威嚇、腕を振り回す子どもと同じだ。間合いに入ることは容易い。

だが小生意気な静句のこと、敵の接近を待ちリズムの変則を狙っているかもしれない。カーミラはどんな不意打ちにも対応できるよう腋《わき》を締め、剣をぴたりと体につけた。ぶおん、ぶおん、ぶおん――いま。タイミングを見極め、駆けだす。

次の瞬間、
カーミラの視界が真っ白になった。

「……ッ⁉」

銃声。

右肩に衝撃が走り、無様に倒れ込む。

気づいたときには剣が地面に落ちていた。視界は戻っていて、馳井静句が零下の視線で吸血鬼を見下ろしていた。カーミラはすぐに何が起きたかを悟った。

「こっ、の、小娘っ……」

布だ。

『絶景』を包んでいた大きな白布。静句が突進してくるとき勢いよく剝がされ、機織り小屋の前に放置されていた布。

大振りの中に真意を隠し、敵が飛び込んでくると同時に、切っ先でその布を地面からすくい取った。舞い上がった布がカーミラの視界をふさぎ、静句はすぐさま『絶景』を引き戻し、そして撃った。

静句のほうからも相手の姿が隠れたため、致命傷は避けられたが——それでも、銀に体を貫かれた。ぷすぷすと焼《や》け焦《こ》げる右肩にはもう力が入らなかった。

「勝負ありです」

静句は薬莢を排出し、カーミラに銃口を向ける。カーミラは歯を喰いしばり、自慢の牙をぎしぎしと鳴らした。ありえない。人間ごときに、二度も不覚を……。

小娘の、構え。構えが変わったら要注意。前回と今回で痛いほどわかった。構えごとの特異な動きで敵を翻弄《ほんろう》し、隙を作り、銃撃につなげる、それがこの小娘の基本戦術なのだ。もう惑わされることはない。だが……今日のところは引くしかない。

カーミラは静句をにらむ。彼女の顔でも銃口でもなく、肩幅に開いた脚の間、その向こうを見た。脂汗を垂らしながら吸血鬼は笑った。

「決着は次に持ち越しましょう」

「いえ。今日ここで終わりです」

「念のため、かけといてよかったわ」

「……？」

「保険を」

八本の腕が、背後から静句につかみかかった。

連撃を受けた静句は、機織り小屋の前まで後退していた。

カーミラはそこにある布の存在を忘れていたが、静句もカーミラが放った戯言《ざれごと》を忘れていた。人狼の女たちは媚毒を喰らっても活発に動ける。吸われた血も少量で、まだ満足していない――

蜘蛛《くも》の正体はその娘たちだった。抵抗虚しく搦《から》め取《と》られ、静句は小屋の中に引きずり込まれる。四対一で不意打ちを喰らい、片脚も怪我した状態とあっては勝ち目がなかった。

取り上げられた『絶景』が小屋の外へ放られる。女たちの目は正気を散らしていた。両手両足をひとりずつに押さえられ、床に組み敷かれる。女たちの目は正気を散らしていた。特にカーミラを助けようとしたわけではなく、本能のままに新たな仲間を迎え入れようとしただけのようだが、だとすればなおさらまずい。

カーミラがつけた切れ目に沿って、スカートが破かれていく音がする。胸のボタンが弾け飛び、侵入した手がなまめかしく動きだす。

「離っ……」

せと言いかけ、気勢が削がれた。

女のひとりが自分を覗《のぞ》き込《こ》み、彼女の黒髪が頬に触れた。

カーヤだ。

「シズク」

美しく爛《ただ》れた顔が近づいてくる。ベッドで目覚めたときのあの近さを超え、さらに縮まり、そしてゼロになった。戦闘で高ぶっていた熱がそのままどっと別の炉に流れ込み、静句から平常心を奪ってゆく。だが頭では警鐘が鳴っていた。まずい。まずい。カーミラが来る。まだすぐそこにいる。いまあの女の毒を喰らったら――

何も起こらなかった。

視線だけを外に流す。肩を押さえて森に逃げ込む、吸血鬼の背中が見えた。

「……？」

這《は》い回《まわ》る手のひらが身体の芯《しん》へと近づいてゆく。静句は目を閉じて耐えつつ、敵の行動を考え始める。

奴は女を狂わせる毒を持っていて、口づけひとつで効果があって、私はいま身動きが取れない。ならば、まぶしていかない理由はない。ささやかな復讐とかなんとか称して。たとえ手負いでも致命傷ではないし、そのくらいの余裕と体力はあるはず。毒で抵抗を封じれば私を殺すのは簡単だし、血を吸うことだってできるだろう。

なのに、一目散に逃げる理由は？　まるで私に、もう毒が――

目を開いた。

なぜ思い至らなかったのだろう。免疫。抗体だ。あの媚毒は流感と同じ。もう自分には効かないのだ。

パズルのピースがはまる感覚と危機を脱した安堵によって、意図せず堰《せき》が崩れた。やっとのことで抜いた片手を静句は逃げることには使わず、ぎこちなくカーヤの背に回した。昨夜のように溺《おぼ》れ始める。冷水と激流ではなく、熱さと柔らかさの中で。

倒錯に身を溶かし女たちに呑まれながら。屈辱に顔を歪め夜の森を敗走しながら。両者はまた同じことを思った。

次は、仕留める。

＊

「な……なんだよ。なんだよこれ」

たくましい〈三本〉姿のまま、ヴェラは怯えた声を漏らす。

輪堂《りんどう》鴉夜は鳥籠の中からそれを確認し、疲労と納得を同時ににじませたような、白い息を吐《は》き出《だ》した。

「全部解けた。よし、行こう」

28　犯人の名前

「う、うう……」

黒い手で土を握りしめ、カイル・チェーンテイルは立ち上がった。股間はまだ痛むが、怒りがそれを打ち消していた。

「なめん、じゃない、わよ……」

ふらつきながら鎖を回収する。一本足りなかった。真打津軽が持っていったのかもしれない。追って殺さねば——いや、その前にあいつだ。カイルは人造人間のほうを向く。先ほどと同じ場所に、死体のように転がっていた。息を吹き返したカイルを見て、まずそうに顔を歪めている。

「醜いわね。ほんっと醜い。どいつもこいつも、みんなまとめて……」

譫言《うわごと》が途切れる。視界の隅《すみ》に何かがいた。

金の毛並みの狼が、一匹。

「なあに？　まだ残っ……」

赤い花が散った。

見えない力に引かれたように、カイルは再び倒れ込む。花はよく見ると血しぶきで、自分の喉から噴《ふ》き出《だ》していた。意識が急速にぼやけていく。人造人間の顔が驚愕に染まっており、何かすごいことが起きたらしい、ということだけがかろうじてわかる。

いつの間にか目の前に狼がいて、なんの感慨もなさそうな目でカイルを見下ろし、また消えた。

死の間際。

カイルはその獣を、美しい、と思った。

＊

スカしたシルクハットを撃ち抜く。

と同時に、アリスの頭からつば反り帽《キャトルマンハット》が吹き飛ばされた。

アリスはそれを無視したが、アレイスターは大慌てで自分の帽子を拾った。こんなときでもファッションにこだわるとは滑稽だった。足を狙い、もう一発撃ち込む。魔術師はバッタのように跳びのき、またパチンと指を鳴らす。アリスが身をひねると、真後ろの壁を鉛の礫が貫通した。

アレイスターは間近にあった井戸の後ろに駆け込み、アリスも道を挟んだ位置にある、荷車の裏に身を隠した。

「僕基本的に銃って好きじゃないんですけど、あなたの銃はいいですね！　すばらしく魔術的です」

「うっせーよクソ雑魚」

アリスの息は少しだけ切れていた。雑魚ではあるが、蠅《はえ》のようにしぶとい。

カーミラの援護が期待できぬことを察したあと。アレイスター・クロウリーはやって来た方向に踵を返し、アリスはそれを追い続けていた。

暗闇ではどちらも照準をうまく定められず、不毛な時間が続いたが、辿り着いたこの通りは明るかった。数軒の家が燃えているからだ。ホイレンドルフの連中はまだこちら側には来ていないはず、アレイスターが行きがけにつけた火だろう。熱が空気を対流させ、道には陽炎《かげろう》が揺らめいている。まるで西部の荒野のように。

「その銃コルト・サンダラーですか？」井戸の向こうから声がした。「このあたりには出回ってないから弾は持参ですね？　人狼ってまだ百匹近くいますよ。僕に使いすぎると残りを殺す分がなくなっちゃうと思いません？」

「安心しな、まだたっぷりある」

アリスは即座に言い返した。さっきからこんなやりとりばかりだ、奴はこっちの戦意を削ごうと必死らしい。

だが確かに、勝負を長引かせたくはなかった。こちらの残弾には限りがある一方、指弾使いには弾切れがない。そのあたりの石ころでも弾にできるからだ。撃ち合えば撃ち合うほどアリスにとっては不利になる。

荷車の端から顔を出し、井戸をうかがう。

「クソッ！」

頬を鉛の礫がかすめ、アリスは首をひっこめた。さらに指を鳴らす音が続き、荷車の側面が数ヵ所弾け飛ぶ。アレイスターは井戸の向こうで立ち上がり、こちらに親指を定めていた。

狙う立場がいつの間にか、狙われる立場に変わっている。舌打ちしつつコルト・サンダラーのシリンダーを開き、次弾を装塡する。できれば明るいこの場所で、無駄弾を使わず仕留めたいが——

ふと、あるものが目に入った。

シャベルだ。

アリスのすぐそばに転がっていた。戦乱のさなかで折れたのか、先端の鉄部分と長い柄の部分に分かれている。

先端部分を手に取り、土を払う。両手のひらを合わせたくらいの大きさなサイズ。文明度の低い人狼どもの道具だ、形もいびつで錆《さび》まみれだが、その分どっしりと分厚い。

「……あなたの銃は魔術的、ねえ」

二度、三度と木材が飛び散る。アレイスターからの攻撃はまだ続いている。

地べたに座り、荷車に背をつけたまま。アリスは右手に愛銃を構え、左手にシャベルの先端を持った。さきほど確認した敵の立ち位置を反芻《はんすう》し、距離と角度と計算し、残りのすべてを勘に委《ゆだ》ねる。

シャベルの先端を真上に放った。

極限まで集中した脳に、シャベルはゆっくりと動いて見えた。アリスの手を離れ、無回転のまま上昇し、荷車の高さを超える。

シャベルに銃を向け、引き鉄を引く。

弾丸は湾曲した鉄の中心に当たり、火花を散らし、九十度はね返った。そうして生じた跳弾が、アリスの真後ろ、視界の外——井戸のほうへ飛んでゆく。

当たった、と勘が囁いた。跳弾に肺を貫かれる魔術師の姿がはっきりと見えた。

そのイメージをなぞるように、無様なうめきと倒れ込む音が聞こえる。

どす、とシャベルが地面に突き刺さったあと、銃士は悠々と立ち上がった。

井戸の後ろから、シルクハットにコートの男の、突っ伏した上半身がはみ出していた。

その背を狙いさらに二発、続けて撃つ。完全に絶命させてから、アリスは嘲るように尋ねた。

「よう、どうだ？　魔術的だったか？」

銃をホルスターに収め、井戸に近づいていく。

父に見せてやりたくなるような西部流のやり方、正々堂々の不意打ちだった。ついでにもうひとつ流儀に倣《なら》い、敵から残弾を拝借していくことにする。奴の毒針は人狼相手にも役立ちそうだ。

道の真ん中に、先ほど飛ばされたつば反り帽《キャトルマンハット》が落ちていた。アリスは髪をかき上げ、拾うために屈んだ。

帽子に指をかけたとたん、体が動かなくなった。

「……あ？」

そのまま転倒する。

麻痺《まひ》した手で頭部を探ると、耳たぶに小さな針が刺さっていた。必死に首を動かし、井戸をにらむ。

帽子とコートを脱いだアレイスター・クロウリーが、爽《さわ》やかに少女を見下ろしていた。生き返った、わけではない。井戸のそばにはまだ死体が突っ伏している。アレイスターはその死体から、うやうやしくシルクハットを取る。

帽子の下から現れたのは、顔に赤い刺青を入れた、人間の姿の若い人狼だった。額にはアレイスターの毒針が刺さっていて、死後しばらく経《た》っていることがわかった。

「て、めえ」

「ご安心を、すぐには死にませんよ。毒を弱めにしておきました。たぶんカーミラさんがいたぶりたがるので」

クソッ……とうめく。

敵へではなく、自分への悪態《あくたい》だった。

騙《だま》し討《う》ちの裏をかかれた。父譲りの勘が破れた。いや違う、奴の運がよかっただけだ。たまたま死体が井戸の後ろにあったから。陽炎のせいで地面に倒れた男の様子がちゃんと見えなかったから。アリスが帽子を取ろうと身を屈め、井戸から目を切ってしまったから。それら偶然が重なって――

シルクハット。

近づいてくる男の帽子を見た瞬間、アリスの中に疑念が生じた。

ここへ逃げてきたのは？　アレイスターだ。アリスは彼を追いかけて、この場所へ辿り着いただけだ。

残弾数に言及したのは？　アレイスターだ。それを聞いたアリスは長期戦を避けたがり、この場所での決着を急いだ。

家に火をつけたのは？　率先して井戸に隠れたのは？　アリスの帽子を弾き飛ばしたの

は？　全部全部、アレイスターだ。

ここは奴が通ってきた道。奴はここにちょうどよい井戸があることも、その後ろにちょうどよい死体があることも、ちょうどよい陽炎が立っていることも知っていた。荷車の後ろに折れたシャベルが転がっていることすら、知っていたかもしれない。

そして奴は戦闘のさなか、大慌てでシルクハットを拾った。

死体の顔を帽子で隠すつもりだったから。

あのときから、自分は糸に引かれていたのではないか。いやもっと前、情けない台詞《せりふ》や見え見えのブラフを笑い飛ばしていたときから、ずっと――

「詐欺師《さぎし》が」

遠のく意識を振り絞り、かすれ声を出す。

アレイスター・クロウリーは友人にでもからかわれたように、「やだなあ」と笑った。

「魔術師と呼んでください」

＊

アレイスターが先ほどの場所に戻ってくると、カーミラと馳井静句の姿はなく、戦闘の跡だけが残っていた。死体がないなら引き分けたかな、などと考えながら通りを進む。

村の中心部からは派手な戦乱が聞こえてくるが、このあたりにはもうひとけがない。口笛で『リンカンシャーの密猟者』を奏《かな》でる。少年時代に好きだった曲だ。土の道を踏んでいると、ロンドンの貧民街《イーストエンド》での暮らしを思い出した。かび臭いアパートメントの仲間たち。フーさんに、ブース、それから――

道の向こうから男が歩いてきた。

青髪につぎはぎだらけのコート。右肩にはなぜか銀の鎖。間近で出会うのは初めてだった。アレイスターはポケットに手を入れかけたが、相手に殺気のなさを認め、やめた。

真打津軽はひょいと手を上げ、声をかけてくる。

「こんばんは」

「どうも、こんばんは」

「アレイスターさんですか」

「ええ」

「そいつぁよかった。ヴィクターさんが助けを呼んでますよ。村の南西らへんです。アップルパイはあたくしも好きです」

「ああ、そうでしたか。それはどうもご親切に」

「いえいえ、どういたしまして」

芸人と魔術師は会釈し合い、すれ違う。

数歩進んでから、津軽がアレイスターを呼び止めた。

「ひとつお聞きしてもいいですか」

「なんでしょう?」

「おたくにジャックさんっていますよね。モリアーティ教授のお弟子さん」

「いますね」

「あの人、本当にお弟子さんですか?」

アレイスターは振り返り、津軽を見つめた。三流ホテルの掃除係のような微笑み。アレイスターも口角を崩さなかった。

「どういう意味です?」

津軽の目が二分の一ミリだけ細められ、それから彼は肩をすくめた。

「いえ、なんでもないです」

「そうですか。それじゃ、いい夜を」

「ええ、そちらも」

＊

言伝《ことづて》を済ませ暇になった津軽は、夜の散歩を続ける。

師匠か静句と落ち合いたいが、どこに行けばいいだろう？　合流地点を決めときゃよかった。まあぶらぶらしてりゃ会えるだろう、などと気楽なことを考えつつ、歩く。一歩ごとにちゃらちゃらと、右肩に巻いた鎖が鳴る。またぞろ人狼を相手取るならあったほうが便利かと思い一本かっぱらってきたのだが、出くわすのは死体ばかりで、生きた人狼の姿はない。

首をそらし、満月へ向かってあくびを放《ほう》る。早起きしたので眠くなってきた。いっそここで寝転んでやろうか、昨日の廊下よりゃまだ地べたのほうが――

「おや」

見覚えのある武器が転がっていた。

静句の銃刀、『絶景《たちかげ》』だ。近くに包み布も落ちている。周囲には戦闘の痕跡があり、まだ新しい血がぽつぽつと、すぐそばの小屋へ続いている。

その中から、静句の声が聞こえた。

意味のある言葉ではなく、鼻にかかったようなくぐもり声。

壁にあけられていた穴から中を覗いてみる。

床で何か動いていたが、暗くて直接は見えなかった。月光が照らした壁に、影絵のように映るその形だけがかろうじて見えた。饅頭《まんじゅう》めいて盛り上がった、でこぼこした塊である。形はひっきりなしに変わり判然としない。獲物を咀嚼《そしゃく》する怪物のように、もぞもぞと蠢き続けている。

またくぐもった声がして、塊の中から人影が伸び上がった。

女の横顔だった。ぐっと背筋を反っており、一拍遅れて短い髪がふわりと舞い、二つの胸が弾むように揺れた。一緒に飛び散った細かい影は汗だろうか。その女を追って、床から別の女たちの影が伸びる。影は女の首に、胸に、腰に一体化し、彼女の体を引き戻し、またよくわからない塊に戻った。ぐにゃぐにゃと咀嚼が続く。

やがて少しだけ動きが弱まり、今度は上でなく真横から、髪の短い女の影が這い出た。よろけつつも立ち上がった彼女は、実像となって小屋の外に出てきた。

馳井静句だった。

津軽が運んだメイド服はどこかへやってしまったらしい。布一枚まとっておらず、片脚からは血を流している。だいぶ消耗したと見え、彼女は二、三歩進んでからごろりと地べたに倒れ込んだ。艶めくあれこれを月下に晒し、ハアハアと息を整え——津軽の存在に気づく。

「なんてことすんですか!」

琉球風《りゅうきゅうふう》の蹴りで寝たまま股間を狙われた。津軽は悲鳴を上げた。

「コートを」

追いはぎでももう少し紳士的だと思う。とはいえ目のやり場に困るため、脱いで渡してやった。ついでに手を貸して立たせる。静句は群青色のコートを羽織《はお》り、裾を勝手にびりびりちぎり、脚の傷に巻き始めた。……別に、いいけど。

「よく申すじゃないですが笑う門にはなんとやらって。笑わないから服が逃げてっちゃうんですよ」

「黙りなさい」

「カーミラですか」

「逃がしましたが肩を射抜きました。毒は喰らってません」

「喰らってないのにまぐわってたんですか」

にらまれた。まあいろいろあったのだろう。

シズク――と小屋から声。津軽も見知った人狼の娘、カーヤが穴にしなだれかかっていた。静句は誠意を込めて返す。

「カーヤさん……すみません、私は行かないと。すべて終えたら戻ってきます」

「村を」譫言の奥に、振り絞った理性が見えた。「みんなを助けて」

「……大丈夫、救います」

カーヤは安堵したように目をつぶり、穴の向こうにずり落ちていった。静句はそれを見届けてから、自らの両頬《りょうほお》をはたいた。津軽と歩きだすころにはいつもの冷たさを取り戻していた。

「状況は」

「しっちゃかめっちゃかってとこです」

「あなたの周りはいつもそうでしょう」

「村同士はやり合ってますがまだ大戦《おおいくさ》にゃなってません。ロイズは片方落としました。《夜宴《バンケット》》はヴィクターさんがやられてて、カーミラも手負いってならまあほっといてよさそうです。ところで師匠は？」

「ここだよ」

涼やかな声。分かれ道の先から、鴉夜を抱《かか》えたヴェラが出てきた。赤毛の少女は津軽を見て、幽霊に出くわしたような顔をした。

「ギュ、ギュンターたちは……」

「殺しちゃいませんご安心を」

ますます眉をひん曲げるヴェラ。津軽は鳥籠に目を移す。

「ご無事で何よりです。で師匠、確認ってのは済みましたか」

「済んだ」

「そいじゃ謎解《なぞと》きと洒落込みましょう」

「それはヴェラ君と静句とで行く。おまえは別行動だ」

鴉夜はまた指示を出す。先ほどにもまして面倒極まりない頼みごとだった。

「それ、どうしてもやんなきゃ駄目ですか」

「おとなしく捕まってくれるとは限らないからな。具体的なやり方はおまえに任せる」

「一席演《や》って笑い転がすってなどうでしょう」

「絶対に失敗するからそれ以外の方法で頼む」

まったくもう、弟子使いが荒いんだから……手短な打ち合わせのあと、鴉夜たちは祭壇のある広場へ向かい、津軽はぶつくさ言いながら離脱した。必要なものを集めるために、再び村を歩き始める。

手綱はこの鎖で間に合うから、まずは蠟燭か。なるべくたくさん……この村にはどのくらい貯蔵されているだろうか。

*

祭壇の上で、毛を逆立てた怪物が揺れている。

不規則に積まれた丸太の法廷、放置された〈羊の櫓〉だ。咎人《とがびと》を喰い損《そこ》ねた裁定者は、新たな獲物を探すように左右に首を振り回し、いまにも倒れそうになりながら危ういバランスを保《たも》っている。

村の西側は昼のように明るい。炎上する家々の明るさだった。この村では鳴るはずのない靴音を鳴らし、松明を掲げた人間たちが広場に踏み入ってくる。火をつけ、突き刺し、怒りをぶちまけながら、彼らはここまで進軍した。それでもまだ満腹にはほど遠い。飢えた瞳には炎が映っている。

村の東側は依然として暗い。悲鳴も怒号も火の爆ぜる音も聞こえない、夜本来の静寂。その黒布に針で穴をあけたように、小さな光がずらりと並んでいる。光はどれも二つで一組だった。襲撃者たちから逃れ続け、彼らはここに集まった。撤退のためではなく総攻撃を仕掛けるために。その全員がひ弱な人間の姿を捨て、獣人か狼の姿を取っていた。

〈櫓〉が揺れる。

どちらの勢力も傷つき、血を流し、仲間は二割ほど減っていた。保険機構と自警団という互いの主戦力も失っている。だからこそ止まれないと誰もが思っている。犠牲に報いる手段は敵を滅ぼす以外ない。

人狼たちは突進のための前傾姿勢を取る。人間たちも武器を構え、一歩前に進み出る。何人かあとずさった者もいた。それはたとえば、首から聴診器を提げた初老の男だった。だが、もう誰も彼を気にしない。彼らには目の前の敵しか見えない。

〈櫓〉が揺れる。

人狼は逆らってはならない存在だと教え込まれてきた。人間から身を隠しひっそりと生きるのが村の掟だった。

いまは違う。

捕食者に怯えずに済む日々と、害獣駆除という人の摂理と、喰われた娘たちの復讐のために。

干渉されない静穏な暮らしと、外敵排除という獣の本能と、撃たれた娘たちの復讐のために。

〈櫓〉が揺れ――ふいに、崩れ落ちた。

耳障《みみざわ》りな音を立て木材が散らばる。広場の中央から視界を妨げていたものが消え失《う》せる。均衡が破れた。人間たちの目は人狼を捉え、人狼たちの目も人間を捉えた。両方が怪物の姿を見た。誰かが何かを叫び、全員が呼応した。五本の指が武器を握りしめ、四本の爪が地を踏みしめる。狂気が広場を包み、そして――

「そこまで」

そして、涼やかな声が響いた。

裁定者が消えた祭壇の上に、新たな人影が現れていた。東洋の女と、赤毛の娘と、鳥籠に入った少女の生首が。

その異形に戸惑ったように、怪物たちの気勢が落ちた。

「間に合ったかな」

「そのようです」

「ぎ、ギリギリだよギリギリ」

「ヴェラ、そこで何してる!?　こっちに来なさい」

「探偵……何しに来やがった？　あんたはもう用済みだ」「すっこんでろ！」「そうだ」

両陣営から声が上がる。輪堂鴉夜は動じずに、肺のない体で大きく息を吸った。

「何をしに来たかといえば、この戦を止めに来ました。それに用済みじゃありませんよ、むしろここからが仕事です。私はホイレンドルフで連続殺人の解決を依頼され、ここヴォルフィンヘーレでも同じく依頼を受けました。二つの村を調査した結果、どちらの事件も犯人がわかったので、お伝えしに来ました。時間がかかったことに関しては謝罪しますが、でもまあ……」

「いまさら謎解きなんていらねえ！」人間側から声。グスタフだった。「人狼どもを全員殺しゃ、事件は終わる」

「いいや聞いたほうがいい。たぶん犯人を知れば殺し合う気もなくなるだろうからね。人間たちも、人狼たちも」

余裕ある物言いにたじろぐグスタフ。代わりに長い白髪の老人――ホルガー村長が一歩前に出た。

「犯人は、アルマじゃないのか」

「違います」

「じゃあ、誰が……」

「すべてはたったひとりのしわざです。いや二人？　三人かな。説明するより本人に出てきてもらったほうが早いですね」

鴉夜は広場全体へ声を張った。

「見ているんだろう？　こんな面白い笑劇《ファルス》、見逃す手はないものね。出てきてくれ。もう君の目的は充分果たしたはずだ」

松明の爆ぜる音だけが広場を満たす。十秒が経ち、二十秒が経つ。

群衆がふと気づくと──祭壇の上に、一匹の狼が出現していた。

胴にまとったのはヴォルフィンヘーレ製のトーガ。美しく光る金色《こんじき》の毛並み。周囲を軽く見回すと、狼は小柄《こがら》な人影に変わった。

両陣営が大きくどよめいた。単純な驚きではなく、絶対にありえないものを見たことによる恐怖のどよめきだった。すべてが崩れ去る中、月と探偵だけが変わりなかった。

鴉夜は穏やかに答えを告げた。

「ご紹介しましょう。ホイレンドルフのルイーゼさん、またの名を、ヴォルフィンヘーレのノラさん、またの名を、ユッテさんです」

29　月下の推理

「ノラ……ノラ⁉　嘘だ、なんで？」

「ルイーゼ⁉　そんな、馬鹿な……」

人狼たちと人間たちの声が重なる。

現れた少女――小麦色の豊かな髪と翡翠色の瞳を持ち、小柄ながら大人びた雰囲気をまとう十二歳の少女は、退屈そうに鳥籠を見た。

「出てきたらこうなるだろうって思ってた。こんばんは、アヤ。ちゃんと話すのは初めてね。ヴェラとシズクは……一日ぶり」

声にわずかな気まずさがこもる。ヴェラはあごが外れそうになっており、静句は鳥籠を落とさぬようにするだけで精一杯だった。

「私も会えて光栄だよ」と、鴉夜。「どの名前で呼べばいい？　ユッテさんかな」

「ノラでいい。自分でつけた名前で、気に入ってるの」

「ではそうしよう」

「どういうことだ！　おい、説明しろ！　なんだこりゃ！」

先ほど解決を拒絶したはずのグスタフが、しどろもどろで叫ぶ。

「どうもこうも見てのとおりさ。人間村の事件も人狼村の事件もすべて彼女のしわざだ。君の娘さんは偽者と入れ替わっていたんだよ。おそらく一年半前に」

「い、いちねん……？」

「全部ばれてるのね」少女は肩をすくめた。「いつから気づいてたの」

「ルイーゼの部屋のドアを開けた瞬間から」

「……馬鹿みたい。それだけでわかるわけない」

「いいや、君はいくつもミスを犯していた。じゃあ一から説明しようか」

九百六十三歳の少女は舞台を見回す。

一段高い祭壇と、〈櫓〉の残骸が散った広場。観客は人間と人狼、書き割りは夜空、照明は月と、燃える家。

上々だ、と判断したように涼やかな笑みがこぼれ。

そして彼女は、謎解きを始めた。

「さて、まずホイレンドルフの事件から。二日前の晩、猟師のグスタフ君の家に人狼が侵入し、ルイーゼという少女が誘拐されました。私は侵入経路と逃走経路を絞ることから始めました。犯人はどこからルイーゼの部屋に入り、どこから出ていったのか？」

鴉夜はよく通る声で、群衆に語りかけるように話す。

「逃走経路については一目瞭然《いちもくりょうぜん》でした。窓からです。ドアの正面にある窓が、部屋の内側から破壊されていました。両親がドア越しにガラスの割れる音を聞いたことから、犯人が暴れる最中に壊したこともわかっています。ほかにあの部屋で出入り可能なルートはドア、煙突、左の窓の三ヵ所ですが、ドアの前には両親がいたし、屋根の上に煤《すす》の足跡はなかった。左の窓にも内側から鍵《かぎ》が。とするとやはり壊れた窓しか残らない。厳密に考えても犯人があの窓から逃げたことは明白です」

「そんなこと誰でもわかる！」猟師がいらだちをぶつけた。「それがなんだってんだ！」

「何かって？　大問題なんだよグスタフ君。部屋に入った瞬間、私はこう考えたんだ——人狼はこの窓を、どうやって通り抜けたのだろうと」

グスタフは「どうって……」と言いかけ、それきり押し黙ってしまった。

「静句、おまえもあの窓を外から見ただろう？　どんな状態だったか覚えているかな」

「……長方形のはめ殺し窓でした。縦一メートル、横七十センチほど。下辺の位置は床から一メートル程度の高さにありました。内枠ごと部屋の中から窓が割られ、外枠に沿ってギザギザのガラス片が残っていました」

「写真のように正確だ、ありがとう。さて！」

唯一動く首関節をぐるりと回し、鴉夜は広場全体を見た。

「その窓から人狼が出ていったとします。人狼は獣人、人、狼、三つの姿に変身できます。どの姿で出たかを考えましょう。獣人？　ありえませんね。足跡の大きさから、獣人時の犯人はかなりの巨体であることが明らかです。あの窓の穴は小さすぎて通れません。では人？　これもありえない。窓の下辺は床から一メートル上、大人のへそに相当する高さにあり、窓枠にガラス片までくっついていたんですよ。みなさん、数秒の間に痕跡を残さずそれをまたぎ越せますか？　普通の人間には無理です。よほど股下《またした》が長ければ可能かもしれませんが、その場合身長も高くなるはずで、獣人と同じく穴自体を通れなくなるでしょう。周囲の家具はすべて壊され、踏み台になりそうなものもありませんでした。とすれば、人の姿で通ったのでもない」

鴉夜はホイレンドルフ陣営の、ぜえぜえと息荒い男に焦点を合わせる。

「これらのことの傍証としては――事件直後、グスタフ君の取った行動が挙げられます。部屋に入り、壊れた窓を見て、娘が誘拐されたとわかった。その直後彼はどうしたか？　玄関側に戻ったんですよ。犯人を追うなら目の前の窓を通ったほうが何倍も速いのに、わざわざ外を回り込んだんです。窓が通り抜けられるような状態じゃないと、無意識に直感したからです」

グスタフの息がさらに荒ぶり、群衆のやや後ろに控えていたハイネマン医師が、あっと口を開けた。

事件の夜、医師は玄関の前に立ち尽くしていて、戻ってきた猟師に「何が起きたんだ」と尋ねたのだという。見逃していた違和感へ対する後悔のようなものが彼の顔に浮かんでいた。

鴉夜は本筋へ戻る。

「獣人でも人間でもあの窓は通れません。では狼なら？　これなら簡単ですね、ぴょんとひとっ跳びして窓を通り抜ければいい。暖炉前にあった足跡から、狼時の犯人はかなり小さいことが推測できますし、人狼ならば脚力も充分でしょう。犯人は狼の姿で出ていった。そうとしか考えられません。……しかしですね、忘れてはならないのは、これは誘拐事件だということです。犯人は少女を連れ去っています。ねえみなさん、狼の姿でどうやって連れ去ったんでしょう？」

投げかけた疑問は広場に浸透し、事情を知らない人狼たちもざわめき始めた。

「人狼のみなさんならよくご存じのはずですね。何かを運ぶとき、狼の姿のまま可能な運搬法はひとつしかありません。口にくわえることです。十二歳の女の子を口にくわえて、七十センチ幅の穴を通れますかね？　いくらあごが強くても物理的に無理でしょう、女の子の体がつっかえます。服などを噛んで窓から引きずり出したとしたら？　しかし窓枠にはぐるりとガラスが残っていました。何かを引きずり出したなら、こすれた部分のガラスがなくなっていなければおかしい。では、事前にルイーゼだけを外に放り投げ、自分はあとから出るという方法ならどうでしょう？　いけそうですが、これも否定できます。なぜなら両親が『ドアを破る直前まで、ドアのすぐ向こうからルイーゼの声が聞こえた』と証言したからです。君は演出に凝《こ》りすぎたんだ」

最後の一言は犯人自身へ向けたものだった。少女は表情を変えず、じっと推理に聞き入っている。

「獣人の姿では穴を通れず、人間の姿では窓枠をまたげず、狼の姿では少女を運び出すことができません。こうして奇妙な事実が導き出せました。あの部屋からは一匹の狼しか逃げていない。しかし部屋からは少女が消えている」

矛盾ですね、とだけ言い添え、鴉夜は次の検討に移る。

「続いて侵入経路について。やはりルートを絞りながら考えましょう。ルートの候補はドア、煙突、左の窓の三つ。ドアと窓には内鍵が。ドアの外にはずっと母親がいましたし、窓をこっそりルイーゼに開けてもらうとしても、鍵の位置は大人の目の高さなので、車椅子の女の子では手を伸ばしても届きません。とすると、残るは煙突だけ。実際足跡は暖炉の中から延びていました。

ところが、暖炉を覗いてみると面白いことがわかりました。暖炉内には灰と煤が積もっており、確かに踏み荒らされていましたが、暖炉周辺の床に灰はまるで散っていなかったのです。暖炉の内壁すら汚れていませんでした。私は手で触ってそれを確認しました。いえまあ、ご覧のとおり私自身には手がないんですが、弟子に両手を見せてもらいましてね。直前に内壁に両手をついたはずなのに、弟子の手のひらは綺麗《きれい》でした」

現場検証に居合わせたハイネマンが首をひねった。確かにそんなやりとりがあったが――と言いたげに。

「私は侵入の瞬間を想像してみました。煙突から飛び下り、暖炉に着地する狼――そのときどんなに静かに降り立ったとしても、灰を一欠片も散らさないなんてことが可能だろうか？　で、念のため実験をしました。静句に煙突から枕を落としてもらったんです。小さな枕でしたが、盛大に灰が飛び散りましたよ。やはり何かがあの煙突を落下すれば、どうしても灰が散るはずなんです。しかし暖炉の周りは綺麗だった。ならば人狼は煙突からも入っていません」

三つあったルートが、すべて否定された。

「したがってこう考えざるをえません。人狼はどこからも侵入していない。誰もあの部屋に入れたはずがないんです。なのに部屋には人狼が現れている」

群衆の中の幾人かがそれらの意味することに気づき、さざ波が起きた。

涼やかな声が舵《かじ》を取る。

「では、検討の結果をまとめましょう。あの部屋には誰も侵入しておらず、窓からは一匹の狼しか逃げていない。しかし部屋には人狼が現れ、少女が姿を消している。これらの前提から論理的に導ける答えはひとつだけです。ルイーゼ自身が人狼だった。誘拐事件は彼女の自作自演です」

どさ、と広場の西側で音が鳴った。母親のデボラが膝をついた音だった。

鴉夜はさらに続ける。

「だとすると。暖炉の前に足跡をつけたのも、部屋で暴れ回ったのも、ルイーゼ自身だということになります。さらに部屋につけられた歯形は一連の事件のものと一致しました。ならば、ほかの少女たちを殺した犯人もルイーゼですね。しかしこのルイーゼが本人だとは思えませんでした。本物のルイーゼは生まれつき足が悪いからです。もしルイーゼが人狼だったなら、狼に変身しても後ろ脚二本が動かないはずで、窓を飛び越えて森へ逃げたりなんてできるはずがない。結論。ルイーゼは偽者で、彼女とよく似た人狼がすり替わっていた。おそらくは事件が始まった一年以上前から。現場検証を終えた時点で、ひとまずここまではわかりました」

静句は思い出す。

鴉夜と津軽が部屋を出ようとしたとき。グスタフが、ルイーゼは無事だと思うかと尋ねた。鴉夜は迷いなく「残念ながらもう殺されている」と答えた。

あの時点で、ルイーゼが偽者だと気づいていたからだ。すり替わったのは一年以上前で、本物はとっくに殺されているはず……という意味だったのだ。

「部屋を見ただけで、本当にそこまで？」

ようやくノラが口を開いた。

「まあね。でも偽ルイーゼの正体まではわからなかった。見当がついたのはそのあとだ。村を回るにつれ、ユッテという人狼の女の子がルイーゼとよく似ていたことを知った。髪色も年齢もほぼ同じで、顔立ちも『母親が見間違えた』という話が通用するくらいそっくりだったらしい。で、私はユッテが偽ルイーゼだろうと思った。八年前に死んだという話だったが、焼け跡から発見されたのは小さな獣の焼死体だけで、はっきり本人とは確認されてない。たぶんどこかで生きており、村に戻ってきたのだろう。ルイーゼは部屋にこもりきりで、外出時もひとりきりになったことはないが、一年半前に一時的に行方不明になったことがあるという。そのときユッテと入れ替わったに違いない……。これが昨日の夜の時点で私が考えていたこと」

ハイネマン宅でのティータイム中、鴉夜はルイーゼの迷子事件について尋ね、「声も出せないほど怯えてたでしょう」「早く家に帰りたがったのでは」などと、変に決めつけた相槌《あいづち》を打っていた。村医者はそれを面白がっていたが、入れ替わりを見抜いたうえでの発言だったのだ。

さて——と、鴉夜はまた群衆に目を向ける。

「その夜、ホイレンドルフに人狼が現れました。絵描きのアルマが変身したように見えました。でも私には、人狼の正体がアルマじゃなく偽ルイーゼだとすぐにわかりました。津軽の脚につけられた歯形が偽ルイーゼのものと一致したからです」

「アルマじゃなかったって？」

しわがれ声が聞き返した。ホルガー村長だ。

「そうですよ。誰もアルマが変身する瞬間は見てないでしょ？　私たちが見たのはカーテン越しのシルエットだけだし、聞いた声はかろうじて女性とわかるうなり声だけ。現れた探偵を懸念して偽ルイーゼが一芝居打ったんです。本物のアルマは人狼なんかじゃなく、普通の人間の絵描きでした。彼女は人知れず殺され、死体は隠されていました。あとで話しますが、今日それを見つけましたよ」

「あの人には本当に悪いことをした」ノラがぼそりと言った。「あの人だけは、なんの罪もなかった」

「アルマの小屋を調べると傍証も複数見つかりました。たとえば破れた衣服。獣人に変身する際破れたように見えますが、彼女が顔につけていた眼鏡と髪を結わえる紐はどこにもなかった。獣人は眼鏡なんてかけていなかったのに、消えているのは変ですね。もうひとつ、アルマはルイーゼを『さらってすぐ食べた』と言い、確かに地下室が血まみれでした。が、床にデッサン用の木炭の欠片が落ちていて、血はその下にはついていませんでした。あの欠片はその日の昼間、アルマが落としたものです。デッサン中に力を込めすぎてね」

その場面は静句も見ていた。嘘を指摘されたアルマは動揺し、デッサン用の木炭が折れた。欠片は床を転がり、地下室の上げ板の隙間に落ちていった。

「その欠片の上に血がついていたなら、血が飛び散ったのは私たちの訪問よりあとということになり、話と矛盾します。たぶんアルマ本人があの地下室で殺されたのでしょう。そうそう、ルイーゼ誘拐事件においては〝両親が犯人に協力し、偽証している〟という可能性もわずかにありましたが、それを排除できたのもアルマ事件のときです。偽ルイーゼが飛び出した瞬間、グスタフ君は彼女の頭を狙って散弾銃を撃ち、彼女はまばたきすらしませんでした。運よく眼球には当たりませんでしたが、共犯だとするとあれはリスクが高すぎる」

鴉夜は言葉を切り、二呼吸分の休符を挟んだ。

紫水晶《アメジスト》色の瞳が、広場の夜の側を向いた。

「ホイレンドルフの事件はこれで一段落つきました。次は——人狼村について。話を聞いて驚きましたよ。こちらでも人間村と同じく少女たちが殺されているというんですからね。そして昨夜、さらに謎めいた事件が起きました。ノラの殺人事件です。いえまあ、ひとまず聞いてください」

殺されてないじゃないか、という不平を予想したように鴉夜は言い足した。

「二発の銃声のうち片方が聞こえず、犯人の臭跡は消え、発見場所には水場がないのに死体は濡れていました。これらの謎については村に着いてすぐ解けました」

森に入ってからの冒険を鴉夜は語る。人狼たちに、ノラが現れたときと同等の波紋が広がった。

小人岩の隠し扉。地下道。猟銃と血痕。焼け跡の出口。そして地底湖のある広間。

「我々はあの広間でいくつか面白いものを発見しました。ひとつは血だまりです。地底湖のすぐそばにあり、散弾銃の薬莢と一緒に見つけました。血痕はそこから規則的に始まり、途切れることも増えることもなく小人岩まで続いていました。広間が殺害現場だったことに疑いの余地はありません。誰かが被害者を湖に浸け、トーガを巻き、撃ち殺し、外まで運んだのです。では犯人は誰か？」

「人間じゃろ……人間のはずじゃ」

首に〈脳〉を提げた老婆——レギ婆《ばあ》が、廊下に立たされた生徒のようなか細い声で言った。彼女よりはるかに年上の教師は、気の毒そうにかぶりを振った。

「いいえ、それだけはありえないんです。絶対にありえない。ある手がかりがそれを示しています」

「手がかり……？」

「蛾です」

聞き間違いを疑うように、レギ婆はまばたきを繰り返した。

「小人岩から広間まで行く途中、天井に何千匹も斑蛾《まだらが》が棲《す》む区画がありましてね。私と弟子は盛大な歓迎を受けました。ランプの光に寄ってきたんです。洞窟から出てくると、私たちの身体は鱗粉まみれになっていました。ホイレンドルフのみなさんも同じ経験をしたようですね」

人間陣営を見やる鴉夜。松明に照らされた彼らの服や髪には、確かにうっすらと水色の鱗粉が付着している。静句はその洞窟を通っていないが、蛾にたかられる光景は簡単に想像できた。蛾の走光性は強力な本能によるものだし、何千匹もいるならなおさら——

待った。

ふと、気づく。昨日自ら確認したある事実に。その事実といま得た情報との矛盾に。

気づいた直後、鴉夜がそれを言葉にした。

「しかし、発見されたノラの死体には鱗粉がまったくついていませんでした。服にも髪にも肌にも、血痕以外付着物はなかった。なぜでしょう？　犯人は運搬時、死体を袋に詰めるなどしていたのでしょうか？　いいえ、だったら血が垂れること自体ないはずです。では蛾の区画を通り抜けたあと、死体をはたいて鱗粉を落とした？　それも違う。死体は左胸が吹き飛んでるんですから、そんなことをしたら地面に大量の血が飛び散るはずですが、血痕は規則的で一度も増えたり途切れたりしていません。小人岩の周囲にも血は散っておらず、蛾の区画から小人岩までの間には水場もありませんでした。とすると、死体は最初から鱗粉をかぶらなかったことになります」

死体と犯人は蛾の真下を通ったはずなのに、蛾は彼らを無視した。

「なぜか？　あの狭い洞窟内で、大量の蛾を避ける方法はたったひとつしかありません。光源を持たずに歩くことです。犯人は明かりを持たずに死体を外まで運んだのです。洞窟内は真っ暗で、道はかなりの悪路でした。さらに血が規則的に垂れていたということは、死体の運搬中、犯人は一度も転んだり立ち止まったりしていない。いくら通い慣れた道でもそんなことが可能でしょうか？　不可能ですよ。絶対に無理です。人間にはね」

けれどこの地には、人を超えた種族がいる。

嗅覚と聴覚が視覚を補ってあまりある、鋭敏な五感を持つ種族——

「人狼ならば可能です。暗い道を通ることなど児戯に等しい。ノラを撃ち殺したのは人狼。地下道から出て鱗粉まみれの弟子を見たとき、私はそれを確信しました。では、どの人狼か？　銃声が鳴ったときのことを考えましょう。あの銃声は犯人が小人岩の近くの木に撃ち込んだものです。このときヴォルフィンヘーレの全員が、裁判を見るためこの広場に集まっていました。全住民にアリバイが生じたことになります。広場にいなかった人狼はノラただひとり。死んだ本人が死体を運ぶ？　ナンセンスですね。本来なら一考にすら値しません。ところがあの広間からは、もうひとつ興味深いものが見つかりました」

そのときの驚きを思い出したように、鴉夜は笑みを強めた。

「誰かが暮らしていた痕跡です。マットレスの周りに食器や本やランプなど、日用品がたくさん並んでいたんです。壁には〈執行猶予《ベヴァールング》〉と題された日付が五百五十日ほど、約十八ヵ月分刻まれていました。太陽のない場所で長期間暮らすなら誰でもやりそうなことで、それ自体は普通ですが、あの刻み方にはある特徴が。津軽の腿の高さまでしかなかったんです。腿まで達するとそこで止まり、日付は横に広がっていました。洞窟の壁はものすごく広いのに！　みなさんが壁に何か書くときのことを考えてみてください。普通、自分の目の高さから書き始めますね？　それができなかったということは、洞窟内にいた誰かは——立ち上がれなかった可能性が非常に高い。これは日用品がマットレスの周囲に集約されていたことと、生活にかかせない水場がすぐそばにあったことからもうかがえます。足が悪く、十八ヵ月前にこの地から姿を消した人物。私の知る限り候補者はただひとり」

「ルイーゼ……」

彼女の父親のつぶやく声が聞こえた。

「そう、本物のルイーゼです。私はてっきり殺されたのだろうと思ってましたが、あの場所で生きていたのです。けれど私たちが見つけたとき、広間はもぬけの殻でした。彼女は消えていました。

さて、整理してみましょう。殺害現場は地下道の広間。見つかったのはノラの顔をした少女の死体で、その死体を外へ運べたのもノラだけ。本来ならば矛盾します。ところがあの場所からはもうひとり消えた少女がいる。ルイーゼという名の少女です。ノラと、ルイーゼ。私は二人の風貌《ふうぼう》を思い出してみました。ノラの顔は直接見てはいませんが、静句から話を聞いてどんな子かは知っていました」

　鴉夜は目の前の少女を見やり、その特徴を挙げていく。

「ノラはゴールド系の長髪に小柄で痩せ型、大きな緑色の目を持った大人びた雰囲気の十二歳。ホイレンドルフの肖像画で見たルイーゼもまったく同じ特徴を備えていました。ならば、殺されたのはノラではなくルイーゼなのでは？　死体がルイーゼのものだったとすればすべての辻褄が合います。そういえば静句から聞いた死体の話には奇妙な点がありました。ノラは左腕を怪我していたはずなのに、発見された死体には銃創以外の傷痕がなかった……」

「そ、そんなわけない」人狼のひとりがぶるぶると首を振った。「あれは確かにノラの死体だった。だって、ノラのにおいがした……」

「死体は殺される直前水に浸かっています。よって発見時体臭はなかったはずです。したのは服に染《し》み込《こ》んだノラのにおいでしょう。トーガは水から上がったあとで巻かれていましたからね」

「血のにおいだってした！　ノラの血の……」

「捜査によると、死体からは〝ノラの血のにおいと人間らしき血のにおい〟がしたそうですね。みなさんは犯人の血が死体にかかったと考えたようですが、逆だってありえるはずです。死体が人間のもので、その上にノラの血が撒かれたんですよ。彼女の左腕の怪我がまさにその傍証になると思いませんか。自分で腕を切り、あらかじめ瓶などに血を溜めておいたんです。人狼の鋭い嗅覚をごまかすために。もうひとつ、健康なノラと歩けないルイーゼでは脚の細さがかなり違ったはずですが、これもトーガの長い裾によって秘匿可能でした。静句は裾から覗く痩せた足を確認しましたが、縛られていたため死体の服をめくることまではできなかった。あなたたちもわざわざめくったりしなかったでしょ？」

立ち尽くす人狼たちから、本来の獰猛《どうもう》さはとっくに失《う》せていた。

鴉夜は話を戻す。

「地下道から這い出た時点でいま話したような推理を終え、私はノラとルイーゼの入れ替わりの可能性に気づきました。そしてさらに考えました。ルイーゼとノラがそっくりだったなら、ホイレンドルフに現れた偽ルイーゼの正体もノラなのでは？　とするとノラの素性は……？

私は仮説を立てました。ルイーゼ＝ユッテ、ノラ＝ルイーゼだとすれば、ノラ＝ユッテです。ホイレンドルフからヴォルフィンヘーレに逃れたユッテがノラと名を変え、その後ルイーゼになり代わり、二つの村を毎日行き来することで一人二役を演じていたのではないか。おそろしく大胆な行動ですね。でもこの二つの村ならば、それは可能でした。理由は主に五つ」

静句は手を前に出し、鴉夜の言葉に合わせて指を一本ずつ立てていった。

「その一、二つの村には交流がまったくありません。同じ顔の者がいたってもちろん誰も気づかない。その二、我々が発見した地下道は両方の村を最短距離でつないでいました。人狼の速度で行き来すれば片道一時間もかからないでしょう。その三、人間村と人狼村では生活時間が逆転しています。人間たちは昼に活動し、人狼たちは夜に活動する。日中は人間の村で暮らし、夜になったら人狼村に戻り……という生活も実現可能です。その四、ホイレンドルフのルイーゼは村からも両親からもほぼ隔離された生活を送っており、ヴォルフィンヘーレのノラもひとり暮らしでした。誰にも見られず行動する余地は充分あったことになります。特にルイーゼは部屋にこもりきりですから、睡眠はそのとき取れば問題ない。その五、地下道内には澄んだ水の地底湖がありました。人狼たちは嗅覚が敏感ですが、ヴォルフィンヘーレへ戻るたび体を洗ってにおいを落とせば、怪しまれることもない。さらに絵描きのアルマも、朝夕に森を行き来する金色の狼を何度か目撃しています。彼女が殺されたのはその口封じの意味もあったかもしれない」

ホイレンドルフのルイーゼ。

彼女は毎晩早く床に就き、朝までは起きない。そしていつも、部屋のドアに内鍵をかける。部屋は家の裏側で、窓のすぐそばに森がある。窓から出て森へ入り、森から焼け跡へと出れば、誰にも見られず人狼村へ行ける——

ヴォルフィンヘーレのノラ。

彼女は冬でも水浴びが好き。友人たちいわくお寝坊さんで、いつも夜遅くに起きる。彼女の家のドアにも内鍵があり、窓は明かり取り用の小窓がひとつだけだが、狼の姿なら軽々とそこを抜けられる。家の位置は村の一番西側。小人岩のすぐ近く——

五本指を立てながら、静句自身もめまいのような感覚に襲われていた。

静句はグスタフの家には一歩も入っておらず、ルイーゼの肖像画を見ていない。だから彼女の顔を知らなかった。

鴉夜と津軽もノラには一度も会っていない。その前に殺され埋葬されてしまったため、彼女の顔を知らなかった。

すべては笑劇《ファルス》めいたすれ違いだった。もし何かひとつでも違っていれば、静句や津軽にももっと早く謎が解けたかもしれない。

「さて、捜査の話に戻りましょう。私たちが地下道を出てホイレンドルフに戻ると、ルイーゼの死体が見つかっていました。なんと本人の死体で間違いないという。しかし私は、彼女が人狼村で殺されたことにほぼ確信をもっていました。死体を観察すると左胸が欠損していること、顔が無事であることなど、昨夜のノラの死体と特徴が一致していました。とすれば、行われたのは死体の再利用です。ノラは人狼村が寝静まったあと、埋葬後の死体を掘り起こし、銃創の上から喰い荒らすことで人狼に襲われた死体を作ったのです」

「食べてはいない。嚙んだだけ」ノラが口を挟んだ。「わたし、そこまで残虐じゃない」

「おっと失敬。ともかくそうやって作った死体を抱えて地下道を抜け、ホイレンドルフに行き、村の近くに捨てたわけだ。私たちは何度か行き違ったみたいだね?」

「けっこう危なかった。ルイーゼの死体を捨てたあと、発見される様子を遠くから見てたら、すぐあなたたちが現れたから。あの道を通ってきたに違いないって思って、慌てて地下に戻って……」

「アルマの死体や銃を隠した、と。どこへ処理したのかな」

「湖。奥はかなり深いの」

鴉夜は二度うなずき、最後の結論に入った。

「あとは確認作業です。人狼村に戻って、優秀な臨時助手ヴェラくんの力を借り、ノラの墓を掘り起こしました。棺桶の中は空っぽでした。これですべてはっきりしました。ホイレンドルフ事件の犯人は偽ルイーゼ。ヴォルフィンヘーレ事件の犯人はノラ。二人は同一人物で、その正体は生きていたユッテ。以上が私の結論です」

口を閉じてから、鴉夜はひょいと静句を見上げた。メイドは体のない主に代わってコートの裾をつまみ、お辞儀した。

観客たちは拍手すら返せず、書き割りの一部になったように立ち尽くしている。

「すごい」

ただひとり、犯人の少女だけが感動をあらわにした。皮肉や悔《くや》し紛《まぎ》れではない心底からの賞賛、新元素を見つけた科学者のような感嘆ぶりだった。輝く瞳が鴉夜を見つめ、それを持つ静句へと向いた。

「シズク、あなたのご主人は本当にすごい。あなたが言ってたこと、いまならわかる。わたし、アヤになら仕えてもいい」

「それは嬉しいな、いま輪堂家は人手不足でね。ふろふき大根は作れるかな」

「ふろふきって何？」

「二次選考には進めなそうだ」鴉夜はさらりと言ってから、「でも、すごいのは君のほうだと思うな。君が行った復讐は賞賛に値するよ。執念も、緻密《ちみつ》さも、大胆さも」

少女の目から輝きが消える。

幼い顔立ちに警戒と不安をにじませてから、彼女は蠟《ろう》人形に戻った。自分と同じく作りものめいた生首の少女が発する、次の言葉を待った。鴉夜は過去を幻視するように、祭壇の床へ目を落としていた。

そして、物語を始めた。

「すべての起こりは十三年前です」

「十三年前、ヴォルフィンヘーレのローザが村から脱走し、連れ戻され、この場所で私刑《リンチ》を受けました。しかしローザは再び脱出を。今度は山のほうへは逃げず、小人岩から地下道を抜け人間の村へ向かいました。抜け道の存在には前から気づいていたのでしょう。人間の村は山より危険という認識で、一度目は避けたようですが、背に腹は代えられない。彼女はホイレンドルフへ逃れ、住人たちに介抱されました。数ヵ月後にユッテを産み、人間の親子として暮らし始めます。……さて、ちょうど同じ時期に、村ではもうひとり女の子が産まれました。ルイーゼです」

ホイレンドルフ陣営に、再びざわめきが広がった。

「歩けない彼女は、小さなコミュニティで緩やかな迫害にあったようです。村長も両親も、彼女をお荷物のように扱った。そして八年前、ある事件が。祭りの準備に乗じて、両親がルイーゼを森の中に捨てたんです。本当ならルイーゼは死に、すべては事故となるはずでした。しかし誤算が。耳のよいユッテがルイーゼの危機を察知し、彼女を救ったのです。その過程でルイーゼは、ユッテの正体を知ってしまった」

鴉夜の告発によって、グスタフとデボラに戸惑いの目が浴びせられる。消沈しきった夫婦は抗えず、ただ身を寄せ合う。

「その夜、ルイーゼは教会で人狼の告発を行いました。恩を仇で返した形ですが、生き抜くためには村の役に立たなければならないという彼女なりの必死の思いがあったのでしょう……結果、ルイーゼは村の英雄になり、ローザとユッテは焼き殺されました。しかしユッテは生きていた！　見張り塔の隠し戸から地下道へ入り、人狼村に逃れていたんです」

「焼け落ちる直前、お母さんに道を教わった」ノラが口を挟んだ。「見つかった焼死体はたぶんキツネだと思う。あのとき塔の中に一匹いたの」

静句は獄舎での会話を思い出す。

カーヤは、人狼村にノラが来たのは「あの子が四つのとき」と言っていた。ユッテが人間村から消えたのも八年前で、時系列はぴたりと合う。

「ヴォルフィンヘーレの人々はそれがローザの娘だとは夢にも思いません。どこからかやって来た人狼の仲間として歓迎しました。ユッテはノラと名を変え、今度は人狼として暮らし始めました。しかし母を殺しかけ追放した村です、好きになれるわけがない。こうして彼女は人間村と人狼村、二つの村への怨念《おんねん》を強め、少しずつ計画を立て始めました。二つの村をぶつけ、対消滅させるための計画を」

親子を焼き殺し迫害した人間村と、母を傷つけ追放した人狼村への、復讐計画。

「計画は大きく三段階に分かれます。①ルイーゼとのすり替わり、②連続殺人、③自身の死の偽装。まず第一段階、これは一年半前に行われました。ノラは地下道を通ってホイレンドルフへ戻り、両親が外出した隙を狙いルイーゼを誘拐。地下道内に監禁したのです」

「ルイーゼはぜんぜんいやがらなかった」実行者本人が言った。「あなたにはその権利があるし、復讐なら応援するって言ってくれた。ルイーゼも自分の村にうんざりしてた。信じてもらえないかもしれないけど」

「信じるよ。たぶんそうだろうと思っていた。あの地下の生活跡は、牢獄《ろうごく》にしてはだいぶ快適そうだったからね。むしろルイーゼが立案者じゃないかとさえ思った」

「計画は、二人で話しながら詰めていった。あの子とは……変な関係だった」

自分を監禁し殺そうとしている者、故郷を滅ぼそうとしている者に、協力する。

確かに奇妙だが、ルイーゼの境遇は静句にもどこか理解できた。

捨てられかけたその翌日、手のひらを返した村人たちから神のように祀《まつ》られる。幼い少女に刻まれる空虚と不信。逃げ出したくとも車椅子ではかなわない、緩やかで穏やかな地獄。

そこにノラが現れたとすれば。

ルイーゼにとっては、死神であると同時に救いの騎士のように映ったかもしれない。

「さて、その日からルイーゼは地下道内の広間で暮らし始めます。地底湖のほとりで寝起きし、食べ物はノラに運んでもらい、〈執行猶予〉と題した日付を壁に刻みながら。一方ノラはルイーゼになりすましホイレンドルフに向かいました。車椅子が川岸にはまったふりをして村人たちに見つけてもらい、『アルマの家に行こうとした』と適当な嘘でその場をしのぎます。こうしてノラは二つの村の監視体制を整え、二重生活を始めました。一年半前から毎日です」

「そんな前から……」

ハイネマン医師が震え声でつぶやく。

「そうですよ。ルイーゼの迷子事件が起きたのは一年半前ですし、刻まれていた〈執行猶予〉も一年半分ですから、間違いありません。誰も普段のルイーゼをちゃんと見ておらず、誰もすり替わりに気づかなかった。両親も、友達も、村長も、あなたも。近年ルイーゼが健康だったというのも当然ですよ。別人だったんですから」

胸で揺れる聴診器が彼を嘲笑するかのようだった。鴉夜はノラの行動をさらになぞる。

「最初の半年は演技に慣れることと情報収集に費やしたようですが、一年前から第二段階が始まります。か弱い少女にターゲットを絞り、両方の村でショッキングな連続殺人を起こします。ホイレンドルフの娘たちは自分の牙で嚙《か》み殺《ころ》し、ヴォルフィンヘーレの娘たちはグスタフ家の物置から盗んだ猟銃で撃ち殺していきました」

あけすけのない言い方が気に障《さわ》ったのか、ノラはわずかに顔をしかめた。

「二つの村は互いに相手のしわざだと思い、導火線は短くなっていきました。すべてが順調でしたが、戦力差だけが問題でした。人間は人狼よりも弱い。このまま両者をぶつけても人狼側が圧勝するに決まっている。できれば相打ちが望ましい――状況を変えたのは、おそらく《夜宴《バンケット》》の登場だったと思います」

数日前、ホイレンドルフ近辺に怪しい男女が現れた。

森の中に隠れていても、人狼の嗅覚ならば存在を察知できたはずだ。ノラは彼らを索敵し、彼らが人狼村を襲うつもりであることを知った。

反人狼側に、戦力がプラスされた。

「この機を逃す手はありません。二日前、ノラは計画を第三段階に移行しました。まず普段どおりルイーゼとして過ごし、眠ったふりをする。いつもならすぐに部屋を出てヴォルフィンヘーレへ戻りますが、その夜はじっとベッドで待ちます。深夜、グスタフが夜回りに出たときを見計らい行動を開始。まず用意しておいた血――これもノラが腕から取った自己血でしょう――をベッドに撒き、狼に変わり、暖炉の煤を足につけ、煙突から侵入したような足跡をつける。そこからさらに獣人に変身し、暴れ回る。人が駆けつけたタイミングを見計らい、窓から森の中へ。こうして誘拐事件を演出し、ヴォルフィンヘーレに戻ります」

静句はまた思い出した。荷車を引きながらカーヤがこぼした、「ノラは昨日も夜更け過ぎに起きた」という言葉――

「すべては順調に見えましたが、翌日ホイレンドルフの様子をうかがいに行くと、ちょっと困ったことになっていました。輪堂鴉夜という超有能そうな探偵が現れ、捜査を始めていたんです」

犯人からの訂正を探偵は受け流した。

「有能そうには見えなかった。でも確かに、まずいとは思った」

死体はひとまず地下道へ。そして夜、アルマのふりをして獣人に変わり、大立ち回りをしてまた逃亡。地下道からヴォルフィンヘーレに戻り——川で、静句を助けた」

「誰かに罪をなすりつける必要があると感じたノラは、アルマを生け贄《いにえ》に選びました。彼女の家は村はずれですから悲鳴など聞かれる心配もなく、殺すのは簡単だったでしょう。

静句は呆然《ぼうぜん》とノラを見る。

そうだ。言われてみて気づいたが、あの人狼がノラだったなら、静句は自分を川に落とした張本人に助けられたことになる。

「ノラさん、なぜそんなことを」

「……小人岩から出たあと、川に寄ったらたまたま流れてきて。無視してもよかったんだけど、人間を囮にすればそっちに注目が集まって、ブルートクラレを西の森から遠ざけられると思ったの。それだけ」

「確かに最初はそれが目的だったようだね」鴉夜はしたり顔だった。「君は静句をうまいこと荷車に乗せ、村の広場へ行かせた。車軸には運搬中に壊れるようあらかじめ細工を。

もくろみは成功、静句は人狼たちに見つかり〈羊の櫓〉が組まれた。君はその隙に地下道へ。〈執行猶予〉の終わりの時間だ。君に慈悲はなく、ルイーゼも覚悟を決めていた。君はルイーゼを裸にし、湖に浸けてにおいを消し、自分の服を巻き、撃ち殺した。死体を小人岩の外へ運び、自分の血を垂らしてにおいをごまかし――そして、近くの木を銃で撃った。これはなんのため？」

「…………」

「私にはひとつしか思いつかないな。君は静句と話している間に彼女のことを気に入ってしまい、容疑を晴らしてやろうと考えたんだ。銃声が鳴ったとき〈櫓〉の上にいた者には犯行は不可能だからね。違うかな」

「……お茶のお礼を、したかったから」

年相応の子どものように、ノラはすぼめた口から声を漏らした。静句は後頭部をはたかれた気分だった。

鴉夜の先ほどの推理には、あの〝余分な銃声〟も手がかりとして含まれていた。あの銃声があったから犯人を絞ることができた。

あの銃声が、静句のために撃たれたものだったとしたら。

自分が淹《い》れた一杯のお茶が、ノラの運命を変えてしまったのかもしれない。

「銃を撃ったあとはまた地下に隠れ、捜査をやり過ごす。こうして君は死んだと見なされ、自由に動けるようになった。そのあとはさっきも説明したとおり。人狼たちが寝静まった朝方、君は埋葬された死体を掘り起こし、欠損部をうまい具合に嚙み、〝撃ち殺された死体〟を〝喰い荒らされた死体〟に変える。死体をホイレンドルフへ運び、森の中に放置。人間たちにルイーゼ本人の死体を見つけさせる。さらに隠し戸を開けっぱなしにし、人狼村への道を示した。……まあこれはすぐあとに津軽が閉じてしまったみたいだが、そこを《ロイズ》にでも見られていたかな？　結果的には道がばれたね。こうしてすべてのカードが配られた」

そして——二つの村は、ぶつかった。

「ノラさんは、戦乱をずっと見てらっしゃったんですか」

「こっそりね。一応、終わりを見届けてから逃げるつもりだった。そしたらアヤとヴェラがお墓を暴き始めて……ああ、ばれたなって」

ノラは夜空を見上げ、月光を浴びた。青白く照らされたどこか悟りきったような顔は、ルイーゼの死に顔にそっくりだった。そのまま祭壇の縁に沿い、とことこと歩く。

群衆はとうに戦意を喪失していた。推理をたたみかけられ、真実を暴き立てられたことで、怒ったり叫んだりする気すら失せていた。人間たちの中には武器を下ろしてしまった者もいるし、人狼たちの中には獣人から人へと戻ってしまった者もいた。

ノラは彼らへ目を向けなかった。祭壇を一周すると、彼女は鴉夜に向き直った。

「謎解きは、おしまい？」

「君の計画もね。二つの村は充分罰を受けた。復讐はもう終わ……」

「だとすると、あなたは最後までは辿り着けなかったのね」

千年近く生きている美しく聡明《そうめい》な少女の顔に、そこで初めて翳《かげ》りが差した。

「どういう意味だい」

ノラは答えず、ただ理解者を失ったような寂《さび》しげな目を鴉夜に返した。そして探偵から視線を外す。

「さよならレギ婆。人狼たちのほうへ呼びかける。わたしはやれるだけのことをやった。あとは勝手にして」

「の、ノラ……」

「わたしはこの地を離れる。もう戻らない」

「だ、だめじゃ。それはいかん……」

「いいえ。みんなにはわたしを止められない。わかってるでしょ？　ヴェラ、変なことに巻き込んでごめんなさい。カーヤにも謝っておいて。二人のことだけは大好きだった」

「ま、待てよノラ。待っ……」

一陣の風が静句の髪を梳いた。

それが収まるころ、ノラの姿は祭壇から消えていた。静句に見えなかっただけではない。ヴェラもほかの人狼たちも首を振り回し、取り乱していた。誰も追いかけようとしない。誰も追いかけることができない。

逃げたのは、十二歳の女の子なのに。

「ノラぁ！　すまなかった。戻ってきておくれ！　頼む、すべて許すから。ああ……」

レギ婆は膝をつき、皺だらけのこぶしを地に打ちつけた。神か精霊か内なる自分か、信仰する何かに怒りをぶつけるように、泣き叫ぶ。

「どうしてあの子を奪うのですか……せっかく生きて戻ったのに！　あの子を使えば、もう少しで辿りつけたのに！　私らの悲願、私らの終着点――〈終着個体《キンズフューラー》〉に！」

「キンズフューラー？」

鴉夜が鋭く聞き返した。

その一言をきっかけに、万事整っていたはずの舞台が音を立てて崩れ始めた。鴉夜の瞳が〈櫓〉めいて揺れ、客席の合間をさまよい始める。視線は人狼たちをかすめ、家々の屋根を撫で――ヴェラの胸に提がった〈壺〉を象《かたど》る首飾りで止まった。

標識を読み違えた旅人のように、彼女は声を絞り出した。

「まさか」

挿話 5

地下道の広間に着くと、わたしはルイーゼを床に横たえ、〈三本〉から〈二本〉に戻った。

彼女は抵抗せず、逃げようともしなかった。歩けないし、そもそも逃げられなんてしないのだけど。かわいそうだとは思わない。彼女がわたしにしたことのほうが、ずっとかわいそうなのだから。

チャンスが来るまで何日も張り込む覚悟だったけど、案外簡単にさらえた。うまくいった。いってしまった。胸がどくどくと脈打つ。もう止められない。最後までやるしかない。

まず蠟燭に火をつけた。ルイーゼにわたしの顔をよく見せてやりたかったから。彼女の口に手を伸ばし、嚙ませていた布を外す。そしてわたしは、言った。

「久しぶりね」

「……ユッテ」

ルイーゼはわたしの名前を覚えていた。

「あなたは殺されたって、村のみんなが」

「生きてたわ。ずっと待ってたの。さあルイーゼ、罪を償う時間よ。悪いけどもう、あなたは家には……」

「よかった」

「え？」

「私のせいで死んだと思ってたから。生きててよかった」

頭が真っ白になる。ぱっと火がついたみたいに、あるいは消えたみたいに。

わたしはルイーゼを見つめる。十一歳になった彼女は七年前と同じように、顔も声も背もわたしにすごくよく似ている。鏡映しの緑色の目に、恐怖は浮かんでいなかった。

「なんで、ばらしたの」

わたしとお母さんを告発したのは、なぜ？

ずっと聞きたかったことを聞く。ルイーゼは動かない脚をさすった。

「私はどこにも逃げられないから、あの村で生き延びるには周りを変えるしかなかった。だからあなたを利用した。……悪いことをしたとは思ってる」

握った手の骨と、噛みしめた奥歯が砕《くだ》けそうになる。わたしは一歩ルイーゼに近づく。

「お母さんはあなたが殺した」

「そうよ」

「わたしもあなたに殺されかけた」

「そう。だからあなたには、私を殺す権利がある」

ルイーゼはごろんと姿勢を変え、仰向けになった。目をつむり、両手を投げ出す。

「どうぞ」

手と奥歯から力が抜けた。人の部分よりも狼の部分が、わたしをためらわせていた。獲物のほうから食べてくれと言ってきて、喜ぶ狼がいるだろうか？

どっちにしろ、すぐは終わらせない。

「……あなたのことは絶対殺すけど、いまじゃない。あなた以外にも全部ぶち壊すつもりだから。それまであなたは、ここで監禁する」

「そう」

「もう！」思わず癇癪《かんしゃく》を起こした。「なんで怖がらないの」

「村が嫌いだから。あなたを告発して以来、私の扱いは確かに変わった。疎《うと》まれることはなくなったし、親も優しくしてくれるようになった。でもみんなよそよそしいの。私は本質的には腫《は》れ物《もの》のままで、誰も愛してくれない。だから家でもここでも、あまり変わらない」

ルイーゼの声には抑揚《よくよう》がない。だけど強がりじゃなく、本心だろうと思った。なんとなく気持ちがわかった。村が嫌い——それはわたしも一緒だから。

「みんなに復讐するなら、私応援する。どういう計画か聞かせて」

「……目的は、復讐じゃない」

「そうなの？　じゃあ何？」

「………」

この子はもう逃げられないんだから、話したっていいはずだ。

ためらう自分を納得させてから、わたしはぽつぽつ話しだした。ホイレンドルフを追われたあとのこと。ヴォルフィンヘーレでの暮らしのこと。わたしが考えたいろいろなことと、これからやろうとしていることを。

話し終えたときわたしの視界はにじんでいて、ルイーゼの顔には何も浮かんでいなかった。

「なるほどね」

寄り添うようにも、突き放すようにも取れる一言。ルイーゼは体を横向きにして、頭の下に肘を敷いて、ベッドでくつろぐみたいな恰好《かっこう》になる。

「私になりすますなら、いろいろ勉強しなくちゃね」

「……聞き出すつもり。あなたから」

「ほかにも要るものがたくさんある」

「わかってる」

「忙しくなるわね」

「ねえ、わたしあなたを殺すのよ？」

「さっき聞いた。私はそれでいい。私はあなたに殺されたいし、あなたの計画の一部として死にたい。その計画、かなり素敵だと思うから」

揺れる蠟燭の明かりのもと、わたしは彼女をじっと見る。七年ぶりに会った仇敵《きゅうてき》を。いずれわたしが殺す少女を。顔も中身もそっくりなもうひとりのわたしを。

わたしの胸はまだ脈打っている。

「ねえ、ユッテ」

そしてルイーゼは、森で話したあのころみたいに――ないしょ話をする友達みたいに、微笑んだ。

「何から始める？」

30　鳥籠の外

ここで一年半も暮らすってのはいったいどんな気分かしら。

地下空洞の壁に沿って蠟燭を並べながら、津軽はぼんやり考える。そしてすぐ考えるのをやめる。ルイーゼの生活の痕跡はほぼ消えていて、壁に刻まれた〈執行猶予〉がゆらめく炎に照らされているだけだ。ここから何かを推理するのは師匠にだってできはしまい。

半人半鬼になりかけのころ、津軽も似たような場所で監禁されていた時期があり、当時の思い出はだいぶ苦い。けれど夕方見た少女の死に顔は、菩薩《ぼさつ》めいて穏やかだった。ならば何はともあれ、最悪の暮らしではなかったのだろう。少なくとも彼女には相棒がいた。同い年で同じ顔、同じ不満を共有し、いずれ自分を殺す予定の、かわいい人狼の友達が。

蠟燭を並べ終える。五、六歩おきに約百本。おかげで広間は明るくなった。

壁から離れ、中央に陣取ると、津軽はそっと右目を閉じた。暇潰《ひまつぶ》しに体操し、背筋と腱を伸ばしておく。

人狼村側の道に、生き物の影が現れた。

狼の形をしていたそれはぬるりと小柄な少女に変わり、徒歩で広間に入ってくる。人間の姿にお目にかかるのは初めてだ。

彼女はぐるりと並んだ蠟燭を見て眉をひそめ、中央に立った津軽に目を留め、ますますいやな顔をした。

「シンウチ、ツガル」

「お見知りおきたぁ噺家冥利《はなしかみょうり》に尽きます」

「ここで何してるの」

「いえね師匠の言いつけで、あなたが逃げようとしたときのために待ち伏せしてとっつかまえとけって。まったく勝手なことばかりおっしゃるんだから」

「捕まえる。どうやって？」

津軽はかたわらの鎖を持ち上げる。カイルが使っていたうちの一本だ。

「怪物用ですから頑丈です」

「……残念だけどツガル、あなたはアヤに叱《しか》られる。わたしを捕らえることはできないから」

「昨日は惜しいとこまでいきました」

「昨日は遊びだったもの」ノラは一歩、前に出た。「〈終着個体《キンズフューラー》〉って知ってる？」

「ホイレンドルフの村長さんから聞きましたよ。最強の人狼でしたっけ？　みなさんそこを目指されてるとか」

「一番近い存在が、いまあなたの前に立ってる」

津軽はきょとんとし、凪《な》いだ顔のノラを見つめた。本気らしいぞと察してから、内心で師匠を呪《のろ》った。ちょっとちょっと、そんな話は聞いてませんよ。

「遺伝って不思議ね。どんなに工夫しても作り出せなかったものが、偶然ぽっと生まれたりする。お母さんと暮らしてたころは自覚はなかった。でも人狼村で暮らし始めてから、普通に跳んだり走ったりすると、レギ婆《ばあ》やみんなが騒ぎ始めた。わたしは天からの贈りものだって言われた。馬鹿よね。わたしを産んだのはあいつらが追放した女なのに」

ノラは着ていたトーガを脱ぐ。

青白くほっそりした、十二歳の少女の裸体だ。強そうなところはひとつもない。なのになぜか、うなじが粟立《あわだ》つ。

「実際、自分が終着点かどうかなんてわからないけど……少なくともわたしは、村の人狼たちの中で一番性能がいい。あなたが倒したギュンターたちよりも」

「最近は盗み見が流行《はや》ってるようで」

「軽口はもう充分。そこを通して。でなきゃわたしは、あなたも殺す」

「いつもそんな顔なんですか」

「え?」

「怪物なら、殺すときゃもっと楽しそうにしないと」津軽はにっこり手本を見せた。「それじゃまるで人間みたいです」

「…………」

ノラはくたびれたように息を吐き、再び四足に変化した。か細い光の中、その黄金《こがね》色の体だけが異様に輝いて見えた。牙と眼光が放つ威圧は進化の果てというよりも、原初の神格のようだった。あらゆる生物を怖気《おじけ》させる獣。食物連鎖の頂点に立つ存在。狼。

ああ、確かに昨日は遊びだったかもしれない。

「獣人の姿では戦わない。あなたの腕力はわたしたちと同じくらい強いし、あなたは自分より大きな相手との戦いに慣れてるみたいだから」

蠟燭の火と同じように、ノラの姿が揺れ、

広間のすべての火が同時に消えた。

津軽は阿呆《あほう》みたいに口を開けた。

勝ち筋は幾重にも仕掛けていた。人狼にとっては暗闇のほうが圧倒的有利、まず蠟燭を倒すことから始めるだろうと思っていた。わざわざ中央に立ったのは壁際の安全をにおわせ、そちらへ誘導するためだ。壁沿いに走る人狼を狙い、鍾乳石の陰には複数の罠《わな》が張ってあった。ツタを輪にしたくくり罠がひとつ、揉んだシソの葉を詰めた袋がひとつ、足かけ用の鉄線が一本。もちろんそれらで仕留める気はない。目的は小細工の連発に辟易《へきえき》させ、蠟燭倒しを中断させること。三分の二ほども倒せば広間は充分暗くなる。そして敵が襲いかかってきたら、津軽は本命の右目を開く。あらかじめ閉じておき、暗闇に慣らしておいた片目だ。急な暗転に慌てたふりをし、油断を誘い、隙を突く――

といった策略諸々《もろもろ》は一瞬で崩壊した。

敵はすべて察知しており、罠は作動しなかった。蠟燭は一本残らずかき消され、真の闇が広間に降り、備えておいた片目にすら映るものはなくなった。あらゆることが信じられぬほどの速さで起こり、対策を練る時間もなかった。

「遅すぎる」

闇の中から落ち着いた声がし、

不可視の爪が右肩を裂いた。

痛みを感じるより早く、続けて膝裏から血が舞う。さらに脇腹。さらに肘。

「ギュンターたちの敗因は、あなたに不用意に近づいたこと。だからわたしは〇・一秒以上は近づかない。殴ることも嚙むこともしない。少しずつ爪で削っていく。あなたの体がぼろ雑巾《ぞうきん》になるまで」

「怪物らしい口上です、だんだんよくなってきました」

返事のかわりに左腿が裂けた。個々の傷は深くないが、続けられれば失血死だろう。津軽はその場に屈んで片膝を立てる。致命傷を避けるため首と腕をぐっと縮め、両腕で顔を隠す。腋下、腰、また腿。血臭とともに危機感が増してゆく。

まずいまずいまずい。どうする？　勝つ方法はひとつしかない。足止めし、鎖で縛ること。力は互角なのだから手綱さえ握ればこちらの勝ちだ。だが津軽には足止めのすべがない。暗くて相手が見えないし、明るかったとしても捉えきれない。なんたって速すぎる。〝性能〟のよさを思い知る。〈終着個体《キンズフューラー》〉。最も強く、最も硬く、最も速く、最も賢い人狼。弱点はどこだ？　弱点は――

ほかに弱点はないんですか。

ホイレンドルフへ入る前、師匠と交わした軽口が脳裏をよぎった。

タマネギとかじゃないか？　犬だし。

適当言ってません？

私もあまり詳しくないから……。

――犬。

半人半鬼の膂力で、津軽は床を殴りつけた。

岩盤は硬く、手ごたえはほとんどなかったが、ぱらぱらと小石の舞う音がした。手探りでそれをすくい取り、関取のように前方へ投げる。

二時の方向から水の音が聞こえた。

体をそちらへ向け、また防御姿勢を取る。まるで意に介さず、ノラの新たな一撃が背中を裂く。津軽はタイミングを計り始めた。速度は捉えきれなくても、発射台は素人の少女だ。攻撃は単調で、リズムがある。とんとん、ざくり。とんとん、ざくり。

少しずつわかってくる。とんとん、ざくり。とんとん、ざくり。行ったり来たりしながら、通り過ぎざま鎌鼬《かまいたち》のように裂いている。右から来たあとは左から。前から来たあとは後ろから。同じ方向から二連続はない。

とんとん、ざくり。とんとん、ざくり。待っていたその部位に痛みが走った。左の肩、後方から裂けた。とすると次は、前方から右半身だ。

右腕を開けて隙間を作り、誘うように脇腹を見せた。とんとん――

ぐちゃり。

こぶしを突き出すと手ごたえがあった。狼の鼻っ柱だ。刹那、深い闇の中にノラの目が映った、ような気がした。翡翠色の瞳には余裕と憐《あわ》れみが浮かんでいた。

――意味がないわ、ツガル。なんの意味もない。

――そうでしょうか。

――あなたの力は強いし、狼の姿のわたしは軽い。わたしはこのまま吹き飛ばされる。でもダメージはない。勝敗は変わらない。

――そうとも限りません。

——地底湖でしょ。それもわかってる。さっき位置を確認してたものね。わたしの真後ろにそれがあって、吹き飛ばされたわたしは水に落ちる。でも岸の近くは浅いから、一瞬で陸に上がって、駆けだせる。溺れさせられるとでも思った？　わたしは隙を見せないし、あなたには追いつく時間なんてない。

——さてお立ち合い。

右腕を振り抜く。

狼の体重が津軽の前方へ遠ざかっていく。津軽はすぐさま鎖をつかみ、それを追うように駆けだす。

ぼちゃん——獣が水に落ちる音がし、その音が消えるよりも早く、水から上がる音が重なった。津軽はまだ岸についてすらいない。だが速度は緩めない。

体を濡らしたノラは、絶対にそれをやるはずだから。

毛皮をまとった生き物ならば、その本能から逃れることはできないから。

水から上がった地上最速の人狼は。

世界中のすべての犬がそうするように。

体から水滴を落とすため、ぶるるっと身を震わせた。

くしゃみの最中に受け身を取れる武道家がいないのと同じく、その最中の彼女は笑いだしたくなるほど無防備で——滑り込むと同時に鎖を巻きつけることは、蝿を叩くより容易《たやす》かった。

両手を打って埃《ほこり》をはたく。

近くにあった蠟燭を手探りで起こし、もう一度火をつける。

手綱を取られた狼は、何が起きたかわからないという様子で力なく横たわっていた。漏れ出た声はひどく驚いていて、大部分あきれていて、そして、

「ツガル」そして少しだけ、楽しそうだった。「あなた、馬鹿じゃないの？」

「こいつぁどうも」津軽も軽やかに返した。「馬鹿をやるのが仕事でして」

傷の具合を確かめていると、人狼村側から静句がやって来た。左手にはランプ、右手には鴉夜の入った鳥籠。津軽は手綱ごと手を振って、銀の鎖をちゃらちゃら鳴らした。

「どうも師匠。戦はどんな具合ですか」

「止まった。ホイレンドルフの連中は帰り支度を始めたみたいだ。じきにここを通ると思う」

「そうですか。で、このおてんば娘はどうします？　言いつけどおりとっつかまえときましたが」

「逃がしてやれ」

「はい？」

「鎖を解け。彼女はここを立ち去るべきだ」

どういう冗談だろうと鴉夜をうかがう。だがその顔はいつになく真剣だった。

静句は縛られたノラの前に鳥籠を置き、紫水晶《アメジスト》の瞳と翠玉《すいぎょく》の瞳がごく間近で対峙した。細い真鍮の柵以外、両者を隔てるものはもう何もなかった。

「ノラ君、すまない。私は推理を間違えた。怪物専門が聞いてあきれるよ。君のことも人狼村のことも何もわかっていなかった」

「……間違ってはない。犯人はわたしだもの」

「そう、犯人は君だ。でも動機は復讐じゃなかった。それは事件の副産物にすぎない。犯行には、もっと大きな目的があった」

ノラは無言で先を促《うなが》す。鴉夜は告解するように言った。

「君は、ヴォルフィンヘーレの少女たちを逃がしたんだ。人間の少女たちを生け贄にして」

*

「鴉夜様、どういう……」

ことですか、と、静句は最後まで続けられなかった。

主からはいつもの涼やかな余裕が失せている。吸血鬼の事件でも人造人間の事件でも、シャーロック・ホームズやアルセーヌ・ルパンと対決したときでも見せなかった遊びのないまなざしを、人狼の少女に向けている。

「静句、おまえが収集した情報を確認させてくれ。ヴォルフィンヘーレの娘たちは、十三歳を迎えると〈巫女〉と呼ばれる役目を負う。そして村長《むらおさ》の采配で、定期的に、〈血の儀式〉なるものへ参加しなければならなくなる。〈巫女〉を放棄し村を離れることは大きな罪で、ノラの母親はそれによって制裁を受けた」

「……そのようです」

「ヴォルフィンヘーレは村全体がひとつの家族のようなシステムで、つがいという概念がない。だから誰も家庭を持たず、みんなひとりで暮らしている」

「そうです。ですのでノラさんも……」

「ならば彼らはどうやって子を産む?」

ランプを取り落としそうになる。

大きく揺らいだ炎とともに、記憶の断片が渦巻き始める。

「ヴォルフィンヘーレは人狼たちが最後に行き着く、この世で最も閉鎖的な村だ。そしてホルガー村長のレクチャーによれば、人狼たちは強い子孫を残すことに何よりも固執する。ならばおそらく〈巫女〉の役目はそのための器だ。〈血の儀式〉は文字どおり血継の儀式、村の男との交わりを強制させられることだ。この村の娘たちは配合の道具として扱われていた。だからローザは逃げようとした」

山羊《やぎ》の頭のような――子宮のような形の、壺を象った首飾り。〈巫女〉に言及したときのヴェラたちの不穏な顔。男たちの様子と女たちの様子。「この村の男の人たちは遠慮がなくて」というカーヤの発言――

静句は自分の愚かさを呪う。なぜ気づかなかったのだろう。なぜ。

「誰も悪いことだとは思ってないの。みんなそれが当たり前だと思ってる」

「この世の間違った行いのほとんどはそうだ」

ノラのつぶやきに、九百五十年歳上《としうえ》の少女がつけ足す。

「〈巫女〉の娘たちに逃げ場はなかった。村の中は生き地獄だし、脱走しても追いかけられるから。安全かつ確実に逃げる方法はひとつだけ、死んだと思わせること。それをふまえて、二つの村の被害者たちを思い返してみた」

一人目は、ナディアとロミー。

どちらも真っ黒な髪で色白、痩せ型の少女。ナディアは十五歳、ロミーは背の高い十四歳。

二人目は、フィーネとエッダ。

どちらも茶色い巻き毛でぽっちゃり型、歳は同じ十一歳。

三人目は、リタとクラリッサ。どちらも灰色の髪を短くした浅黒い肌の少女。リタは十三歳、クラリッサは小柄で、実
年齢より幼く見える十五歳。
「ノラとルイーゼだけじゃない。全員、髪の色や体格の特徴が一致する。両方の村で事件
が起きた日は時期も天気も一致していて、おそらくすべて同日に起きている。そして全
員、発見されたとき顔が潰されていた。人間村で見つかった死体はすべて本人であること
が確認されたが、昨日の事件の様子から察するに、人狼村ではそんな検死めいたことはし
ないようだ。腐敗が早いこともあり、死体はその夜のうちに埋葬される」
ならば、ルイーゼの死体と同じように。
ほかの事件でも、死体の再利用は可能だ。
「君が二重生活なんて面倒なことを始めたのはなぜか？　二つの村の少女たちを見比べ
て、よく似た子をピックアップするためだ。犯行の間隔が四ヵ月もあったのはなぜか？
ひとりずつ逃がす準備にそれだけの時間を要したからだ。ヴォルフィンヘーレの被害者た
ちについて『殺される前様子がおかしかった』という証言が出たのはなぜか？　脱走決行
を間近に控えて彼女たちが緊張していたからだ。被害者が全員十代前半の少女だったのは
なぜか？　それがヴォルフィンヘーレにおいて〈巫女〉になる前の娘たち、もしくは〈巫
女〉にはなったがまだ子を宿しておらず、村から逃げることにしがらみのない娘たちだっ

たからだ――若いほうが身体的特徴に差異が少なく、すり替わりに気づかれにくいという理由もあったかもしれない」

　ホイレンドルフの少女の中から、ヴォルフィンヘーレの少女たちに似ている子を探す。顔は潰すから似ていなくてもいい。体型や身長、髪色が一致すれば合格だ。

　似ている子を見つけたら、ヴォルフィンヘーレで少女に近づき、意志を確かめ、逃げるよう説得する。ほとんどの子は外の世界のことを知らないか覚えていないので、ルイーゼと協力して最低限の知識をつけさせる。人間側の生け贄と体格が微妙に異なる場合は、痩せたり太ったりするのを待ち、できるだけ寄せる。

　雨の日の夜。逃がす予定の少女を地下道にかくまい、ホイレンドルフから少女をさらってきて、小人岩の地下で撃ち殺す。服をトーガに着せ替え、森に捨てる。

　死体は人狼たちに見つかり、彼らは村の娘が殺されたと思い込む。においなどの違和感は雨がごまかしてくれる。その日のうちに葬儀が行われ、死体は埋葬される。

　人狼たちが寝静まった朝、墓地から死体を掘り起こす。散弾の細かい銃創を悲惨な嚙み跡に偽装し、ホイレンドルフへと戻す。わざわざ戻す理由は、死体がいつまでも見つからないと窪地に捜索隊が入る可能性があるから。

　そうやって、二人の少女を死んだことにする。

　ひとりを犠牲に、ひとりを逃がす。

「そしてもうひとつ——君がルイーゼをすぐに殺さず、最後まで生かしたのはなぜか？　君自身も死を偽装したのはなぜか？　雨天という安全牌《パイ》を捨て四つ目の事件を強行したのはなぜか？《夜宴《バンケット》》の登場は関係なかった。君の十三歳の誕生日が近づいたから、つまり君自身が〈巫女〉になる日が迫ったからだ。君が〈終着個体《キンズフューラー》〉に最も近い人狼だとすれば、子を宿すために過酷な儀式を強《し》いられることは容易に想像できる。だから君も最初から逃げるつもりだった。最初からタイムリミットは決まっていたんだ。君は一年半かけて自分にできる限りのことをやった。全員救うことは無理でも、自分以外に三人の娘を村から逃がした」

以上だ、と鴉夜は結ぶ。

地底湖に流れ込む水の音だけが広間を包んだ。

やがて飄々と動きだしたのは真打津軽だった。ノラの前に屈み、鎖をほどいてゆく。

「あたくし日本のそっくりなお噺を知ってましてね、『粗忽長屋《そこつながや》』ってんです。お聞かせしましょうか」

「時間がないからやめなさい」

鴉夜の声に涼しさが戻る。解放されても、ノラは探偵から目を離さなかった。

「別に、逃がしてくれなくてもいいんだけど。わたしが人間たちを殺したことは事実だから、罰を受けても文句は言えない」

「いや、私は謎解きを間違えた。なら犯人は逃げるのが筋だ。それに私はこの体だからね、檻《おり》に囚われた女性にはいつも同情してしまうんだ」

「……ありがとう」

水滴の光る金色の毛並みが、むくりと身を起こした。脱ぎ捨てられたトーガには向かおうとしなかった。狼の姿のまま行くつもりのようだ。

「そうだノラ君、逃げた三人の居場所は……」

「わたしにもわからない。元気かどうかも。そっちのほうがいいと思って」

「君はこれからどこへ？」

「決めてないけど、どこか……楽しいところへ行きたい」

ノラは津軽を一瞥した。半人半鬼は肩をすくめる。

「いろいろ見て回るといいですよ。外の世界は面白いですからね、化物じみた人もたくさんいます」

「あなたよりも？」

「あたくしなんざ前座もいいとこです」

聞き流すように狼は耳の裏をかいた。それから彼女は、鼻先を静句へ向けた。

「シズク。わたしの家で別れる前に言ったこと、覚えてる？」

「……はい」

こちらこそ、おいしいお茶をありがとう。もしまた会えたら淹れ方を教えて。今夜は慌ただしくて、そんな暇はなかったけれど。

「よい茶葉と茶器を使えば、もっとおいしく淹れられます。一緒に練習しましょう」

言い終えてから、静句は自分が微笑んでいることに気づいた。狼もくすりと、不慣れな笑みを返したように見えた。だがその気配はすぐに消え、翡翠色の眼光が広間の先を見据えた。

そして少女は、鴉夜たちの前から消えた。今度こそ止まることなく、駆けだした。

まっすぐに、鳥籠の外へ。

31　夜明け前の怪物たち

東から、空が布団を剝ぎ始める。

崖の上、塔の焼け跡に寝転がり、津軽は窪地の朝焼けを眺める。

薄靄《もや》のスクリーンに木々の影が映り、今日もまた〈牙の森〉が出現した。だが、昨日ほど不気味だとは思わなかった。よくよく考えれば〝根止め〟を食らわせた狼と同じく、この怪物は顎を開きっぱなしで、決して閉じることはない。それなら怖がる道理はない。

誰もが虚像を恐れていただけなのだ。

ないはずのものを恐れ、怨《うら》み、猛《たけ》り狂《くる》い、大口を開けた怪物の舌の上に躍り込んで、奪い合い、殺し合った。

「やれやれさんざんな目に遭ったな」

かたわらに置いた鳥籠の中で鴉夜がぼやく。

「推理は外れるわ犯人は逃がすわ……首から下がなくなって以来最悪の夜だった」

「まあいいじゃないですか、戦は止められたんですから」

ホイレンドルフの住民たちは負傷した仲間に肩を貸しつつ、先ほどとぼとぼと村へ帰っていった。ヴォルフィンヘーレの人狼たちも意気消沈したまま、消火作業や怪我人の手当てを始めたようである。

ノラに操られていたとわかったから終結した——というよりは、鴉夜の介入によって戦意の腰が折られたから、といったほうが正しそうだ。もう止められぬとは言いつつも、その実止めどきを失っているだけで、頭を冷やしてやればすぐ収まる。戦とはそういうものだ。

「師匠、ひとつお聞きしても?」

「いま一番食べたいものはしじみの味噌汁《みそしる》だ」

「いやそんなことは聞かないです。今回ずいぶん謎解きを引き延ばしましたけど、もしかして、全員ちょっとこらしめてやろうとか思ってませんでした?」

そもそも初日から妙だった。

ルイーゼの部屋で現場検証したとき。鴉夜は偽ルイーゼの自演に気づいていたはずなのに、あの場で披露したのは〝人狼が部屋に押し入ったこと〟を前提とした推理だった。あの時点で二つの村の因縁《いんねん》や、両親の不審さを嗅《か》ぎ取《と》っており、わざと真相を伏せたのではあるまいか。人狼村に着いてからも言わずもがな、戦が起こるのを待っていたようなふしがある。

犯人の境遇に同情し、二つの村が滅びぬ程度に、復讐を成功させてやろうと思っていたのでは……。

鴉夜はぴゅうと口笛を吹いた。ごまかし方が下手だ。

「ま、いいですけどね」津軽はあくびを漏らす。「人間村と人狼村、これからどうなりますかね」

「何も変わらんさ。ホイレンドルフの歴史にはこう記される。『卑劣な人狼の策略によって村人が次々殺された』。ヴォルフィンヘーレの歴史にはこうだ。『人間村で生まれた裏切り者が我々を滅ぼそうとした』。地下道はすぐに埋められるだろうな。全部なかったことになり、どちらも自省は棚に上げ、これまでどおり生きていく」

「見てきたように言いますね」

「見てきたからないろいろと」

物憂《ものう》げな横顔を曙光《しょこう》が照らす。津軽はしばし見蕩《みと》れると同時に、鳥籠を手で覆《おお》い隠《かく》したいような衝動にかられた。酸いも甘いも味わい尽くした少女が、一周かあるいは何周か、回った末に辿り着く美しさだった。

それでもやはり、師匠には笑顔のほうが似合うと思う。

人智を超えた魔物らしく、微笑んでいてほしいと思う。

日はじりじりと昇り続け、霧に映った牙の影が薄まり、消えた。津軽も味噌汁が飲みたくなった。静句に作ってもらいたいが、彼女はまだヴォルフィンへーレに残っている。

「さてと、私たちのほうの戦はどうしようか。《夜宴《バンケット》》はまだ近くにいると思うが……」

「教授は来てないそうですし、やめときましょうよ」

これ以上走らされるのはさすがに不当労働だ。

「師匠の体はロンドンにあるってヴィクターさんが言ってました。帰って仕切り直しましょう」

「よく聞き出せたなそんな情報」

「一度殺し合った仲ですから」

身を起こし、鳥籠を持ち上げる。

〈霧の窪地〉に背を向けようと思ったところで、津軽は指を鳴らした。

「あ、そうだ。ふもとの町で聞いたんですが、登山家の間で流行りのかけ声があるそうで。それがなんだか楽しそうで、眺めのいいとこに来たらやってみようと思ってたんですがすっかり忘れちまってました」

「ふうん。やってみろ」

津軽はすうっと息を吸うと、怪物蠢く巨大な窪地とそれを囲む山脈に向かい。

やっほーーー、と大声で叫んだ。

＊

「あの人たちって馬鹿なのかなあ」

崖の上から響き渡ったやっほーという山びこを聞き、アレイスターがつぶやく。「おれたちも似たようなもんだろう」とヴィクターは返した。人狼村を離脱した一行は森の中の集合地点で落ち合っていた。

「結局、成果は二匹か……」

足元に転がした二つのずだ袋を見やる。当初の目標は四、五匹だったが、運搬役のヴィクターが負傷したことで数を減らさざるをえなくなった。アレイスターに手足をつないでもらい一応動けるようにはなったが、まだ本調子ではない。崖を登る苦労を考えただけで、無痛を誇るはずの頭が痛む気がした。

「ま、いいんじゃない？　一匹いればジャッ君の強化材としては充分なんでしょ。それにこいつら、けっこう強そうだし」

肩に包帯を巻いたカーミラが、ずだ袋を足蹴《あしげ》にする。袋の口から捕らえた二人の頭が覗いた。アレイスターの麻痺毒でどちらも意識は朦朧《もうろう》としている。

片方は自警団のリーダーらしき、白髪のたくましい青年。もう片方は片耳が削げ、山吹色の髪をした壮年の男だが、こちらも刺青を入れていて元自警団であることがうかがえる。ヴィクターは彼らに同情した。教授の〝研究〟がどういうものか具体的には知らないが、快適な余生は送れないだろう。

「こいつら移植してジャッ君が毛むくじゃらになったら超ウケるんだけど」

「そのへんの調整は不死の細胞が勝手にやるんじゃないかなあ。吸血鬼混ぜたときも強みのおいしいとこどりだったし」

「弱みがあって悪かったわね」

ふてくされる女吸血鬼。すでに日が昇っているので、木陰に隠れるように立っている。

「けっこう血ぃ流しちゃったから、何か獲《と》ってきてほしいんだけど」

「おまえ、ほぼ役に立たなかったくせに……」

「うっさいわね、あんただって手足ボキボキだったじゃない！」

「まあまあ。カーミラさんにはおみやげ用意してますよ」

アレイスターが茂みに分け入り、もうひとつずだ袋を引きずってくる。

袋がカーミラの前に放られると、真っ白なベストにブロンドの少女――アリス・ラピッドショットが転がり出て、低くうめいた。

牙を剥いていた吸血鬼はとたんに機嫌を直し、じゅるりと唇を舐めた。

「ほめてつかわす」

「つかわさなくてもいいですけど。いやあ、僕って気が利くなあ」

自画自賛するアレイスター。頭痛をはっきり自覚し、ヴィクターはこめかみを揉んだ。

カーミラはガラス細工を扱うような手つきでアリスを抱き上げ、男どもに「覗くなよ」と目配せしてから、悠々と森に入っていく。

最後に一度だけ、クソが——という弱々しい悪態が聞こえた。

＊

数日後。

イングランド南岸、プリマスの港町。

早朝の霧の濃い波止場に、ウィンザー眼鏡をかけた都会風の女性が立っていた。《保険機構ロイズ》諮問警備部、部長付き秘書、イヴ・ジェンキンスである。彼女の後ろにはデヴォンポートから派遣された軍の一個小隊と、酔っ払い以外捕まえたことのなさそうな地元の警官たちが、まったく同じ蒼白《そうはく》顔で武器を構えている。

全員の目が海へと注がれ、背筋に感じる肌寒さは、春らしい朝の気温をはるかに下回っている。

やがて霧の中から、一隻の機帆船が姿を現した。

見るも無残《むざん》な有り様だった。船首の女神には頭部がなく、マストは傾き、帆もボロボロ。傷だらけの船体には〈デメテル号〉という名前だけがかろうじて読み取れる。航海しやすく設計されたものを、どうしてわざわざ壊すわけ？　効率性の欠片もない行為にイヴは顔をしかめる。けれどある意味、ふさわしいとも思った。奴にとってはこういうのがお好みなのだろう。〈五冷血《ごれいけつ》〉の一角、吸血鬼フランシス・ヴァーニー卿《きょう》にとっては。

五冷血。

四百年超の寿命を持ち〝怪物の王〟たる吸血鬼の中でも、とりわけ長命な最古参の貴族たち。固有の特殊能力を備え圧倒的強さで君臨する五体を、人類はそう呼んでいる。

不死に近い超高速の肉体再生を誇る〝蒼血〟ドラキュラ。
媚毒を含む体液で女たちを虜《とりこ》にする〝情血〟カーミラ。
血圧《トルク》を高め人外最強の暴力を振るう〝豪血〟ヴァルダレク。
血液凝固を操り血の武具を身に纏《まと》う〝鉄血〟ルスヴン。
そして、噛んだ対象を屍徒《ゾンビ》へ堕とす〝狂血〟ヴァーニー。

このうちドラキュラについては、昨年ヴァン・ヘルシングという男とその協力者たちによって討伐されている。策略家として名高い伯爵を彼らがどう倒しえたのか、イヴは具体的には知らない。だが単純な討伐難度でいえば、ヴァーニーは間違いなくドラキュラを上回るだろう。

吸血鬼に噛まれた者は吸血鬼になる——という俗説は迷信で、通常ならただ血を吸われるだけで済む。ただしヴァーニーに関しては例外だ。彼に噛まれた人間は、吸血鬼化よりもっとひどいことになる。傷口から侵入した細菌によって生ける屍と成り果てるのだ。思考力のすべてを奪われ、希代の好事家フランシス・ヴァーニーの操り人形と化し、体が朽ちるか主人が飽きるまで、享楽の中で踊り狂う。

周囲に人がいる限り無限に兵を増やせる、というその能力のやっかいさに、人類側は四百年間頭を悩ませてきた。

だから。

フランシス・ヴァーニーが、ドラキュラの死に乗じて彼の所有していたデメテル号を拝借し、フロリダ沖を回遊しながら八百人のゾンビとともに連夜クルージングパーティーを繰り広げている——というニュースが入ったとき。庶民は背筋を震わせたが、《ロイズ》上層部はチャンスだと思った。海に囲まれた船上ならばほんの少しだけ勝機がある、かもしれない。

十五分間の会議のあと、短絡思考な上層部は、諮問警備部の部長兼第一エージェントに指令を下した。イヴはどうにかそれを防ごうとしたのだが、部長はスコーン片手に書類にサインし、早々にフロリダへ渡り、小舟でデメテル号へと向かっていった。たったひとり、いつもと同じスーツ姿で。

すべてはイヴの恐れていたとおりに運んだ。デメテル号は行方をくらました。

幽霊のように監視網から消え、半年間まったく足取りがつかめず——そして昨日、イングランドの鼻先に忽然と現れ、いま港に着こうとしている。

波に揺られながら、船は少しずつ港へ近づく。……着いた。船が止まった。

男たちは手の汗を拭い、イヴは舳先《へさき》を見上げた。

血のにじんだロープが一本、甲板から波止場へと垂らされた。

ひとりの男がロープを滑り、イヴのすぐ前に降り立つ。

銀で作られた靴が、ゴトン、と音を立てた。

髪とひげをぼさぼさに伸ばし、スーツの残骸を身に着けた、ロビンソン・クルーソーめいた男。

イヴは深呼吸してから、彼に言った。

「おつかれさまです、オックス部長」

《ロイズ》諮問警備部第一エージェント、オックス・セブンリーグは、「あ、うん」と答えた。

「いやあまいったまいった、迷っちゃった。あはは。あ、はいこれ」

丸い包みを渡される。ほぼ白骨化しているが、男の頭部のようだった。フランシス・ヴァーニー。五冷血の一角。四百年間人類を脅かした吸血鬼。

「船、空っぽだから。ロシア政府に返しといて。死体はみんな捨てちゃった。腐臭がひどくてさあ。僕、臭うかな？　イヴちゃんどう思う？」

袖《そで》に鼻を近づけるオックス。イヴは無視し、ひとつの質問に望みを託す。

「駆除にはどのくらいかかりましたか」

「二時間くらいかなあ。強かったよけっこう。手下の数も多かったし」

「なるほど」望みがついえた。「そして帰宅に六ヵ月かかったと」

「六ヵ月？　いやあそんなにはかかってないよ」

「百七十五日経ってます、部長。百七十五日」

「あ、そう？　どうりでひげが伸びると思った。あっはっは」

イヴは上司の袖を引き、最寄りの宿に引きずり込む。軍と警察には「解散」とだけ指示を出した。男たちは海鳥みたいに間抜けな顔をしていた。

宿の中では理容師と仕立て屋が待機済みだった。イヴが事前に手配した二人だ。オックスはおとなしく椅子に座り、散髪とひげ剃りを受け始める。

「僕がいない間、何かあった？」

「ありまくりです」

手帳を開き、ここ数ヵ月間の大嵐《おおあらし》を報告した。フォッグ邸での失敗。人狼村での失敗（詳細はまだ調査中だが、調査が必要ということは失敗ということだ）。怪盗ルパンと怪人ファントムの徒党。異形の探偵《鳥籠使い》。そして、モリアーティの犯罪組織。

「《夜宴《バンケット》》ねえ。メンバーって本当に五人だけ？」

「え？」

「僕だったら何人か水面下で工作させるからさ」

「……把握できているのは五名です」

「あ、そう。まあいいや。で、こっちは人員減っちゃったわけね」

「ダブルダーツ女史は死亡。スティングハート氏は復帰困難。チェーンテイル氏とラビッドショット嬢は消息不明です。……あなたも昨日まで不明でしたが」

「まあ僕とジャンクソードさんだけいればいいよ」

オックスはくるりとこちらを向く。顔を整え、服も新品に着替え、出発前と同じ姿に戻っていた。

どこにでもいそうな英国人だ。

四十代、中肉中背、グレーの横分けの髪にやや面長の顔。ひげは綺麗に剃り、眼鏡をかけ、薄く皺のついた目で保険業らしく笑っている。服装は三つぞろいの真っ白なスーツで、襟にはこの世で最もエレガントな数字、小さな〈Ⅰ〉が刻まれている。

両足に履いた銀の靴だけが、どぎつい光を放っている。

「事態は切迫しています。本社に戻ったら対策会議を……」

「そう急かさないでよ。僕疲れてるし。田舎《いなか》で一ヵ月くらい休暇取るから。イヴちゃんはとりあえずジャンクのおじいさん呼び戻しといて」

「そんな悠長な……」

「長期休暇は福利厚生で認められているはずだよ」

「…………」

正義。探究。潔癖。美学。復讐。闘争。

程度の差や趣味の良《よ》し悪《あ》しこそあれ、諮問警備部のエージェントたちは皆、怪物と戦うための強い動機を持っている。心に芯が通っていて、そのこだわりに沿って動く。けれど、この男だけは違う。

オックスにとって怪物駆除は、日常のオフィスワークに等しい。

外回りのノルマをこなすように、戦地へ赴き怪物を殺す。部下の発注ミスをカバーするように、誰も狩れなかった異形を狩る。

合理的かつ効率的な生き方で、イヴの好みだともいえる。けれどときおり、このにこやかな上司のことが怖くなる。こんな男がどうして最強なのだろう。こんな人間が存在して、本当にいいのだろうか。

気がつくと、すがりつくようにヴァーニーの頭蓋骨《ずがいこつ》を抱いていた。イヴは眼鏡を押し上げ、咳払《せきばら》いした。

「わかりました、では会議は休暇後で。……ただ、ひとつだけお願いがあります」

「何かな」

「山や森には絶対に近づかないで」

「あはは、OK。任せといてよ」

一週間後、彼は休暇先のウィンダミアの森で消息を絶つことになる。

＊

「すみません……今日の海は、ちょっと機嫌が悪いみたいで」

島の先端に立ち、ティント・カッジャーロは愛想笑いを浮かべる。

荒れ狂う波が黒い崖の下で爆ぜ、大量のしぶきが服を濡らす。サン・モレク島の検分に訪れた二人を、海はこっぴどく歓迎していた。このあたりは岩の関係で潮が荒く、本当は毎日こうなのだが、売却のためには伏せておきたかった。

中国人の入札者――フー・マンチュー氏は相変わらず上機嫌で、渦巻く海を眺めている。

「こう波が高いと、なかなか島に近づくこともかないませぬな？」

「ええ、まあ……でも、安全なルートもいくつかあります。僕らの船もほら、ちゃんと接岸できたでしょう？」

「すばらしい。実にすばらしい！」

フー氏は龍のように伸びたひげをいじくる。内陸側に顔を向け、「あれは？」と高地の建造物を指さす。

「遺跡です。十四世紀ごろ監獄があったらしくて」

「監獄！　状態はよいですかな？」

「よい……とは思います。崩れてもいませんし」

なぜそんなことを聞かれるのかティントにはわからなかった。中に住むつもりだろうか？　この異邦人、ティントの予想以上に変人らしい。だが金を払ってくれるならなんだってよかった。変人だろうと、悪魔だろうと。

「あの、ミスタ・フー。いかがです？　ご購入されますか」

「まだ決めかねますぞ。隅々《すみずみ》まで詳しく見ねば」

「そ、そうですね。そのとおりです」

「ですが現状かなり気に入っておりますぞ。我々の希望に限りなく近い島ですな。先生もきっと喜ばれる。建てるにはまさに理想的です」

我々？　建てる？

「何を建てるんです？　別荘ですか」

「国ですよ」

新たな波が打ちつけたため、ティントはその声を聞き取れなかった。

32　犬も歩けば

本で読んだのとぜんぜん違う。

ヴィクトアリエンの市場で人混《ひとご》みの間を縫いながら、ノラは圧倒されていた。帽子をかぶっておいて正解だと思った。四歳のころみたいに、驚いた拍子《ひょうし》に耳が飛び出てしまうかもしれないから。

シュネータールから森を抜けミュンヘンまで移動したあと、民家に干されていたシャツと半ズボンを盗み、〈二本〉姿で街へ入った。長かった髪は肩口で切った。周りからは普通の少年に見えているはずだ。

きょろきょろ首を振りながら歩く。なんてたくさんの人。なんて多様なにおい。なんて騒がしい声。窪地の川では獲れなかった奇妙な魚が売られている。果実店のかごからは嗅いだことのない甘い香りがする。あのおじさんが売っているのは、もしかして新聞というものだろうか。

「号外、号外だよ！　パリの怪盗がミュンヘンに現れた！　アルセーヌ・ルパンがアルテ美術館に予告状を出したよ！　さあ号外、号外だ！」

前後左右、すべてのものに興味を引かれた。何か買ってみたいけれど、物々交換をしている人はひとりもいない。みんな硬貨で払っている。ルイーゼとしてホイレンドルフで暮らしていたときも、お金は数え方くらいしか習わなかった。

……わたしはすでに、何人も殺してるし。もう一度くらい罪を犯しても、落ちる地獄は変わらないはず。

帽子を目元まで下ろし、物色を始める。

ほどなく、ひとりの男に目をつけた。さえない労働者風の中年男。ソーセージ売りに顔を近づけ何やら交渉している。尻《しり》のポケットからは財布が半分飛び出している。

「いや違うよ、そっちの赤いやつ。そう。いま買ったのは端が欠けてたから替えてほしいんだ。なあおばあちゃん、聞こえてる？　いやだからハムはいらないってば……」

さりげなく、近づく。誰もが買い物に夢中で、背の低いノラに気を配る者はひとりもいなかった。男の後ろを通り過ぎざま、素早く手を伸ばす。

取れた。

そのまま歩き、人混みに紛れる。男はまだソーセージ売りと話し込んでいる。簡単なものだわ、と思った。しばらくはスリで生計を立てていけるかもしれない。

充分に距離を取り、中身の金額を確かめようとしたとき。

「お、お、お嬢さん、俺の財布に何か用かな？」

遠くから、からかうような声がした。

ノラはすぐさま走りだす。慌てはしなかった。〈五本〉みたいな速度は出せないが、すばしこい体の動かし方も、駆けやすいルートの選び方も知っている。何より男と自分はもう何メートルも離れており、二人の間は大量の人でごった返している。

ノラは余裕とともに振り返り――

ぎょっと目を剝いた。

追っ手にとって人混みは、障害物でもなんでもなかった。男は馬跳びめいて新聞売りの背中を跳び越え、見事な側転で屋台とお客の隙間を抜ける。かと思えば身を低めて婦人のスカートの間をくぐり、くるりと回って荷車をやり過ごし、オープンカフェの机の上をさっと滑って飲み物をまき散らす。まったく速度を落とすことなく、ぐんぐんノラに迫ってくる。

顔に怒りは浮かんでおらず、ひどく楽しそうだった。

ノラはわけもわからず足を速める。帽子が落ちたがかまわなかった。人々を押しのけ、近くの路地に駆け込む。

そして悲鳴を上げそうになった。

天から降ってきたように、ひとりの男が突如現れ、ノラの行く手をふさいでいた。

片手に紙袋を抱え、顔の右側を仮面で隠した白髪の男。ロープと白粉《おしろい》のにおいを感じた。

あとずさるノラ。帽子を失った頭から狼の耳が出ていることに気づき、はっと手で隠す。だが男はノラなんて気にも留めていなかった。中年男が追いつき、親しげに彼に話しかけた。

「おっと。ありがとうエリック」

「私が五分前になんて言ったか覚えてるか」

「買い物は？　済んだか？　よし、じゃあ軽く昼飯でも……」

「私は、五分前、なんて言った？」

「〝目立つな〟」

うんざりした顔で男は答え、そしてノラを指さす。

「俺じゃない、こいつのせいだ。ああお嬢さん、その財布は空っぽだよ。俺は同業者をからかうのが好きでね」

「ん？　この子、頭から耳が……」

「いろんな奴がいたほうが業界が盛り上がる」

白髪の男はため息をつき、紙袋から林檎《りんご》を出す。それを「ほら」とノラに投げた。

「次はもっとまともな相手からスれ。行くぞ」

中年男に呼びかけ、路地の外へ歩きだす。ノラは林檎を拾うことすらできず、呆然と立ち尽くしていた。

――外の世界は面白いですからね、化物じみた人もたくさんいます。

「すごい……。ツガルの言ったとおりだわ」

「つがる？」

つぶやいた直後、去ろうとしていた二人がぴたりと止まった。白髪の男がいぶかしげに振り返り、中年男も続く。

今度こそ、ノラは絶句した。

振り向いた男は先ほどまでの男じゃなかった。人狼が変身を解いたみたいに、一瞬で別人に変わっていた。金色の髪に太陽のような瞳を輝かせた、優美な王子がそこにいた。顔も年齢もまるで違う。雰囲気も、所作も、それに――

それまで自覚していなかったある事実に気づく。

この人からは――この人からは、においが、しない、しない。

「お嬢さん《マドモアゼル》、名前は？」

「……ノラ」

「そうかノラ。君に興味が湧いてきたぞ」

金髪の青年はお辞儀をし、ノラと視線の高さを合わせた。

「ちょっと俺たちとお茶しようか」

少女の冒険は、まだ始まったばかりだ。

・エピグラフ出典　弘文堂『サリカ法典』（久保正幡訳）

・4節冒頭の落語は、ちくま文庫『志ん朝の落語3　遊び色々』（古今亭志ん朝著、京須偕充編）収録の「愛宕山」を参考にしました。

本書は書き下ろしです。

〈著者紹介〉

青崎有吾（あおさき・ゆうご）

1991年神奈川県生まれ。明治大学文学部卒業。学生時代はミステリ研究会に所属し、在学中の2012年『体育館の殺人』で第22回鮎川哲也賞を受賞しデビュー。平成のクイーンと呼ばれる端正かつ流麗なロジックと、魅力的なキャラクターが持ち味で、新時代の本格ミステリ作家として注目を集めている。〈アンデッドガール・マーダーファルス〉シリーズは2023年7月にアニメ化、同時に〈ノッキンオン・ロックドドア〉シリーズもドラマ化。

アンデッドガール・マーダーファルス　3

2021年 4 月15日　第1刷発行　　定価はカバーに表示してあります

2024年10月23日　第7刷発行

著者……………………青《あお》崎《さき》有《ゆう》吾《ご》

発行者……………………篠木和久

発行所……………………株式会社 講談社

〒112-8001 東京都文京区音羽2-12-21

編集03-5395-3510

販売03-5395-5817

業務03-5395-3615

KODANSHA

本文データ制作……………講談社デジタル製作

印刷……………………株式会社ＫＰＳプロダクツ

製本……………………株式会社ＫＰＳプロダクツ

カバー印刷………………株式会社新藤慶昌堂

装丁フォーマット…………ムシカゴグラフィクス

本文フォーマット…………next door design

ISBN978-4-06-522368-0　N.D.C.913　479p　15㎝